城市文学地图系列
丛书主编：张鸿声

成都文学地图
Chengdu Literature Map

井延凤 / 著

北京大学出版社
PEKING UNIVERSITY PRESS

图书在版编目（CIP）数据

成都文学地图 / 井延凤著. —北京：北京大学出版社，2020.10
（城市文学地图系列）
ISBN 978-7-301-31266-7

Ⅰ.①成… Ⅱ.①井… Ⅲ.①地方文学史–成都 Ⅳ.①I209.971.1

中国版本图书馆CIP数据核字（2020）第030509号

书　　　名	成都文学地图 CHENGDU WENXUE DITU
著作责任者	井延凤　著
责 任 编 辑	张雅秋
标 准 书 号	ISBN 978-7-301-31266-7
出 版 发 行	北京大学出版社
地　　　址	北京市海淀区成府路205号　100871
网　　　址	http://www.pup.cn　　新浪微博：@北京大学出版社
电 子 信 箱	pkuwsz@126.com
电　　　话	邮购部 010-62752015　发行部 010-62750672　编辑部 010-62757065
印 刷 者	北京中科印刷有限公司
经 销 者	新华书店
	710毫米 × 1000毫米　16开本　16印张　222千字 2020年10月第1版　2020年10月第1次印刷
定　　　价	56.00元

未经许可，不得以任何方式复制或抄袭本书之部分或全部内容。
版权所有，侵权必究
举报电话：010-62752024　电子信箱：fd@pup.pku.edu.cn
图书如有印装质量问题，请与出版部联系，电话：010-62756370

目录

丛书总序 .... 张鸿声 / 1

第一章 重城成都 1
    一 大城 1
    二 少城（满城） 10
    三 皇城 18

第二章 千年文脉 28
    一 琴台路与司马相如 28
    二 支机石街与严君平 36
    三 洗墨池与扬雄 43
    四 武侯祠 50
    五 杜甫草堂 59
    六 望江楼与薛涛 69
    七 桂湖与杨升庵 79

第三章 街巷、商场和花会 89
    一 春熙路 89
    二 祠堂街 99
    三 宽窄巷子 108

四　劝业场 117

　　五　青羊宫花会 124

第四章　茶馆、民居和小吃 135

　　一　茶馆 135

　　二　公馆 147

　　三　会馆 155

　　四　小吃 163

第五章　学府、作家故居与文化沙龙 174

　　一　石室中学 174

　　二　华西坝 183

　　三　正通顺街李公馆：巴金故居 194

　　四　菱窠：李劼人故居 203

　　五　翟永明的白夜酒吧 211

第六章　近郊名迹 223

　　一　都江堰 223

　　二　青城山 232

参考文献 243

丛书总序

关于本丛书，得从 9 年前说起。

2011 年，中国地图出版社约我主编一本《北京文学地图》。当时，我主持了一个北京市的文化产业的项目，是关于北京文学旅游方面的。项目完成后，团队成员们都觉得意犹未尽，要说的题外话还很多，而且，比之项目本身还更有意思。之后，中国地图出版社的几位领导也极有兴趣，一再与我商谈，看是否能做成一部以近现代文学对北京城市的叙述为对象，以北京城市地理为脉络的随笔式文化著作，既能作为随笔散文来看，也能作为文学旅游的导读。

其实，这一类著作，在国外并不少见。比如，哈罗德·布鲁姆 (Harold Bloom) 就主编有《巴黎文学地图》《纽约文学地图》《都柏林文学地图》《伦敦文学地图》《罗马文学地图》《圣彼得堡文学地图》等等。哈罗德·布鲁姆是大名鼎鼎的文学理论家、批评家，执教于耶鲁、哈佛，其《影响的焦虑》是文艺研究的必读书。不过，哈罗德·布鲁姆主编的这几本书，主要是叙述作家在城市中的行止。虽然也涉及作家对于城市空间的描绘，但不是最重要的。另外，讨论"文学中的城市"而又兼及旅游功能的读物也有。陈思和先生曾谈起，他在访问日本东京的时候，有朋友给他看了一幅真的地图，图上标出了许多著名作家的行旅路线。日本学术界和文化界在文学旅游方面的成果丰赡。其中，尤以京都大学为甚。2016 年，我参加在京都举办的东亚汉学会会议，还顺道去查找过相关资料。我们不敢望前贤之高，但比之同类著作，《北京文学地图》也有不同的地方。其独特之处是，完全以作家的城市叙述为主。由于参与编写的都是大学文学院的学者，既有文学研究功底,也擅长散文写作,所以,按我的想法,著作立意与论述的蕴藉,来自深厚的学术研究;而文字的轻快与优美,又属于散文创作。在阐明学理性观念时,还要有文学性,以及旅游的实用性。

关于这一点,陈平原先生在给《北京文学地图》的序中说的非常准确,不妨在这里引录一下:

> 记得当初在《"五方杂处"说北京》(《书城》2002年3期)中,我提及如何兼及深度旅游与文学阅读,还专门介绍了Ian Cunninham编纂的《作家的伦敦》(Writers' London, London:Prion Books Ltd. 2001)、马尔坎·布莱德贝里(Malcolm Bradbury)的《文学地图》(台北:昭明出版社,2000),以及日本学者木之内诚《上海历史导游地图》(东京:大修馆书店,1999),并大发感慨:"曾在不同场合煽风点火,希望有人步木之内诚先生后尘,为北京编著'历史导游地图',可惜至今没人接这个茬。"事后证明,我属于只会空想、执行力很差的书斋人物。因为不断有读过此文者,邀约以文学家的眼光写一册"北京旅游指南",我都临阵退却——不是没兴趣,而是杂事繁多,担心答应下来,不知何年何月才能完成。
>
> 现在好了,张鸿声教授的团队实现了我的梦想,让早已消逝在历史深处的老舍的太平湖、蔡元培的孔德学校,以及只剩下遗址供人凭吊的圆明园、前门火车站,还有虽巍然屹立却也饱经沧桑的钟鼓楼、琉璃厂等,以简明扼要而不失丰满的叙述呈现在读者面前。我曾经说过,"虽有文明史建构文学史叙述的考虑,但我更希望像波德莱尔观察巴黎、狄更斯描写伦敦那样,理解北京这座城市的七情六欲、喜怒哀乐。如此兼及历史与文学的研究角度,当然是我自己的学科背景决定的。"本书作者与我学识及志趣相近,故所撰不同于一般的文化史著作,带有浓厚的文学色彩。①

---

① 陈平原:《北京文学地图的意义》,《中国社会科学报》2011年5月31日,第10版。

关于《北京文学地图》，陈平原先生不免抬爱，有些话说的我都不好意思。但是，对于这本书的立意、类型与文学风格，却又说的非常精到。

这之后，出版社力劝我再做一本《上海文学地图》。我原本的专业研究，多是以上海文学为对象的，所以也就更方便一些。2012年底，《上海文学地图》也出版了。因为已经有了《北京文学地图》的写作经验，《上海文学地图》的编写就更扎实，材料也更多。陈思和先生给《上海文学地图》作序，写序过程中，他考查了书中涉及的巴黎大戏院、长乐路的文化艺术出版社、宝山路的商务印书馆等文艺旧址，颇显考据功夫。他说：

> 王国维考据学提出二重证据法，即"地下之材料"与"纸上之材料"的二重互证。我想人的经验在尚未消失之前，深藏于脑海深处，如同深埋于地底下，把这些经验写出来也如同出土文物一般，若再与书中描写的细节两相对照，亦可证其说不虚。

陈思和先生关注材料方面的考据。序中还说此书有"考据"的成分，则真是夸奖了：

> 这样的书阅读起来真是有趣味，每一章、每一节，鸿声教授与他的团队都做了认真的考据，结合文学作品的描写，将历史的上海和文学的上海互为见证。

除此之外，两本"地图"的趣味性也是重要特色。我在《北京文学地图》的"后记"中说了一段话："既可以按照城市地理，寻找北京的文学故事，又可以在文学中，发现北京的城市内奥；面对北京的一砖一瓦，见出别样的光辉。说俗一点，既可以是'北京的文学游'，又可以说是'游览'了北京的文学。"因为趣味的关系，我当时还给两本书题了书名，尽管当时我的书法比较糟糕。

《北京文学地图》出版之后，在不长的时间里，第一版第一次印刷就告售罄。很快，出版社就进行了第二次印刷。之后，出版社还出了一种普及本。其间，不断有朋友向我索取，样书很快也送完了，我只好在网上购买再送朋友。很快，网上也没有书了。当时，出版社还有继续做下去的动议，两本书的封面还有"城市文学地图系列丛书"字样，只是我实在没有精力去做了。后来，我在访问台湾几所大学的时候，谈起这两本书，台湾的教授朋友们非常有兴趣，还说以后到大陆来，要拿着书作为游览北京、上海的"攻略"。我听了心下一惊，不免暗暗叫苦：倘若书中某处写的不准确，把人家领错了路怎么办呐！由于台湾朋友的推荐，台湾著名的五南出版社编辑惠娟女士多次与我商谈台湾版的问题，并约定在下一次访问台湾时详说细节。只不过，因为诸事烦扰，约定的出访没有成行，台湾版的事情也就没有跟进。之后，因为各种事情耽误，后续的工程也搁下了。这一搁，就是5年。

大约在2017年，我的一部专著《城市现代性的另一种表达》在北京大学出版社出版。因为后期编校的原因，我与北京大学出版社的张雅秋老师——也是我多年的朋友——常常要见面，或者她来朝阳，或者我去海淀，就说起"地图"的事情。她觉得，这一套"文学地图"实在应该做下去。虽然北京、上海两个城市的"文学地图"已经完成，可是，以中国这样伟大的文学国度，还有若干个文学城市的地图需要去发现。这中间，我在校内也换了岗位，相对有了余裕，于是，关于南京、苏州、杭州、成都的"文学地图"编写又开始了。虽然有此前两本书的写作经验，但是，对于宁、苏、杭、蓉等文学城市的认知可能更加复杂。一来，与上海比较，宁、苏、杭、蓉等城市的文学叙述多属古代文学，需要写作团队深厚的古典文学功力；二来，所涉及文学作品，多是散在的小型篇制，资料的查找有较大困难。而成都呢，可讲的作家文字又不太够，且还集中于李劼人。整个材料体量很不均匀。所有这些，都构成了写作的困难。好在有两个力量不断使我增加信心，一是北京大学出版社的支持，特别是雅秋的不断督促；二是，一众古典文学学者加入进来，而且，他们多有在苏州、杭州、南京、成都生长、读书乃至工作的经历。在这里，要深深感谢各方面。

关于宁、苏、杭、蓉等城市文学地图，除去与北京、上海两书的共有性之外，还有两个特点。一是大量讲述城市的文学故事，并由故事带出文学地理。比如杭州，有白居易与白堤、苏东坡与苏堤、林逋与孤山、苏小小与西泠、梁祝与凤凰山，还有《白蛇传》与断桥、雷峰塔，以及李叔同与虎跑等等；二是，比之北京、上海两书，因城而异，涉及的文学文体与年代更加多元。比如，文学的北京、上海，由于是核心城市，除了传统文体，所涉及的当代流行歌曲、影视作品也很多。而在宁、苏、杭、蓉文学地图中，除却诗歌、戏剧、散文、小说、典籍、史志之外，更多的是古代的杂记、笔记、掌故。另外，民间故事也占了相当篇幅。涉及当代文学的部分也很多，如叶兆言、陆文夫、范小青等等。

宁、苏、杭、蓉四本"文学地图"将要出版了。我想，在我们手持一卷，走过了北京、上海的文学天地之后，进入更加温婉、柔和的文学风景中，也许更加惬意。城市的文学行走，也必定会持续下去。

张鸿声
2020 年 5 月于北京朝阳

第一章 重城成都

一 大城

成都确是一个古城。且不说距今四千年左右的三星堆文化与距今三千年左右的金沙文化，单是从秦创筑的大城少城时代算起，成都已有两千三百多年的筑城史。《华阳国志·蜀志》载："（秦）惠王二十七年（公元前311年），仪与若城成都，周回十二里，高七丈；郫城周回七里，高六丈；临邛城周回六里，高五丈。造作下仓，上皆有屋，而置观楼射兰。"此处所记的周回十二里的成都城，就是通常所说的秦城"大城"。当年秦惠王派遣张仪、司马错平定蜀地后，因为军事政治的需要修筑了"大城"。尔后，又因经济发展的需要修筑了"少城"。《华阳国志·蜀志》载："成都县本治赤里街，若徙置少城内（城）。营广府舍，置盐、铁、市官并长、丞；修整里阓，市张列肆，与咸阳同制。"左思《蜀都赋》则云："亚以少城，接乎其西。市廛所会，万商之渊。"自此，秦城成都便形成了大城少城互为犄角的态势。

之后的两千多年，成都城经历了数次大的变化。其"大城""少城"的称谓也屡经变迁，不复秦时所指。唐僖宗乾符三年（876年），高骈于秦大城外扩筑罗城，周回二十五里。秦大城遂变为内圈之小城，因少、小二字同义，原来的"大城"便被呼为"少城"或"子城"。唐武成元年（908年），王建称帝于成都，改子城为皇城，并扩建城垣。后唐明宗天成二年（927年），孟知祥又于罗城外增筑羊马城，周回四十二里。

清代分别于康熙四年（1665年）、雍正五年（1727年）和清乾隆四十八年（1783年）重修成都城。清同治十二年（1873年）《成都县志》对这三次重修有详细的记载：

> 顺治十七年，我兵平蜀后，巡抚司道由保宁徙至成都，无官署，建城楼以居。康熙初，巡抚张德地、布政使郎廷相、按察使李翀霄、知府冀应熊、成都县知县张行、华阳县知县张暄，同捐资重修。东南北枕江，西背平陆，高三丈，厚一丈八尺，周二十二里三分，计四千一十四丈；垛口五千五百三十八；东西相距九里三分；南北相距七里七分；城楼四；堆房十一；门四：东迎晖、南江桥、西清远、北大安；外环以池。雍正五年，巡抚宪德补修。乾隆四十八年，总督福康安奏请发币银六十万两，彻底重修。周围四千一百二十二丈六尺，计二十二里八分；垛口八千一百二十二；砖高八十一层，压脚石条三层；大堆房十二，小堆房二十八；八角楼四，炮楼四；四门城楼顶高五丈：东溥济、南浣溪、西江源、北涵泽。同治元年，四隅添筑小炮台二十四，浚周围城壕。（转引自李劼人《二千余年成都大城史的衍变》）

清末文人傅崇矩在《成都通览》一书中对此也有记载："（省城）因明城之旧，重修于皇朝康熙初年，高三丈，厚一丈八尺，周二十二里三分，四千一十四丈，女墙五千五百三十八，东南相距九里三分，南北相距七里七分。乾隆四十九年、五十年，总督福康安、李世杰二公重修之，令遍种芙蓉，以复五代之旧，符锦城之名，有种芙蓉碑记。"

今人所言"大城"指的即是乾隆四十八年所修的成都城。因为南北城垣相距九里三分，成都城遂被称为"九里三分"。这"九里三分"的老成都，虽然无法与老北京相媲美，但它"高三丈""厚一丈八尺"的城垣确也可以称为"宏大"。郭沫若就曾如此形容成都的城墙："到了花会的时候,那真是要成的肩摩踵接的人的洪流了。最好你从南校场的城墙上去俯瞰——先附带着说一句,成都的城墙是很宏大的,坦平的城墙上可以品排着跑三二部汽车。"(郭沫若《反正前后》)

老成都的城墙不但宏大,而且美丽,因为城墙上曾经遍种芙蓉。成都旧时又称"蓉城"。"蓉城"乃"芙蓉城"的简称,这一称谓源于五代后蜀后主孟昶,他于"城上尽种芙蓉,九月间盛开,望之皆如锦绣"(张唐英撰《蜀梼杌》)。《成都古今记》云:"孟蜀后主于成都城上遍种芙蓉,每至秋,四十里如锦绣,高下相照,因名锦城。"(赵朴《成都古今记》)史书中记载描绘的城墙上遍种芙蓉的成都,给后人们无限的遐想。然而,随着时代的迁移,芙蓉城便只剩下一个称谓了。不然,清乾隆年间重修成都城时,也不用"遍种芙蓉,以复五代之旧,符锦城之名"(傅崇矩编《成都通览》)。不过,留存于文字中的"蓉城"虽然诱人,想要恢复它,却不是一件容易的事,"复五代之旧,符锦城之名"的美好愿望最终并没有实现。吴好山《成都竹枝辞》有云:"'芙蓉城'上缺芙蓉,城外犹留古柏踪。竟许园中花卉好,如何不见'老梅龙'。"(杨燮等著、林孔翼辑录《成都竹枝词》)李劼人说:"大约这种植物宜于卑湿,今人多栽于水边,城墙比较高亢多风,实不相宜,故在清乾隆五十四年,四川总督李世杰曾经打算恢复芙蓉城的旧观,结果是只在四道瓮城内各剩一通石碑,刊着他的一篇小题大做的《种芙蓉记》;民国二十二年拆毁瓮城,就连这石碑也不见了。"(李劼人《两千余年成都大城史的衍变》)如此说来,清杨燮《锦城竹枝词》所云"一扬二益古名都,禁得车尘半点无。四十里城花作郭,芙蓉围绕几千株",应是对成都的理想赞誉,而不是现实描绘。

满城芙蓉的成都是蜀人的骄傲和遥想,而现实的大城究竟是何般模样?身处其中的成都人又如何与它相处?下面的这段文字或许可以告诉我们:

在前城垣四周，人可通行。近年机器局及陆军营多据垣修建楼宅，不能通行矣。去年暑雨成灾，砖多颓崩，今已修复。农政局又于城垣内之斜坡上，遍种桑秧，因土多炭灰，半皆萎枯。城外之近濠空地，多租与贫民种菜。光绪丙申，鹿制军令栽桑秧，近亦无有成林者。四门城瓮向多草屋，光绪丙午，周观察限令拆去。又分出入之路，免来往之人拥挤。城门洞中，历来喧闹，因城守武官，司其启闭，小贸货摊，杂陈洞中，阻碍行人，官利摆摊之地皮钱，弗能革也。近亦为警局驱革，行者颂之。四门之敌楼，早已朽蚀，光绪丁酉，奎制军重新之，东门曰"迎晖"，南门曰"江桥"，西门曰"清远"，北门曰"大安"，东楼曰"博济"，南楼曰"浣溪"，西楼曰"江源"，北楼曰"涵泽"。外环濠池，今皆淤塞。（傅崇矩编《成都通览》）

此段文字所记乃清末成都大城。虽然作者对城墙、城门着墨不多，但对其周遭的描述却清楚分明。现代著名作家李劼人，是一个道地的成都通，在他的作品中，不乏可以和这段文字互为印证的片段。比如："池（下莲池，引者注）的南岸，是整整齐齐的城墙，北岸便是毫无章法，随意搭建的一些草房子。在省垣之内，而于官荒地上，搭盖草房居住的，究是些什么人，那又何待细说呢？"（李劼人《死水微澜》）又如："城根下面，本是官地，而由苦人们把它辟为菜圃，并在上面建起一家家的茅草房子。因为办劝业会，要多辟道路，遂由警察总局的命令，生辣辣地在菜圃当中踏出了一条丈把宽的土路来。"（李劼人《暴风雨前》）看来，文学作品可以在不经意间为我们留下鲜活的历史场景，尤其是以写实见长的社会历史小说。

相较于以记录成都历史文化为主旨的地方志《成都通览》，李劼人的长篇小说对清末民初成都大城的呈现，虽然是一鳞半爪式的，但却更加全面、生动和鲜活。谈及老成都的城墙，李劼人这样形容："右手这面,是巍峨而整齐的城墙,壁立着好像天然的削壁。"(李劼人《暴风雨前》)谈及城门洞,他如此描绘:"城门洞有二丈多厚,一丈多高,恰似一个传声的半圆筒,二十几人的声音在中间一吼,真有点威风!"(李劼人《暴风雨前》)谈及城墙上的雉堞,他的摹写则带有几分诗意:

> 从城壕与府河岸边的一派高高矮矮的竹木之外,已可望得见城墙上面、排列得非常整齐的雉堞。有人说那样子像锯子齿。远远望去,的确像一张硕大无比的锯子,这时,正静静地锯着碧蓝的天空。(李劼人《大波》)

对于一座城池来说,如果说高大巍峨的城墙是它的护卫和屏障,那么,按时启闭的城门就是它的咽喉和呼吸。清代的成都城墙辟有东南西北四道城门。西门划入满城,只供住在满城中的旗人进出,城门启闭,由副都统掌管,汉人进出,只有东南北三门。东门的闭门成例是在"三梆之后,继之点完一枝牛油蜡烛,到初更鼓快敲动时才关。南北两门却都是不等擦黑就打头梆,接连二梆三梆一响,铁皮包的两扇门扉便慢慢阖严"(李劼人《大波》)。所以,临近黄昏的时候,南门和北门就显得格外拥挤。对此,李劼人的描述是:"行人、轿子、挑担、驮马象潮水一样,一边向城内涌,一边也向城外涌。"(李劼人《大波》)而关于上午城门开启不久后的热闹景象,他的描绘则更加声色并茂:

> 上午十点钟的时候,东门城门洞正自轿子、挑子、驮米的牛马、载人运物的叽咕车、小菜担子、鸡鸭担子、大粪担子,以及拿有东西的行人、空手行人,内自城隍庙,外至大桥,摩肩接踵,万声吆喝着挤进挤出之际……(李劼人《暴风雨前》)

前述清成都城墙辟有四门的格局,到了民国,即被打破。因为交通的需要，在西校场侧、东校场侧、中莲池和下莲池之间先后增辟三门，分别为通惠门（1913年）、武城门（1915年）和复兴门（1939年）。原城门之瓮城也在民国年间被陆续拆除，改为街道。抗战期间，为避空袭，四面城墙增开了许多缺口，老成都大城的完整性已不复存在。加之一些有权势之人拆除包砌城墙之砖用以建筑私宅，城墙亦渐渐颓圮。中华人民共和国成立后，城墙的墙基被逐步拆除，建为房屋。老成都之大城遂不复存焉。

虽然大城已不复存在，但那周回二十多里的高大城墙，以及附着其上的往事，依然留存在成都人记忆的深处。旧历正月十六，是成都的"游百病"日。这一天，全城的女子都会出动，遍游城上城下，说是可除一年之疾病。成都竹枝词有云："说游百病免生疮，带崽拖娃更着忙。过了大年刚十六，大家邀约上城墙。"杨燮《锦城竹枝词》又云："为游百病走周遭，约束簪裙总取牢。偏有凤鞋端瘦极，不扶也上女墙高。"（杨燮等著、林孔翼辑录《成都竹枝词》）清末年间，城墙还是观看运动会的适宜场所。那时，成都大肆兴办新学，各学堂联合举办盛大的运动会，地点就在南校场。城墙甚至比专门搭建的看台更适合于观看，因为：

> 男女看台并不很大，幸而城墙斜坡，恰好就象罗马斗兽场的看台一样，那里以及城墙上，因就容了不少的人。并且有许多人还喜欢到那里去，这由于城墙上临时设了不少做小生意的摊子，从卖茶汤、锅块一直到卖白斩鸡、烧酒的全有，而看台上，除非有了熟人，才能得一杯淡茶喝。（李劼人《暴风雨前》）

在李劼人的笔下，老城墙上还发生过一件一帮年轻人看女人的趣事。事情的经过是这样的：楚用所在学堂的操场距离城墙根不远，每天下午黄昏前，学生到操场活动时，总有一个二十多岁、穿着时髦衣裙的体面女子，从街头步入操场，穿过人群，走到城墙脚下，而后由斜坡步上宽广高峻的城墙，凭着雉堞眺望一会。有时，这女子身边会有一位日本老妇相伴，她们边走边用日语交谈。这样的女子和场景在当时的成都并不多见，所以一帮年轻人便对这名女子产生了兴趣。尤其是楚用的同学陆学坤：

> 一次，陆学坤看得情不自禁，从操场门口便紧紧跟着她，同半路迎上来的十多个浑小子，一直跟上城墙斜坡。陆学坤抢到前头，才打算趁女人拿眼打量他的机会，说几句什么淡话时，不提防脚下一滑，一个仰跌，竟象足球样横颠竖倒滚到半坡。那女人同别几个在城墙顶上的学生都惊呼起来。及至陆学坤抓住草根，重新爬上来时，她竟嫣然一笑，打着很有韵味的南方官话问道："唉！没跌坏哪里吗？……可惜一件衣裳，扯破了！……下回莫再跟着我跑了！……我还不是一个普通中国女人？没什么看的。……我们林先生晓得，一定要生气，一定要告诉你们监督的！"（李劼人《大波》）

后来，这帮年轻人才知道这位女子是一位中日混血，她身旁的日本妇人就是她的生母。在风气初开的成都，能领略到这样一位美丽女子的伶俐口齿和大方态度，无疑让这帮年轻人大开眼界，并为自己的行为感到羞窘。李劼人笔下的这件趣事，无疑从一个侧面展现了清末年间风气初开的成都的社会风情。

老城墙是无数历史细节发生的场景、空间，它用沉默负载并见证着历史。作为无数成都人的共同记忆，老城墙被不断地言说、重构。张先德在《成都：近五十年的私人记忆》一书中忆及老城墙与自己的童年时代，不无深情地说道："青砖沉沉，芳草青青，西斜的太阳把老城墙的黄土坡镀上一层金色，在徐徐吹送的阵风里，男孩的黑发与周遭的草木飘扬欲飞……在我远逝的童年梦境里，这是一个经典场景，也是老成都一代代儿童的梦乡,它终结在我这一代拔节成长的岁月里。"虽然陪伴自己成长的老城墙已宛如一个气数已尽、风烛残年的老人,而且被逐步拆除,但童年的张先德和他的伙伴们并没有感到悲哀,"因为我们能记事时所见的老城墙就已经是那副西风残照、老树昏鸦的景象,既不晓得它往昔的完好雄浑,也不晓得它的一次次劫难,大人不时提及的拆城门洞儿、扒城墙砖土也没留下多深的印象。再则,城墙上的风光虽然明显破败了些,但与城里城外的街道相比,倒也不显得过分悬殊,它们的破破烂烂大体上是协调的"。破败的老城墙被他们视作乐土,当然有它的理由:

> 实际上我们当时把老城墙视为乐土,它和府河或者南河、沙河、浣花溪、龙爪堰(看你的住家临近哪一脉水流而定)一样,是我们逃避父母与老师的监管,自娱自乐的好地方。城墙意味着自由、解放、逍遥与悠闲自在。河湾、城墙都是我们的游戏世界,但若比较起来,它们给予我们的又各不相同。河涯给我们的更多的是扩展的空间,生命欢愉成长的感觉,上游和下游与河那边的世界,是一个不同于刻板机械、色调暗淡的城市的另类存在,而每一种艳丽青葱的花草、飘飘欲仙的昆虫都是生命大合唱的一个个美丽的音符。而老城墙更多的属于时间,它提示的是时间的上下游,早已作古的生命、事件,和难以想象会是如何田地、连童年的我们也追赶不上的未来。它使我们还单薄的生命体验沉淀下去,厚实起来。

> 我们亲切地管老城墙为"城墙边儿",虽然按字义说,城墙边儿指的是城墙两边的街道。它的含义不同于我们居住的街道和就读的学校,街道和学校似乎是别人为我们选定的,我们不得不忍受其间的规矩,尽人子与学子的义务,城墙边儿却是为我们保留的天地,即使只是在那儿走一走,看一看,滚一身泥巴,乃至又渴又饿,也有"将在外,君命有所不受"的潇洒和傲慢。我们尽量习惯、

适应家庭、街道和学校，对城墙边儿却心怀憧憬之情……（张先德《成都：近五十年的私人记忆》）

城墙不但给了童年的张先德们以自由和逍遥，还给了他们作为旁观者来观察自己司空见惯的日常生活的机会：

> 趴在三四层楼高的城墙外缘，俯看迎曦街的芸芸众生，是我们的另一种乐趣。谁家在熬绿豆稀饭，谁在扇大蒲扇，拉蜂窝煤的走过，哪个小娃儿在木脚盆里洗澡，这些与我们的生活毫无二致、司空见惯的景象，因为居高临下纯然旁观的悠然心态，因为拉远而缩小的变形效果，也因为我们太无聊，竟使我们津津有味，百看不厌。（张先德《成都：近五十年的私人记忆》）

这里的城墙，在不经意间竟然起到了"间离"的效果。城墙成了看台，城下的街道房屋成了舞台，芸芸众生成为演员，而城墙上的少年们因为居高临下的位置，浑然不觉地获得了"审美的距离"。城墙无论如何也想象不到自己竟然有如此的神通与功用。更让城墙想不到的是，它甚或可以成为绝佳的讲鬼故事的场所：

> 那是一九六八年到一九七〇年左右，我们街上从小伙子、大姑娘，直到六七岁的娃娃，都沉湎于听鬼故事的恐怖刺激娱乐。听鬼故事的最佳场所一是黑房子，房门紧闭，关上电灯，这家的父母被要求外出避开。二是城墙，选择城墙是因为不能每晚都让人家父母走开，又不是每家都那么通泰、方便。同样是露天，街沿上和院坝都不行，它们的阳世味道太重，还常有不相干的行人、邻居走过，听故事者不易进入故事里的年代、环境、角色和气氛，达不到恐怖效果。老城墙却不同，即使夏天正午大太阳下，如果没什么人，也

显得有些化外野境的荒凉意味，秋冬天的夜里，更是幽暗凄切，鬼影幢幢，即使没听鬼故事，心里也有些闹鬼。偶有人行，或闻异声，把人吓得毛发倒竖。这种氛围上去一二十个罗汉儿都破坏不了，正是讲、听鬼故事的理想环境。(张先德《成都：近五十年的私人记忆》)

老城墙想不到这些，虽然它见证了这一切。《成都城坊古迹考》一书谈及今日之大城，如此说道："今日惟北校场军区后，尚有旧军校修建之城门洞便道，为旧城砖所砌，是仅存之城砖与城垣之样品。"不知当年的修建者是否能够预见老成都之大城今日的命运？

二　少城（满城）

我们这里所说的少城，并非秦创城时的少城，而是于康熙五十七年（1718年）在旧少城遗址上建筑的满城，又名内城，习称为少城。秦少城的建造是源于经济发展的需要，清少城的修筑则完全是出于驻防的考虑。史书记载："先是（康熙四十八年），四川巡抚年羹尧疏言'川省地居边远，内有土司番人聚处，外与青海西藏接壤，最为紧要。虽经设有提镇，而选取兵丁，外省人多，本地人少，以致心意不同，难于训练。见今驻扎成都之荆州满洲兵丁，与民甚是相安。请将此满洲兵丁，酌量留于成都。省城西门外，空地造房，可驻兵一千。若添设副都统一员管辖，再将章京等官，照兵数量选留驻，则边疆既可宣威，内地亦资防守。第今正值用兵之时，应将此事暂缓。其修葺城墙，盖造兵丁住房之处，理应预为料理'。得旨'年羹尧欲于四川地方，设立满洲兵丁，似属甚是。著议政大臣等，会议面奏。'至是议覆'……其盖造兵丁住房等项，交年羹尧预为料理。'从之。（康熙

五十七年八月庚寅）"（《圣祖仁皇帝实录》卷二百八十，转引自王纲编《大清历朝实录四川史料》上册）

由年羹尧主持修建的满城，位于大城西垣内，并以大城西墙为其西垣，东垣则利用了明蜀王所建的城墙，所以只是增筑了南北二垣。清周询在《芙蓉话旧录》里这样记述满城的城垣："满城者，就大城西门内，范以垣，其他当是张仪所筑之旧址，特垣则非耳。垣筑于康熙五十七年，周四里三分，计八百一十一丈七尺三寸，高一丈三尺八寸。垣间开门四，曰'迎祥'，俗呼'大东门'；曰'受福'，俗呼'小东门'；曰'延康'，俗呼'小北门'；曰'全阜'，俗呼'小南门'，连大城之西门而五。"《成都通览》也有这样的记载："满城一名内城，在府城西，康熙五十七年所筑，周四里五分八百一十一丈七尺三寸，高一丈三尺八寸。有五门：大东门、小东门、北门、南门、大城西门。城楼四，共一十二间。"研读这两段文字，我们会发现，《芙蓉话旧录》和《成都通览》关于城垣和城门的记载大致相同，唯一不同之处在于周回的里数，一曰四里五分，一曰四里三分。满城城垣到底周回几何？考之于正史，雍正《四川通志·城池》所记为："满城在府城西，康熙五十七年建筑。城垣周四里五分……"因此，满城城垣周长应为四里五分。

这四里五分的满城，是大城内的一个独立王国。它专为旗人建造，外面的汉人未经允许不得入内，里面的满人未经请假也不能随便外出。此外，它的管辖权是属于先后特设的副都统和成都将军的，四川总督无权过问。因此，满城在建成后的近两百年间，除了在地理位置上位于大城之内之外，其他方面和大城几乎处于隔绝的状态。有竹枝词云："右半边桥作妾观，左半边桥当郎看。筑城桥上水流下，同一桥身见面难。"（杨燮等著、林孔翼辑录《成都竹枝词》）"半边桥"在陕西街后，满城城墙骑桥而筑，因此桥一半在满城，一半在汉城，"半边桥"因此而得名。"同一桥身难见面"，虽然是写满城城墙骑桥而建的情景，却也形象地写出了满城和汉城相互隔绝的状态。另外一首竹枝词就更加直接地描述了这种隔绝的状态："城根内外半边存，满汉分开莫乱论。铁桥作桥真个好，'小东门'又'水东门'。"（杨燮等著、林孔翼辑录《成都竹枝词》）

清满汉分居的政策并非成都所独有，北京也是如此。满族皇族进驻北京之后，为了便于统治，将原居于内城的普通百姓迁至外城，内城供旗人和汉族官员居住。与北京不同的是，成都的少城不仅专供旗人居住，其建筑布局简直就是一个兵营。清人周询如是描述："清时专以此城处成都驻防之旗兵，每旗官街一条，共八条。每官街一条内，又分披甲兵丁所驻小胡同三条，共三十三条。中为西大街，将军署即在西大街之首，副都统署在军署后。"（周询《芙蓉话旧录》）如果从空中俯瞰，或者制作一幅地图，满城的形状布局颇似一只蜈蚣。《成都通览》云："以形势观之有如蜈蚣形状：将军帅府，居蜈蚣之头；大街一条直达北门，如蜈蚣之身；各胡同左右排比，如蜈蚣之足。"（傅崇矩编《成都通览》）

关于满城，清人还有竹枝词曰："'满城'城在府西头，特为旗人发帑修。仿佛营规何日起？康熙五十七年秋。"又曰："不将散处失深谋，蒙古兵丁杂满洲。四里五分城筑就，胡同巷里息貔貅。"（杨燮等著、林孔翼辑录《成都竹枝词》）正如诗中所言，满城最初的功用就是一个大兵营。这个大兵营于康熙五十七年（1718年）筹建，康熙六十年（1721年）动工，修建历时二十余年。由于满城最初是按照"大兵营"的功用修建的，因此，城中只有住房、官府和仓库，像商铺、茶馆、酒肆之类的商品交易场所和娱乐交际空间，是不允许存在的。旗兵及其家属所需的生活物资都由官方供给。这些物资基本上都是从金水河通过大东门运入之后集中放在几个大仓库之中。所以，四里五分的满城，绝大部分的建筑都是住房。这些住房大多是一排三间式的平房，或是加上偏房的三合院，前后可以有花园，有篱笆，有矮墙。

没有热闹的商品交易，没有喧嚣的茶楼酒肆，只有绿树掩映的人家,因此,满城里的环境格外幽静与舒适。清人有这样的文字记载:"城内景物清幽,花木甚多,空气清洁,街道通旷,鸠声树影,令人神畅。"(傅崇矩编《成都通览》)李劼人的描写则更加引人入胜:

> 果然一道矮矮的城墙之隔,顿成两个世界:大城这面,全是房屋,全是铺店,全是石板街,街上全是人,眼睛中看不见一点绿意。一进满城,只见到处是树木,有参天的大树,有一丛一丛密得看不透的灌木,左右前后,全是一片绿。绿荫当中,长伸着一条很宽的土道,两畔全是矮矮的黄土墙,墙内全是花树,掩映着矮矮几间屋;并且陂塘很多,而塘里多种有荷花。人真少!比如在大城里,任凭你走往哪条街,没有不碰见行人的,如在几条热闹街中,那更是肩臂相摩了。而满城里,则你走完一条胡同,未见得就能遇见一个人。而遇见的人,也并不像大城里那般行人,除了老酸斯文人外,谁不是急急忙忙地在走?而这里的人,男的哩,多半提着鸟笼,拐着钓竿,女的哩,则竖着腰肢,梳着把子头,穿着长袍,靸着没后跟的鞋,叼着长叶子烟杆,慢慢地走着;一句话说完,满城是另一个世界,是一个极萧闲而无一点尘俗气息,又到处是画境,到处富有诗情的地方。(李劼人《死水微澜》)

满城里没有尘俗气的幽静环境,与它没有半点商业气息、人烟稀少有关,也与城中花木繁多有关。成都气候湿润、温度适宜,本就是草木生长的理想国,加之旗人对花木的热爱,满城几乎就是一个花木的世界。有竹枝词为证:"'满洲城'静不繁华,种树栽花各有涯。好景一年看不尽,炎天'武庙'赏荷华。"(杨燮等著、林孔翼辑录《成都竹枝词》)生于少城长于少城的刘显之老人,对此则有更深刻的记忆:

> 少城人口稀少,房屋破烂,看起来显得是一种冷清的景象。说

它是个寂寞的荒村也不算过。但如果从那些花果竹树方面看，又似别有天地。因为你从大城人烟稠密、房屋连接的街道经过，一下由西御街或羊市街进入少城，看见行人寥寥，房屋稀疏，会使你有一种幽静而深远的感觉。春天的时候，各种珍禽奇鸟在林间飞鸣，发出清脆的歌声；海棠玉兰及桃李等花红白相映，树木已长出新叶，嫩绿的颜色好像染上人们的衣襟。到了夏天，如在浓密的树荫下慢慢行走，并不感觉烈日的威胁，耳边时时听到黄鹂和抑扬不断的蝉声，晚来凉风又送来荷花的清香气味。尤其夏天已过，到那天朗气清的秋天，桂花盛开，香气馥郁，到少城任何一条胡同，你都会闻到这种香味，整个少城简直成了香国，逗引你流连不忍离去。至于梅花盛开的冬天，也是没有一家没有三五株或红或绿地开着，颜色美丽，气味芬芳，真使人欣赏不尽。（转引自章夫、傅尔济吉特氏·哈伦娜格《少城：一座三千年城池的人文胎记》）

在刘显之先生的笔下，虽然少城的春夏秋冬无不鸟语花香、草木繁茂，但破烂的房屋早已显出衰败的景象。按照清朝的八旗制度，旗人是享有官饷的，称为"旗米"，与北京话说的"铁杆儿庄稼"是一回事儿。不过，为了防止"沾染汉习"，朝廷规定所有旗人都不得从事工商业活动。这样的制度导致了旗人重享乐、谋生能力低的特点。随着人口日增，只有部分旗人可以通过当兵和做官获取官饷，大量闲散人口不得不以寄生的方式存在。因此，清中叶以后，旗人虽然政治地位很高，生活却日益贫困。对于满城中旗人的这种生存状态，清人周询有这样的文字："旗丁素无恒业，坐食饷额，中叶以后，生齿日增，饷额如旧，有数家共食一饷者。城内荒凉贫困，因所住皆官房，甚有摘瓦拆柱，售以度日者。清末始为八旗筹生计，然已无及。"（周询《芙蓉话旧录》）在长篇小说《大波》中，李劼人借顾三奶奶和一位小贩的对话，更加鲜活地形容了清末年间满城旗人的"高傲"与

"穷困"：

> "满城里走得么？满巴儿不把我们汉人欺负死啦！"
>
> "过去硬是这样，卖葱卖蒜的人哪个敢进满城去？走不上两三条胡同，东西跟你拿完，不给钱，还要吐你口水，打你耳巴子。大人歪，娃娃更歪；男人歪，女人也歪；个个出来都是领爷、太太、少爷、小姐。只管穷得拖一片挂一片，架子总要绷够，动辄就夸口是皇帝家的人，是皇亲贵戚，我们惹不起。可是不晓得是咋个的，从今年起，都变了。满巴儿都不象过去那样歪了。大城里的汉人竟自有进去做生意的了。我掌柜说，近来还有好些人搬到满城去住家的。说玉将军这个人很开通，很文明，同志会的人个个都说他好。本来也好，光说西城门，就开得早，关得晏，随你进进出出，再没人管你。……"（李劼人《大波》）

文中提到的玉将军是清代历史上最后一位驻防成都的满族八旗军将军玉昆，为了缓和满汉民族矛盾，在他任期内，少城和大城之间已不再壁垒森严。不过，从这段对话看，满汉之间的矛盾和成见依然清晰可见。作为小说家，李劼人也不能避免自己的局限性，对满人的成见不时也会流露于他的笔端。这一点，从他对一位满族妇人的描写中，我们可以窥见一斑：

> 所谓肃大嫂子，懒懒应了一声，一阵鞋底拖得地板响，出来了。是一个中年妇人。那样的瘦，那样的黄，那样的病，枯草般的头发纷披在额前脑后；眼皮搭拉着有神无气；眼珠不知道是什么料子做的，该白的不白，该黑的不黑；鼻梁倒没有十分塌，鼻头却高翘在半空中；一句话说完，哪还有一点儿女人模样！乌黑一双脚鞔两只没后跟的破鞋，一件长袍，破败到难以掩体。并且人还没到，

一股不好闻的气息就向鼻端扑来。(李劼人《大波》)

若不是满汉之间的民族矛盾,想必李劼人不会对这样一位贫病交加的妇人没有些许同情。当然,我们也可以说这是小说家左拉式的自然主义描摹,但李劼人对其笔下的人物并非全无感情和个人偏好,比如他对黄澜生太太和蔡大嫂子的美貌和魅力的赞赏。不过,李劼人仍然不愧是现实主义作家,一位落魄满族妇人的贫与病被他刻画得入木三分。这位肃大嫂子的穷困状态在清末旗人中是有代表性的,对此前文已有述及。咸丰十一年(1861年),成都将军崇实任内甚至采取筹款施粥的方法拯济八旗孤贫。民间也有竹枝词可以印证:"'西校场'兵旗下家,一心崇俭黜浮华。马肠零截小猪肉,难等关钱贱卖花。"(杨燮等著、林孔翼辑录《成都竹枝词》)西校场是八旗兵练武场所。清朝后期的旗人"崇俭黜浮华",生活简单朴素,不能从事工商业的禁令也被打破,卖花成为谋生手段之一。为了能吃上"马肠零截小猪肉",等不及关钱即将花贱卖。

上文中的肃大嫂子就是因为衣食无着,贫病交加,想将其房子出租以度日。然房子已经破烂不堪,来看房的黄澜生的太太根本无法看上眼。忆及清末的少城,刘显之也有"房屋破烂"的字眼。但究竟破烂到何种程度,还是让李劼人的文字告诉我们:

"咹!就是这里?"黄太太吃了一惊。

两扇大洞小眼的木板门扉,一扇虚掩着,一扇已经离开门枢,斜倚在门框上。门的宽度不到三尺,高不到五尺,顶上的瓦已没有几片。门枋门柱俱向东边歪着,得亏一垛土墙支住,才不曾躺下去。

"好烂哟!"

体育学生连忙说道:"请进去瞧瞧,里边还可以。"

其实里边也并不见得可以。几面围墙已被无情风雨做弄出许多缺口，原本也只高仅及肩，目前是连哈吧狗都可以跳过。院门的台阶已经低了，院坝比院门台阶更低，想到大雨一来，这里又会变成一片小塘。现在还好，没有积水，仅止湿漉漉地，脚踩上去绵软得颇似踩在一片厚地毯上。倒有几株老桂和两株品碗粗的玉兰。后院一大笼黄竹，翠森森的柔筱从屋脊上耸出来。除此之外，到处是尺把高的野蒿、蓖麻、胭脂花。同时发出一种植物沤腐了的气味。

当中靠后一点有三间明一柱的矮房子。光看外表，已可断定它是康熙五十七年初建满城时的建筑物。快达二百年的高龄，由于历代主人尽管使用它，而无力保养它，它之尚能支撑住一层薄薄的瓦顶而没有扑倒下去，——它真要扑倒，比那同年龄的院子门似乎还容易，因为院子门尚有土墙顶住，它是四无依傍的。——真是一桩了不起的业绩。但也要归功于当时的制度好，没有把它修造得稍为高大，不然的话，它也早已寿终正寝了。

三间房子的中间一间最坏了，六扇长格子门，现在只剩下两扇，而且都在东边。后面壁子，上半截的三垛泥壁，两边各一垛已无踪影；下半截的布裙板，也七零八落了。东西头两间房子的窗棂，也稀稀落落，只剩下几根残骨。不过还看得出是豆腐块加冰梅格子的。（李劼人《大波》）

肃大嫂子加上这么一个院子，真真是一户"舀水不上锅的人家"。而其他人家呢，"比这里更不如，围墙倒光了，屋顶上的瓦都没有铺满，几乎只剩下一个屋架子。院坝里哩，全是野草，几株花树都变了柴，烧了"（李劼人《大波》）。

满城的胡同，并非整排的铺面，而是错落有致的庭院，因而区别于大城的街巷。有人说，成都的满城，是北京胡同文化和建筑风格在南方的"孤本"。就是这样一个"孤本"也难免衰败和消亡的命运。清朝末年，随着清王朝的江河日下，满城也日益萧条。辛亥革命后，虽然满城实现了和平交接,但旧满城已是灰飞烟灭,这里已不再是满蒙八旗的领地。许多达官富贾、殷实大户看中了这里城市山林般清淡幽静的环境,纷纷来此购地置房,新建了许多各具特色的四合院。各条胡同也因"胡同"一词的满族属性,一律易名为街巷。满城城墙也被逐步拆除。1912年首先拆除了少城八宝街至老西门之间北段城垣;随后又拆除了包家巷至西校场之间的南垣;1913年于西校场侧增辟通惠门(又称新西门);1921年拆除了西御街口的城垣;1935年拆毁了满城的最后一段城垣(从半边桥至小南街)。从此,满城城墙完全消失。老成都之满城亦不复存在,只有宽窄巷子还留有北京胡同文化和建筑风格在南方的"孤本"的一点影子。

三　皇城

清人有竹枝词曰:"本是'芙蓉'城一座,'蓉城'以内请分明:'满城'又共'皇城'在,三座城成一座城。"(吴好山《成都竹枝辞》)成都城在秦创城时便以少城接大城的形态存在;至唐代,则形成了由内而外的宫城、皇城、罗城、羊马城四重城的格局;到了清时期,又恢复了少城西接大城的建制,但与秦时又有所不同。一则,清时的少城(即满城)位于大城内西部,而不是位于其外"接乎其西";二则,大城正中还有城中城——"皇城"。因此,清代的成都城既不是单纯的类似于唐代的重城,也不是纯粹的秦时的"大城接少城",而是两者兼而有之。

关于老成都的"皇城",可就说来话长。众所周知,四川在清代的建置为省,成都为省会,同时仍置成都府及成都、华阳两县,但不管怎样,成都都和"皇城"不沾边儿。事实上,清时成都人所言的"皇城"指的是贡院。贡院所在地,在唐末五代时,是前蜀国、后蜀国的宫城,明时,是朱元璋第十一子朱椿的藩王府。因此,民间习称贡院为"皇城"。对此，李劼人有着精彩的解说：

  好多人都以为这个皇城就是三国时候蜀汉先主刘备即位登基的地方。其实，它和刘备并无丝毫关系。它在唐朝时候，靠西一带，是有名的摩诃池，靠东一小块，是节度使府，大家耳熟能详的诗人杜甫，曾在这里陪严武泛过舟，还做过一首五言律诗。唐末五代，王建、王衍父子的前蜀国，孟知祥、孟昶父子的后蜀国，即就此地大修宫室苑囿，花蕊夫人做了宫词一百首来描写它的繁华盛景。但到南宋诗人陆游来游览的时候，已说摩诃池的水门污为平陆，大概经过元朝的破坏荒芜，摩诃池更污塞干涸了许多。明太祖朱元璋封他第十一爱子朱椿为蜀王，特意派人给修了一座极为雄伟的藩王府，据说，正殿所在恰就是从前摩诃池的一角。明朝末年，张献忠在成都建立大西国，藩王府是大西国皇宫。张献忠由于情势不妙，退向川北时，实行焦土政策，藩王府在一夕之间化为乌有；而且十八年之久，成为虎豹巢穴。清朝康熙十几年，四川省会由保宁迁还成都，才披荆斩棘，把这片荒场，划出前面一部分，改为三年一考试的贡院，将就藩王府正殿殿基修成了一座规模不小的至公堂，（与藩王府正殿比起来，到底不如远甚。因为摆在旁边未被利用的一些大石础，比至公堂的柱头不知大多少倍，而至公堂的柱头并不小！）又将就前殿殿基，修成一座颇为崇宏的明远楼。史书和古人诗词所记载咏叹的摩诃池，更从明藩王府的西池，缩小到一泓之水，不过几亩大的一个死水塘。然而大家仍称之为摩诃池。犹之这个地方尽管发生过这么多的变迁，贡院也有了二百多年历史，而人民还是念念不忘，始终呼之为皇城，还牵强附会，硬说它是三国时候的遗址，都是一样不易解说的事情！（李劼人《大波》）

不但民间牵强附会，认为皇城是蜀汉刘备登基的地方，清人周询在其《芙蓉话旧录》中也如是说："皇城在大城之中心,即明初蜀王藩府之宫墙,俗呼曰'皇城'。城形正方,周约二里许,相传即蜀汉宫,史谓先主即位于武担山之南,地当在是。"蜀汉刘备登基,"即皇帝位于成都五担山之南",应在今北校场内。周询的说法,想必是出自民间的传说,而民间源何会有这种传说?正如李劼人所言是"一样不易解说的事情"。上文中提到的摩诃池是蜀王杨秀扩筑子城取土之处,摩诃池即大池,摩诃为梵语音译,意思为大。唐代中叶,摩诃池为泛舟游览胜地。杜甫有《晚秋陪严郑公摩诃池泛舟》一诗:"湍驶风醒酒,船回雾起堤。高城秋自落,杂树晚相迷。坐触鸳鸯起,巢倾翡翠低。莫须惊白鹭,为伴宿清溪。"(成都市文联、成都市诗词学会编《历代诗人咏成都》)五代时,因为筑城饮水,池面积扩大至十顷;南宋时有所缩小。明建藩王府时,填去池之大半;至清时,摩诃池只剩下数亩池塘般大小;到了民国,就连这剩下的一泓之水也被填作军队操场,摩诃池遂无迹可寻。

前、后蜀的宫城在宋平定后蜀后仍在,990—994年间,农民起义首领李顺占据成都,995年宋师打败李顺后,宫室尽毁。明初,朱元璋封朱椿为蜀王,始在大城中修筑蜀王府,并环以萧墙。明正德《四川志·藩封·蜀府》载:"太祖高皇帝治定功成,乃封第十一子于蜀,建国成都。洪武十八年(1385年)谕景川侯曹震等曰:'蜀之为邦,在西南一隅,羌戎所瞻仰,非壮丽无以示威,汝往钦哉。'震等祗奉,营国五担山之阳,砖城周围五里,高三丈九尺。城下蓄水为濠。外设萧墙,周围九里,高一丈五尺。南为欞星门,门之东有过门,南临金水河,为三桥九洞以度。桥之南设石兽、石表柱各二。红桥翼其两旁。萧墙设四门,东曰体仁,西曰遵义,南曰端礼,北曰广智。……"(转引自《成都城坊古迹考》)比起周约二里许、占地五百亩的清贡院,明藩王府确实可以称得上"壮丽"。然而,这"壮丽"的藩王府由于明末张献忠的放火一炬,一夕之间化为乌有。对于张献忠的烧光政策,明末清初学者费密《荒书》载:"焚蜀王宫室并未尽之物。凡石柱庭栏皆毁,大不能毁者则聚火烧裂之。"清人沈荀蔚《蜀难叙略》又载："惟蜀府数殿，累日不能焚。后以诸发火具充实之，乃就烬。"

因为张献忠的焦土政策，不但皇城，就连大城也悉数尽毁。所以，清朝初年成都府没有像样的场所可以举行乡试，乡试便改在保宁府举行。康熙四年（1665年），成都巡抚张德地奏请就明蜀王府旧基修建贡院，康熙五年即开始举行乡试。后经过屡次重修、增修，贡院房舍已达一万三千九百三十五间。关于贡院的建筑格局，清人周询有着相当详细的描述：

> 皇城在大城之中，即明初蜀王藩府之宫墙，俗呼曰"皇城"。……隋，蜀王有（应为杨——引者注）秀及五代时王、孟宫苑皆在是。张献忠破成都，亦即蜀王府作宫殿。清时以此城之前半改作乡试贡院，后半设宝川局，为川省铸制钱之所。南面城门三洞，在科举时，中洞上悬"天开文运"四字巨匾，字皆径丈。门外左右巨桅各一，乡试时，桅悬一旗，左书"腾蛟"，右书"起凤"二字。桅前有石坊，上镌"为国求贤"四字。坊外即濒御河，河上石桥三道，犹是蜀藩故物，故地名"三桥"。三洞门内，第二重门亦三城洞，上为明远楼。一、二两重门之间，右为府试院，成都知府试童军地也，规模亦殊宏阔。丰裕仓即在府试院之对面。明远楼以内，中为甬道，左右皆号舍，有东街号、西街号，东三所、西三所之区分，共有号舍一万四五千间。上为"致公堂"（应为至公堂，下同——引者注），即蜀藩"奉先殿"故址。"致公堂"左右，则为弥封、腾录、对读、供给等所，所谓外帘也。"致公堂"后，中亦甬道，左右各一长池，淤涸已久，荒草离离，即"摩诃池"也。又其内为监临院，左右为提调道、监试道所住。再进即内帘门，中为"衡鉴堂"，两主考居左，内监试府及内收掌官居右。再进即十四房同考官所居，后为内帘厨房，花蕊夫人故井在焉。再后即宝川局之

墙。清末科举停后，号舍全拆，今则皇城垣亦全拆。贡院旧址改建四川大学，惟前面三城洞犹存。宝川局自制钱停制后，清末就其地改修劝业道署及劝业公所。城之北面有一洞门，俗呼"后宰门"，即宝川局之大门。在蜀藩时，犹北平故宫之有地安门也。（周询《芙蓉话旧录》）

贡院，顾名思义，是为朝廷贡献人才的地方。正如清代科举制度的完备一样，各地贡院的建筑也是循例而行的。因此，成都贡院建筑格局与其他地方大致相同，区别只在于规模的大小。清廷每三年举行一次"乡试"，一般都在阴历的八月。每逢开考之年，成都贡院都会迎来全川各州县的秀才。这是贡院最紧张和隆重的日子。来自各州县的应试者，手提竹篮，埋头缓步，陆续进入贡院大门。点名之后，被分配住进一排排鸽笼似的号棚内。每间号棚，长约一米，宽八九十厘米，应试者要在这里熬过三试九天，其辛苦之状是可以想象的。考生在号棚住定后，会有人扛着写有考试题的一面大木牌，缓缓走动；同行的还有一个人，提一面锣，一面敲一面喊："有冤报冤，有仇报仇！"清人所作竹枝词，分别从不同的侧面歌咏了乡试时的情景，杨燮《锦城竹枝词》有云："起凤腾蛟鼓吹迎，千文矮屋蜀'王城'。卓家酱菜丁家烛，每到科场更出名。"又云："每到科场十五夜，'至公堂'后庆元频。即看举子号前月，曾照蜀王宫里人。"吴好山《成都竹枝辞》则这样歌咏："'求贤为国'重科场，谁向'皇城'筑两廊。不受秋阳还避雨，秀才沾得小侯光。"（杨燮等著、林孔翼辑录《成都竹枝词》）清人杨揆有一首题名为《贡院》的诗，不仅写出了贡院作为乡试之地的森严，还描绘了开考之时的自然环境，以及考生推陈出新之不易。诗曰：

万瓦鱼鳞压短檐，安排令甲最森严。地名尚判东西院，人望从分内外帘。从桂飘香风力峭，疏槐脱叶露痕粘。吟声消尽三条烛，

花样谁如蜀锦添。(成都市文联、成都市诗词学会编《历代诗人咏成都》)

清朝末年,科举考试废止,成都兴办新学蔚然成风,贡院也由考场改做了学堂。李劼人对其情形描述甚详:

> 光绪二十八年废止科举,开办学堂,三年才热闹一回的贡院,也改作了弦歌之所。从前使秀才们做过多少噩梦,吃过多少辛苦的木板号子,拆除得干干净净,使明远楼内,至公堂下,顿然开朗,成为一片像样的砖面广场。部分房舍保留下来,其余都改修为讲堂、自习室与宿舍。到辛亥年止,光是贡院的部分,就前后办了这么一些学堂:留东预备学堂,通省师范学堂,优级师范选科学堂,通省补习学堂,甲等工业学堂,绅班法政学堂,通省师范附属高等小学堂,以致巍峨的皇城门洞外,长长短短挂满了吊脚牌。而且就在皇城门洞两边,面临两个广大水池,背负城墙地方,还修建了两列平顶房子:西边的叫作教育研究馆,东边的叫作教育陈列馆。(李劼人《大波》)

贡院的主体建筑为至公堂和明远楼。在四川的近代史上,这些建筑曾见证过许多重要的时刻。1911年10月武昌起义后不久,四川宣布独立,11月27日,大汉四川军政府在成都成立,庆典仪式就在至公堂举行。让我们随李劼人的文字回到那个庄严、热闹、混乱的现场吧:

> 轰隆隆!……轰隆隆!……轰隆隆!三声震耳欲聋的铁铳,很像就在明远楼那畔响了起来。接着至公堂内一派军乐悠扬。广场上人声立刻嘈杂,不管是不是代表,都争先恐后涌向前来,把列着队的学生都挤乱了。只管有人大喊:"文明点!文明点!……同胞们,大家维持秩序!……"谁管这些?谁不想逼近露台瞻仰一下都督的风采?顿时,至公堂下的广场也变成了大戏场,甚至比大戏场还加

倍的热闹!

军乐声中,至公堂背后的屏门洞然大启。一个穿军装的大汉,双手捧着一面三尺见方的红汉字旗子,首先走出。跟在后面走到桌子跟前的,便是正都督蒲殿俊、副都督朱庆澜,两人都穿着深蓝呢军服,戴的是绣有金缘军帽,各人手提一柄挺长的金把子指挥刀。接踵走出的,是三十来个外国人,是上百数的、有穿军装、有穿洋装、有穿学生装、也有穿长袍马褂、有剪了发辫、也有未剪发辫,一时看不明白,不知道是一些什么人。

"万岁!……万岁!……大汉中国万岁!……大汉万岁!……中国万岁!……"先从至公堂上喊起。一霎时,广场中间也雷鸣般相应起来。并且此起彼落,喊了又喊。在呐喊声中,还有拍巴掌的,有打唿哨的,有揭下帽子在空中挥舞的。……(李劼人《大波》)

军政府成立后十二天,正都督蒲殿俊、副都督朱庆澜率领文武大员来到东校场阅兵,突然发生兵变。大批乱兵涌出东校场,到处杀人放火,掠夺库银,抢劫富户。此次兵变,一般舆论归咎于四川总督满大臣赵尔丰。尹昌衡借助兵变,取蒲殿俊而代之。1911年12月22日,赵尔丰在贡院至公堂前被尹昌衡斩杀。流沙河先生如是复现当日之情景:

尹都督嗓子亮,历数了赵尔丰的罪行,然后高声问:"各位父老兄弟,你们说,杀不杀?"

两旁吼叫,一片杀声,滚动如潮。

赵尔丰忽然怒指尹都督,揭发当初尹昌衡来拜见,密约互保:革命成功了,尹保赵不死;革命失败了,赵保尹无罪。现今翻脸不认人,十足诈骗,是个小人。

尹都督冷笑一挥手,下面刽子手急挥刀。血喷头落,幕落剧终。(流沙河《老成都·芙蓉秋梦》)

许多到过老成都的人，都会注意到它与老北京的相似性。这种相似性首先表现在城的格局上，老成都和老北京都是城接城、城套城。其次，成都贡院的中轴线结构与紫禁城也有几分相似。成都人张先德忆及老成都皇城时曾说："我小时候看到的老皇城还有城楼，围墙比城墙略矮，城前的御河上有几座小石桥，格局近似北京的天安门，只是规模小得多，色调也素净得多，给人以庄重肃穆之感。"（张先德《成都：近五十年的私人记忆》）贡院与紫禁城的相似之处除了建筑风貌之外，还在于它们都有一座"煤山"。不过，把贡院的煤山和北京的景山（又称煤山和万岁山）作类比，肯定会受到李劼人的批判：

>　　煤山这个名词，未免太夸大了一点，并且和北平景山的俗名，也有点相犯。如其是从北平来的朋友一听见这个名词，一定以为成都这个煤山，大概也有北平景山那个规模了。如此，则北平朋友一定要上一个大当的。
>
>　　虽然，在从前皇城犹是贡院时，每到新年当中，成都的男女小孩，穿着新衣裳出游，确也有许多很喜欢到这地方来"爬山"，佝偻着身子，做得好像登峨眉山似的艰难，爬到山顶，确也要大声喧哗道："真高呀！连城外的树木都看得清清楚楚的。"
>
>　　真的，我幼年时也曾去登临过，的确比城墙高，比钟鼓楼高。在天气晴朗之际，不但东可以望见五十里外青黝黝的龙泉山色，而且西也可以望见远隔百里的玉垒山的雪帽子。不过在多阴少晴的成都，这种良辰倒是不多。
>
>　　其实，所谓煤山，真不足叫做山，积而言之，只是一个有青草草的大土堆。原不过是清朝时代，铸制钱的宝川局烧剩的煤渣，在这皇城的空隙地点，日积月累，不知经了好多年，积成了这个高不过五丈，大不过亩许的煤渣堆。成都人过于看惯了坦平的平地，偶尔遇见一点凸起不平的地方，便不胜惊奇，便是一个二三丈高的人

土包,且有本事赶着认它是五丁担土而成,是刘备在其上接过帝位的五担山,何况这煤渣堆尚大过于五担山数倍,又安得不令一般简直连丘陵都未见过的人,尊称之为山,而公然要佝偻的爬呢?(李劼人《危城追忆》)

这个不足以称作山的"煤山",在兵戈不断的成都的近代史上,也难逃沦为战场的命运。事情是这样的:1932年,国民革命军第二十四军军长刘文辉、二十八军军长邓锡侯、二十九军军长田颂尧,三军合驻成都,因为权力之争,刘、田兵戈相见。煤山为全城高地,为了争夺这个制高点,双方展开了一场恶战。"据说,光是步枪、机关枪、手榴弹就像一大锅干豆子,加着猛火在炒的一般;还上两方冲锋的呐喊,真有点鬼哭神号,令听的人感到只须半点钟的工夫,人类便有绝灭的危险。"(李劼人《危城追忆》)对于这次战争的惨烈,王霜菊《记壬申年(1932)古历十月二十三日成都巷战竹枝词》记曰:"当灾最是数'皇城',学校民房一扫平。几次冲锋拼死命,'煤山'脚下万人坑。"还有对因争权而发起战争的军阀表示鞭挞的竹枝词,曰:"双方肉搏抢'煤山',弹雨横飞遍市阛。只利私人忘博爱,伊谁当道恤民艰。……'煤山'近处血成河,惨矣军民击毙多。忍看繁华成瓦砾,问天何日杀群魔?"(杨燮等著、林孔翼辑录《成都竹枝词》)这次战争之后,经历过数次巷战的成都人,痛感于战争给城市和平民带来的灾难,便想法根除巷战。结果想出的可行办法是铲除煤山。自此,煤山便成为了无痕迹的平地。

清时的成都贡院虽说只是开科取士的地方,但一般百姓也是不得入内的。这也是它被称为"皇城"的原因之一。皇城正门之前宽约数十亩,被叫做皇城坝的地方却是成都人最爱去的地方之一。因为这是一个类似于老北京天桥的集小吃、杂耍、游乐为一体的场所。

> 每日自黎明起，或说鼓书，或唱道情；耍百戏者，锣鼓齐敲；卖打药者，刀矛并举。他如医卜星相各家，则争驰于极南之照壁墙下，如棋布星罗，举莫能穷其所至。东西两辕门内外，遍设饮食茶点等处，所谓有物皆备，无美不臻者，直至日落西山，始见人影乱散焉。（徐心余《蜀游闻见录》）

清人徐心余的这段记载犹如一幅水墨画，透着文人以俗为雅的情致。李劼人笔下的皇城坝则更多市井气，并且道出了皇城坝被称为"扯谎坝"的缘由：

> 皇城坝在没有开办学堂之前，是一个百戏杂陈，无奇不有的场所。有说评书的，有唱金钱板的，有说相声的，有耍大把戏的，有唱小曲子的，有卖打药和狗皮膏药的，有招人看西湖景的，也有拉起布围、招人看娃娃鱼的，有掏牙虫兼拔痛牙的，也有江湖医生和草药医生。但是生意最好的，还是十几处算命、测字、看相、取钱不多而招子上说是能够定人休咎、解人疑难、与人以希望的摊子。不过也就由于这些先生说话不负责任，才使皇城坝得了个浑名，叫扯谎坝，和藩台衙门外面那个坝子一样。（李劼人《大波》）

清末科举废止后，皇城一度曾是各种新式学堂所在地。辛亥革命后，学校迁出，皇城旧址成为川省军政长官公署所在地。1918年，官署迁出，此地又成为学校区。20世纪60年代，皇城主体建筑至公堂、明远楼、牌坊及部分旧屋仍在，"文革"中被全部拆除。如今，如果要去寻找昔日皇城坝和皇城的影子，我们只能在天府广场和四川科技馆旁怅然了。许多年后，也许很少人会知道天府广场和四川科技馆所在地就是皇城坝和皇城的旧址了吧。

第二章　千年文脉

一　琴台路与司马相如

当代作家聂作平在其《成都滋味》一书中,这样描写成都的琴台路:

> 入目都是一色的仿古建筑,明知这不过是今人的怀古之作,可两旁典雅的店招,引人注目的画像,间或的三几棵小树,如果不是依旧有车来车往,如果不是从店铺里传来的流行音乐,你会恍然地以为自己已进入了时空隧道,行走在千年前的往事里。在一个千篇一律的都市里,入目的都是千篇一律的灰色楼房。当我们的眼睛疲了、倦了,当我们穿过喧闹的长街走进琴台路,那些碧树红瓦便让人眼前顿时一亮,心便宽了起来。

这段文字中所呈现的"让人眼前顿时一亮",接着心也"宽了起来"的仿古商业街,当是 2002 年改造后的琴台路。早在清朝末年,这条路还不过是城墙外环城路的一段,被称之为环城左路。民国二年(1913年),通惠门(又称新西门)开辟,加之市政沿城垣筑路,这条从通惠门至青羊宫的道路,便成为青羊宫花会的交通要道。20 世纪 60 年代,此路东侧的老城墙被拆除,西侧的菜地上修起楼房,它便从单纯的路变而为街道,路名也改为建设路,1977 年更名为西城边街。1987 年被改造扩建为仿古商业街,道路两侧建筑皆为仿古建筑,并建有跨街仿古牌楼"琴台故径"。1989年，这条路被正式命名为"琴台路"，用以纪念汉代文学家司马相如和他的爱情。因为这条仿古商业街的主业为珠宝，所以成都人又称之为珠宝一条街。2002年，琴台路又进行了全面改造。改造之后的琴台路，总长900米，宽24米，位于通惠门路和锦里西路之间。正如上述引文所言，琴台路街道两侧一色的飞檐角翘的仿古楼宇，加上汉画像花岗岩石铺就的人行道，以及"铜车马""龙形灯"和"凤求凰"等主题雕塑，使得它在灰色的现代都市街景中别具一格。在某些时候，它会让置身其中的现代人有恍然之感，仿佛身在千年之前。当然，琴台路的命名和规划不纯粹是为了怀古，而是有其商业诉求。不过，这种商业诉求依托更多的是现代人对一代文豪司马相如的追慕、对"文君当垆、相如抚琴"的千古爱情的欣羡、对汉代繁华都市气象的遥念。现代人的这种情愫在学术研究、艺术创作、坊间传说中都有显而易见的表现，琴台路不过是以实体化形式将其集中表现罢了。

琴台路并不是一条复古的路，它的楼宇、牌楼也不是汉代的风格。它更多的是用现代化的手段展示汉代的历史文化，并考虑其观瞻性。在琴台路的设计建造中，对灯光的使用就充分说明了这一点。来看这段描写：

> 入夜，琴台路华灯齐放，五彩缤纷。闪烁的泛光灯使楼宇夜景错落有致，平添一分朦胧之美；黄色美耐灯勾勒出建筑物飞檐翘角的欢愉轮廓；瓦沟槽中细小的金黄映射灯使楼宇屋面金碧辉煌；门檐下悬挂的各式宫灯晶莹剔透，风姿绰约，仿佛来到汉王朝的宫殿里；"铜车马""龙形灯"，《凤求凰》被从托座上射出的灯光装饰得神秘莫测；路中的"石雕灯"散发出淡黄色的光芒，给绿化带中的花木披上了一层闪亮的外衣；蓝色的地埋道向灯折射出两条光彩带，显现出温馨浪漫的气息；石桥水景中的干雾喷泉射出的彩光，给道路增添了几分古意。（曹丽娟、凌宪主编《成都老街的前事今生》）

走在各色灯光映衬下的琴台路，会让人想起遥远的汉代以及那些古色古香的历史事件，但让人感受更多的应该是各式灯光的美轮美奂和现代科技的巧夺天工。至于复现当年的"琴台"，还原汉代的历史文化，灯光、雕塑和现代科技恐怕是无法做到的。琴台路修建的本意也不在于"复现"和"还原"，而在于"展示"。假使照原样重建了，也只是一个"赝品"。更何况史书中只言相如故宅有琴台，故宅什么样，琴台又如何，却语焉不详，又照什么恢复呢？

不但历史上的琴台难以照原样复现，就连司马相如的故里在何处，都是一个颇有争议的问题。《史记·司马相如列传》云："司马相如者，蜀郡成都人也，字长卿。"清代学者王培荀在其《听雨楼随笔》中表达了不同的观点：

> 人皆以相如为成都人，实今之蓬州人，后迁成都，又居临邛，三处皆有琴台。蓬州隋之相如县，以相如所居之地而名。明初，乃省入蓬州。其故宅在州南，琴台在宅右，傍嘉陵江。《周地图记》："台高六尺，周四十四步，后人建祠。"明学使卢雍诗云："蜀中人物称豪杰，汉室文章擅大家。此地卜居犹故迹，当时名县岂虚夸。琴台积雨苍苔润，祠屋滨江草树嘉。莫问少年亲涤器，高风千载重词华。"江北有相如坪，传长卿治别业于此，墓在灌县东十二里。（王培荀《听雨楼随笔》）

因《史记》为最早记载司马相如事迹的著作，且作者司马迁距离司马相如的年代最近，学界一般以《史记》中的观点"蜀郡成都人"为然。但史书中又载蓬州有相如县，相如县有相如故宅和相如祠堂，且明代学者曹学佺在《蜀中广记·蜀郡县古今通释》中明确提出："相如县，长卿桑梓也。"故而，一些研究者所持观点与王培荀略同。直至今天，关于司马相如故里的问题，学界也没有达成共识。但有一点可以肯定，即司马相如和卓文君曾先后居住于成都、蓬州、临邛,此三地都有相如故宅。那么,成都故宅在哪里呢?据《太平寰宇记》卷七十二《益州耆旧传》载:"宅在少城中笮桥下百步许。"《蜀中广记·名胜记·成都府二》云:"司马相如宅在州笮桥北百许步。"又《益州记》:"市桥西二百步得相如旧宅,今海安寺南有琴台故墟。"考之具体位置,当在今通惠门之东,即原有之金水河上金华桥一带。今修建之琴台路应是汉司马相如成都故宅的大概位置。历代盛传之琴台即司马相如故宅,琴台路的命名即来源于此。

琴台路的修建,史上相如县的命名,司马相如故里的争论,都说明了一个问题,即后世对司马相如的推崇。明冯梦龙曾这样说道:"相如之取重后代若此!彼风流放诞者得乎哉!"(冯梦龙《情史》卷四《卓文君》)司马相如的"风流放诞"主要表现为横溢的才华和不羁的性格,他与卓文君之间的爱情传奇无疑是其集中体现。对于这段爱情传奇,《史记》如此记载:

> 会梁孝王卒,相如归,而家贫,无以自业。素与临邛令王吉相善,吉曰:"长卿久宦游不遂,而来过我。"于是相如往,舍都亭。临邛令缪为恭敬,日往朝相如。相如初尚见之,后称病,使从者谢吉,吉愈益谨肃。临邛中多富人,而卓王孙家僮八百人,程郑亦数百人,二人乃相谓曰:"令有贵客,为具召之。"并召令。令既至,卓氏客以百数。至日中,谒司马长卿,长卿谢病不能往,临邛令不敢尝食,自往迎相如。相如不得已,强往,一坐尽倾。酒酣,临邛令前奏琴曰:"窃闻长卿好之,愿以自娱。"相如辞谢,为鼓一再行。是时卓王孙有女文君新寡,好音,故相如缪与令相重,而以琴心挑之。相如之临邛,从车骑,雍容闲雅甚都;及饮卓氏,弄琴,文君窃从户窥之,心悦而好之,恐不得当也。既罢,相如乃使人重赐文君侍者通殷勤。文君夜亡奔相如,相如乃与驰归成都。家居徒四壁立。卓王孙大怒曰:"女至不材,我不忍杀,不分一钱也。"人

或谓王孙,王孙终不听。文君久之不乐,曰:"长卿第俱临邛,从昆弟假贷犹足为生,何至自苦如此!"相如与俱之临邛,尽卖其车骑,买一酒舍酤酒,而令文君当炉。相如身自著犊鼻裈,与保庸杂作,涤器于市中。卓王孙闻而耻之,为杜门不出。昆弟诸公更谓王孙曰:"有一男两女,所不足者非财也。今文君已失身于司马长卿,长卿故倦游,虽贫,其人材足依也。且又令客,独奈何相辱如此!"卓王孙不得已,分予文君僮百人,钱百万,及其嫁时衣被财物。文君乃与相如归成都,买田宅,为富人。(《史记·司马相如列传》)

客游梁国归来后的相如,因为家贫投奔临邛好友王吉,因此结识卓文君,成就了一段千古佳话。在司马相如与卓文君的爱情婚姻中,司马相如无疑是用了计谋的,他佯装与故友王吉重逢于临邛,作为县令的王吉又佯装对他恭敬之至,以图抬高他的身价,相如才得以成为卓王孙的座上宾。在宴席之上素知卓文君爱好音律的王吉,又竭力鼓动相如抚琴。因此,才有了相如琴挑文君,文君夜奔相如,以及后来的文君当垆卖酒,卓王孙分僮仆钱财予文君,相如因婚致富的事情。有人认为这是一代风流才子的智略,但也有人因此诟病司马相如的人品,认为他"偷妻""窃赀"("受金")。苏轼就因此贬抑司马相如:"司马相如归临邛,令王吉谬为恭敬,日往朝相如,相如称病,使从者谢吉。及卓氏为具,相如又称病不往。吉自往迎相如。观吉意,欲与相如为率钱之会耳。而相如遂窃妻以逃,大可笑。"(苏轼《司马相如之诟死而不已》,《苏轼文集》)针对这些微词,李贽在《藏书》卷三十七《司马相如》条中指出:

  方相如之客临邛也,临邛富人如程郑、卓王孙等,皆财倾东南之产,而目不识一丁。令虽奏琴,空自鼓也,谁知琴心?其陪列宾席者,衣冠济楚,亦何伟也,空自见金而不见人。但见相如之贫,不见相如之富也。不有卓氏,谁能听之?然则相如,卓氏之梁鸿也。使当其时,卓氏如孟光,必请于王孙,吾知王孙必不听也。嗟夫!斗筲小人,何足计事!徒失佳偶,空负良缘。不如早自决择,忍小耻而就大计。《易》不云乎,同声相应,同气相求,同明相照,同类相招。云从龙,风从虎。归凤求凰,安可诬也。

李贽在《司马相如》条中不但高度评价了相如,称他是"卓氏之梁鸿",还褒扬了文君私奔相如的行为,言她是"忍小耻而就大计"。因为史上对文君新寡后私奔相如的行为颇多微词,李贽才有此说。冯梦龙对文君的行为则直接进行了热情的礼赞,文曰:"妻者,齐也。或德或才或貌,必相配而后为齐。相如不遇文君,则绿绮之弦可废;文君不遇相如,两颊芙蓉,后世亦谁复有传者。是妇是夫,千秋为偶,风流放诞,岂足病乎!"(冯梦龙《情史》卷四《卓文君》)文君的"风流放诞"至此得到了后世文人最为热情的礼赞。清王培荀的评价则更多学者的理性色彩,他认为历史上咏文君贬其失节的诗"迂腐杀风景",称"渔洋谓欲讲道学不如作语录,何必诗也"。陈一泂有《琴台》一诗歌咏文君之事:"琴台秋老木芙蓉,落落铜官第一峰。偏有女儿识名士,人生那不到临邛。"王培荀评价曰:"风流蕴藉,斯为当行。"(王培荀《听雨楼随笔》)

民间传说中的文君井则从另外一个侧面说明了文君在世人心目中的地位和形象。以文君命名的这口汉代古井,位于今邛崃市临邛镇文君街中段,据民国《邛崃县志》记载:"甃砌异常,井口径不过二尺,井腹渐宽,如瓶胆然,至井底,径几及丈,真古井也。"相传此井乃当年"文君当垆,相如涤器"之所。民间传说此井"惟文君汲之则甘香,沐浴则滑泽,他人则否",似信此说为真的王培荀云:"岂天生尤物,水亦为之效灵乎?"(王培荀《听雨楼随笔》)看来,面容姣好、体态风流、兼具才情又不避流俗的女子卓文君确是赢得了世人的倾慕。宋陆游曾到此游历凭吊，并有《文君井》诗一首："落魄西川泥酒杯，酒酣几度上琴台。青鞋自笑无羁束，又向文君井畔来。"（成都市文联、成都市诗词协会编《历代诗人咏成都》）清王培荀认为杜诗"第大方家数，不屑如后人描画，故诗不盛传"，又言历史上咏文君井的诗作太少，遂作绝句两首以示歌咏，一曰："当炉微倦昼长闲，暂沐冰肌掠翠鬟，不待峨眉临镜好，还凭秋水写春山。"又曰："汲罢铜瓶碧甃寒，琴台日暮倚朱栏。市人都醉炉间酒，谁识清泉淡愈甘。"（王培荀《听雨楼随笔》）现代作家郭沫若于1957年到文君井凭吊，作词一首："文君当垆时，相如涤器处。反抗封建是前驱，佳话传千古。会当一凭吊，酌取井中水，用以烹茶涤尘思，清逸凉无比。"（成都市文联、成都市诗词学会编《历代诗人咏成都》）诗的年代不同，风格、情怀亦不同，相同的是对文君的称颂和追慕。

伴随对相如、文君盛赞的，是对卓王孙的批评。文君私奔一贫如洗的相如后，卓王孙大怒，不予一文钱的陪嫁。之后文君、相如以卖酒为生，更让他这位临邛首富颜面尽失。但在他人的劝说之下，他还是赠予女儿僮仆和钱财，使相如成为富人。几年后，相如为中郎将，衣锦还乡，"卓王孙喟然而叹，自以得使女尚司马长卿晚，而厚分与其女财，与男等同"（司马迁《史记·司马相如列传》）。在我来看，卓王孙作为一位父亲和临邛的首富，他的行为本无可厚非。女儿与一贫如洗的相如私奔，他如何能不大怒？文君当垆卖酒后，在他人的劝说下，他尚能顾念父女之情赠予其财产。后来，司马相如发达，他对当初之阻挠的悔意也见诸言行。这样的一个人本是一个普通的富豪和父亲，与大奸大恶之人相去甚远。然因为他对相如、文君爱情的反对，以及对相如发达前后态度的变化，使得那些怀才不遇、尚未显达、对一文不名时的相如心有戚戚然的文人，把不满的矛头指向了他。王培荀《听雨楼随笔·响琴翁与贮钱翁》曰：

成都相如故宅有琴台，掘其下得甕数十，盖空其下以响琴。用意深微，何其韵而雅也。卓王孙故宅，崛其下亦得二甕，口小，仅容一钱，腹大可容数石，盖扑满最巨者。中贮五铢钱无数，何其俗而愚也。咏之云："自是文园癖好琴，高台废后见精心。美人名士真知己，弦外余音仔细寻。""太息王孙惯积财，五铢何意委尘埃。还思卜式真高见，能为官家助费来。"

司马相如故宅和卓王孙故宅处曾分别掘出大罂，此事史书上均有记载。关于"大罂"的用途，历代有"响琴说"和"贮钱说"。这种解释实乃建立在对司马相如和卓王孙道德判断的基础之上，其中对卓王孙俗且愚的讽刺直截了当。后经考证，此处应为汉代一废窑，所掘得之大罂（或曰瓮）或为汉代之陶井壁。由此可见，"响琴说"和"贮钱说"的臆测中，隐含了多少后人对司马相如和卓王孙先入为主的评判。

纵观历代对司马相如、卓文君和卓王孙的评价，文人们对司马相如的艳羡充盈其中。唐代陈子良在《祭司马相如文》一文中用"弹琴而感文君，诵赋而惊汉主"概括了司马相如一生中最重要的两次际遇。这样的际遇显然是每一个士子所渴望的。在对相如的赞扬和凭吊中，隐含的是文人们内心的渴望。这样的渴望似乎遮蔽了人们对司马相如的全面评价。现代川籍作家冉云飞就认为，司马相如最大的功绩在于开发西蜀。他说："而西南丝绸之路主要路段的连接及其官道的开通，司马相如居功至伟，其功劳应不在出使西域的张骞之下。"130年，司马相如拜为中郎将之后，"率众新设边关，打通灵关（今四川峨边县以南）道，架桥于孙水（今四川安宁河）之上，筑成通往邛部（今四川西昌）的道路"。又作《谕巴蜀檄》一文，晓谕巴蜀父老开发西南夷的重大意义。开通西南夷道路历时数年，加重了巴蜀人民的负担，司马相如又作《难蜀父老》一文，力排众议。基于此，冉云飞说："像他这样对开发西蜀有功的人，我们不应因其文学成就——对他的文学成就，我再重申一遍，我评价不高——而使其功劳湮没不彰。"（冉云飞《从历史的偏旁进入成都》）他的观点虽是一家之言，但对我们全面、客观地评价司马相如不无启发。

成都琴台在南北朝时期成为名胜，到唐代时已趋荒凉，杜甫有诗曰："茂陵多病后，尚爱卓文君。酒肆人间世，琴台日暮云。野花留宝靥，蔓草见罗裙。归凤求凰意，寥寥不复闻。"（成都市文联、成都市诗词协会编《历代诗人咏成都》）至宋则已荒废，原址亦改为寺庙。宋京《琴台》一诗曰："君不见成都郭西有琴台，长卿遗迹埋尘埃。千年兔为狐兔窟，化作佛庙空崔嵬。黄须老人犹记得，昔时荒破樵苏人。锄犁畏践牛脚匀，古瓮耕开数逾十。乃知昔人用意深，瓮下取声元为琴。人琴不见瓮已掘，唯有鸟雀来悲吟。一朝风流随手尽，况复千年何所讯？安得雄词吊汝魂，寂寞秋芜耿寒磷。"（成都市文联、成都市诗词协会编《历代诗人咏成都》）宋以后，琴台逐渐湮没在历史的尘埃中。在王建墓发掘前，近人一度曾将其误指为琴台旧址。如今，琴台路的命名和修建，正可以弥补世人无处登临和凭吊的遗憾。许多年以后，假使琴台路还在，它一定也是一处历史名胜吧。

二 支机石街与严君平

在成都，有一条西接下同仁路北口，东向仁厚街西口的街道，名支机石街。满城时，这条街道叫作仁里二条胡同，又称为君平胡同。相传西汉严君平曾在此卖卜，故有此名。民国时，因认为胡同乃满族的称谓，此街又有一块和严君平有关的名为支机石的大石，便改称为支机石街。

据考，支机石街西段附近乃严君平宅旧址。严君平，名遵，字君平，以卖卜为生，西汉时期和司马相如、扬雄、王褒并称为"蜀中四贤"。六朝至唐，其成都宅被称为"君平卜肆"。唐岑参有《严君平卜肆》一诗，曰："君平曾卖卜，卜肆芜已久。至今杖头钱，时时地上有。不知支机石，还在人间否？"（成都市文联、成都市诗词协会编《历代诗人咏成都》）晚唐、五代时，成都道教徒杜光庭等大宏其教，君平卜肆遂改为严真观，渐渐成为成都名迹。宋人吕工弼《严真观》一诗云："卜肆垂帘地，依然门径开。沉冥时忆往，思慕客犹来。鸟啄虚檐坏，狐穿古井摧。空余旧机石，岁岁长春苔。"（成都市文联、成都市诗词协会编《历代诗人咏成都》）诗中的严真观已经破败不堪，虫鸟狐兽来往其间，但依然是好古之人探幽之处。明曹学佺《蜀中广记·名胜记》有这样的记载："严君平宅即城南严真观。"清康熙六年（1667年），严真观旧址处建支机石庙。同治《成都县志·艺文》载许儒龙《锦城器物小记》，有曰："此石既被目为神物，清代遂有人建小屋覆之，又有人向之焚香祭祷，且有老妪居此司香火。"（转引自四川文史研究馆《成都城坊古迹考》）此处的小屋无疑就是支机石庙，那块大石即是与严君平有关的支机石。民国十二年（1923年），支机石庙改建为森林公园。公园占地十余亩，有近千株百年楠木，支机石在公园南端。抗日战争期间，公园被空军层板厂占用，数百株楠木被毁。

严君平，据说原名庄君平，因避汉明帝刘庄讳，改写为严君平。在文翁创办官学的时代，他创办私学，免费教授学生。他不鼓励学生做官，主要教给学生生存的技能。严君平思想近道，以占卜为业，终生远离权贵，著有《老子指归》。曾有研究者认为严君平乃庄子的原型。这可能是对他最高的褒奖了。班固《汉书》中有关于他的记载：

> 君平卜筮於成都市，以为："卜筮者贱业，而可以惠众人。有邪恶非正之问，则依蓍龟为言利害。与人子言依於孝，与人弟言依於顺，与人臣言依於忠。各因势导之以善，从吾言者，已过半矣。"裁日阅数人，得百钱足自养，则闭肆下帘而授《老子》。博览亡不

通,依老子、严周之指著书十余万言。

《华阳国志》中也有类似的记载：

> 雅性澹泊，学业加妙。专精大《易》，耽于《老》《庄》。常卜筮于市，假蓍龟以教。与人子卜，教以孝；与人弟卜，教以悌；与人臣卜，教以忠。于是风移俗易，上下兹和。日阅数人，得百钱，则闭肆下帘，授《老》《庄》。

严君平在世时，为蜀人所爱敬，去世后也见称于史书。后世文人对他高超的学识和高洁的人格颇多吟咏。李白《咏严遵》诗曰："君平既弃世，世亦弃君平。观变穷太易，探玄化群生。寂寞缀道论，空帘闭幽情。驺虞不虚来，鸑鷟有时鸣。安知天汉上，白日悬天名。海客去已久，谁人测沉冥？"唐人吴筠《严君平》一诗云："汉皇举遗逸，多士咸已宁。至德不可攀，严君独湛冥。卜筮训流俗，指归畅玄经。闭关动元象，何必游紫庭？"（成都市文联、成都市诗词协会编《历代诗人咏成都》）史书中记载和诗歌中吟咏的严君平，是一位隐士和高士，尚不近乎神。但因严君平的思想近道，且以占卜为业，后世道教徒又大力宏扬他的思想和事迹，加之民间的各种传说，严君平其人遂被神化。来看这样一则传说：

> 时近中秋，严先生授课完毕，信步走出观外，临阶竹树，绕栋风烟。遂望武都山脉：雾道相萦，烟房互出，叶浓溪净，花深嶂密……先生叹道："山美水秀千般好，笔干墨涸万言荒。"原来这武都山乃蛮汉杂居之地，人稀地广，耕猎为生。不要说通文达翰，认得斗大之字者也难数几人。先生虽然免费开馆授学，只有顽童数人。为了添置书本正在想如何能筹点资金，再收点学生……观门

外匆匆行来一个十一二岁男孩。来在先生足下纳头便拜："先生，我母有病，今日未到学堂，请先生……"先生扶起男孩："为子者孝义当先，先生哪能责怪于你。"男孩放声痛哭，先生甚为惊讶。"先生不知，我父年前上山砍柴，不幸坠岩而亡。我娘一急，疾病上身。家中四壁空空，今日娘昏迷之中念道，要想尝尝成都抄手……我想到娘的叨念，就忍不住要流眼泪。"说毕以袖擦泪，转身欲行。

先生伸手拉住他的学生："难得你对你母亲的一片真诚孝心，拉紧我的衣角，闭住双眼，我带你去成都买抄手。"耳边旋风四起，刹时风停："将眼睁开。"男孩睁目一看，此处街市整齐、商贾云集。一店铺门前挂了一个长吊牌，上书"成都老号抄手"六个字。左右各有四个小字"食素无荤"、"食荤无素"。先生买了一碗抄手，交与男孩。男孩依法拉住衣角。耳边风势刚一减弱，男孩睁目一看，他与先生从严仙观井中一冲而出，平稳落地。先生叹道："天意！天意！"后来人们称此井为"通仙井"。（罗剑云《严君平卖卜降妖成都市》，《中国道教》1996年第4期）

上文中的严君平虽依然是一位教书先生，却会土遁等道术和仙术，显然已不同于常人。故事中那位要为母亲买成都抄手的男孩，相传乃一代文豪扬雄。严君平的确是扬雄的老师，史书记载："扬雄少时从游学，以而仕京师显名，数为朝廷在位贤者称君平德。" 扬雄称赞自己的老师："蜀严湛冥，不作苟见，不治苟得，久幽而不改其操，虽随、和何以加诸？"扬雄成名后，严君平也因学生扬雄的推崇而扬名。益州牧李彊就因此而倾慕严君平，史书中有这样一段记载："杜陵李彊素善雄，久之为益州牧，喜谓雄曰：'吾真得严君平矣。'雄曰：'君备礼以待之，彼人可见而不可得诎也。'彊心以为不然。及至蜀，致礼与相见，卒不敢言以为从事，乃叹曰：'扬子云诚知人！'"（班固《汉书》）这个传说将严君平和扬雄的师徒之情、成都名小吃抄手以及道家的神仙道术熔为一炉，倒也热闹。因为，彼时成都尚无抄手这一名小吃。此外，从这一民间传说来看，严君平垂帘教书之地并不在成都，否则也不用以土遁之术前往成都为扬雄病重之母买抄手了。这种观点并不奇怪。因为，史上关于君平垂帘教书之地本就有多种说法，后人所建扬雄之子云亭也有多处。

在民间传说中，严君平不仅会神仙道术，降妖除魔，最为人称道的还是他的占卜。晋张华《博物志》卷十记载：

> 旧说云天河与海通。近世有人居海渚者，年年八月有浮槎去来，不失期。人有奇志，立飞阁于槎上，多赍粮，乘槎而去。十余日中，犹观星月日晨，自后芒芒忽忽，亦不觉昼夜。去十余日，奄至一处，有城郭状，屋舍甚严，遥望宫中多织妇，见一丈夫牵牛渚次饮之。牵牛人乃惊问曰："何由至此？"此人具说来意，并问此是何处。答曰："君还至蜀郡，访严君平则知之。"竟不上岸，因还如期。后至蜀，问君平，曰："某年月日有客星犯牵牛宿。"计年月，正是此人到天河时也。

此传说中的严君平显然已非凡人，不但占卜极准，且通人间与仙界。这个传说后来经进一步演绎，遂用神话的方式解释了严君平宅中支机石的来处：

> 初，博望侯张骞使大夏，穷河源，归舟中载一大石，以示君平。君平咄嗟良久曰："去年八月有客星犯牛、女，意者其君乎？此织女支机石也。"博望侯曰："然。吾穷河源至一处，见女子织锦，丈夫牵牛。吾问此何地？女子答曰：'此非人间也，何以到此？'因指一石曰：'吾以此石寄汝舟上，汝还以问蜀人严君平，必为汝道

其详。'"君平曰:"吾怪去年客星入牛、女,乃汝乘槎已到日月之旁矣!"遂相与诧异。(曹学佺《蜀中广记》)

文中所言支机石为一块高不足2米的不规则方柱形石块,一面有圆锥形浅窝,一棱有长方形凿痕。此石由宋至1958年均在古严真观遗址上,即支机石街西段,1958年始移入成都文化公园内。因为严君平在民间已被演绎为神话式的人物,存在于严真观中的这块大石也被目为神物,即上述传说中天上织女的支机石。因为石上有凿痕,则又生出另一传说,杜光庭《道教灵验记》云:"太尉敦煌公好奇尚异,令工人镌取支机一片欲为器用,椎凿之际,忽若风雾坠于石侧,如此者三。公知其灵物,乃已之。至今所刻之痕在焉。复令穿掘其下,则风雷震惊,咫尺皆喧,遂不敢犯。"此说当然不可信,据研究者论证,此支机石乃一块古蜀墓石,其上的圆窝与凿痕可能是后世在使用和移动的过程中造成的,或者是用于支垫发炮石机,因而得名支机石。但它被置入严真观内之后,便被赋予种种灵异的解释。

一块古蜀国遗留下来的普通大石,因为这种种传说,便被赋予了灵性,遂成为诗人们吟咏的对象。唐代诗人宋之问曾写有一首歌咏天上银河的诗篇,叫做《明河篇》,其中就写到了这块石头:"明河可望不可亲,愿得乘槎一问津。更将织女支机石,还访成都卖卜人。"明人曹学佺《咏支机石》一诗云:"一片支机石,传来牛女津。客槎何所处?卜肆已生尘。较似昆池古,长从汉月新。每逢秋夕里,吟眺倍相亲。"(成都市文联、成都市诗词协会编《历代诗人咏成都》)成都竹枝词中也颇多吟咏,略掬几则:

豌豆芽生半尺长,家家争乞巧娘娘。天孙若认"支机石",块质犹存织锦坊。(杨燮《锦城竹枝词》)

华阳尉左"武担山",别有"天涯石"可攀。评古吊今情不已,

"支机石"在"满城"间。(定晋岩樵叟《成都竹枝词》)

天上星辰能苦织,世间人亦可登天。不然城里"支机石",那得携归织女传。(吴好山《成都竹枝辞》)

(以上均引自杨燮等著、林孔翼辑录《成都竹枝词》)

支机石原本就是古蜀国的遗迹,加之这些传说和诗人们的吟咏,遂成为好古的旅人们游成都的必到之地。清人徐心余宦游四川期间,曾目睹支机石,并记曰:"余向在成都,长日无事,邀友人散步街衢,一日步入满城,于将军署旁,见一石高五六尺,铁栏护之,友人指而告余曰:'此支机石也。'翻阅集林云:'昔有人循河源,见妇人浣纱于河,问之,曰此天河也,乃与一石而归,举以问严君平,君平曰,此织女支机石也',然则此铁栏内之支机石,即其石欤,安得起君平而质证之。"(徐心余《蜀游闻见录》)兼具学者和文人气的徐心余,在满城将军蜀旁边见到了支机石,归而查之于刘义庆的《集林》,看到了支机石的传说,表达了自己的怀疑,他说即使这块石头就是传说中的那块石头,也没有办法向严君平质疑了。川人罗念生介绍成都的风物时,也不忘支机石,他说:

西南角石牛寺旁有块"支机石",高与人齐,略带青紫,相传是织女的布机坠下人间;还有一块尖锐的"天涯石",生在宝光寺,象征远行人的壮志。城中古迹要数文翁兴学的"石室",君平算命的卜肆,扬雄的"子云亭"和他抄《太玄经》的洗墨池。(罗念生《芙蓉城》,见曾智中、尤德彦主编《文化人视野中的老成都》)

看来,支机石因其盛名,需在"君平算命的卜肆"之外单独介绍了。《成都城坊古迹考》说:"总之,此一古蜀墓石,始则被用为发石机上之附属品,继又被利用为佐证神话故事之实物。其言虽不可信,但此一文物，仍应保护。盖古蜀遗物在成都者，现仅存此件与天涯石；历代以诗文歌述者，指不胜屈。"

支机石街因支机石而得名，1958年支机石移入文化公园后，此街已徒有虚名。如今，为了使其名实相符，也为了纪念，支机石街头又立了一块假的和支机石模样相仿的大石。当年修建满城后，原君平街改名为仁里二条胡同，又名君平胡同，同时于满城南垣外另建君平街以资纪念。新建的君平街东接陕西街，西止小南街南口，长约一里，至今已有一百余年的历史。支机石街和君平街经过多次改造，已成为成都的文化地标之二，君平街头还建有君平园。今天，到成都寻觅严君平遗迹的人们，应该能够透过现代人的纪念方式，在其遗址处感知君平的清奇节操和声名远播。

三　洗墨池与扬雄

鲁迅先生对司马相如的赋推崇备至，他在《汉文学史纲要》中说："武帝时文人，赋莫若司马相如，文莫若司马迁。"汉代还有一位文学家在辞赋方面的成就可与司马相如相比，他就是扬雄。不过，扬雄虽然在辞赋方面和司马相如以"扬马"并称于世，但他的人生际遇却迥然有别于司马相如。他没有司马相如那样让世人艳羡的千古爱情传奇，也没有司马相如"不乘赤车驷马，不过汝下"（《华阳国志·蜀志》）的豪迈与野心，更没有司马相如以文辞显达于天下的际遇。在重视相貌和风度的汉代，扬雄行动迟缓、说话结巴、相貌普通；在以财产的丰厚与否为标准推举官员的蜀地，扬雄"有田一廛，有宅一区，世世以农桑为业"（《汉书·扬雄传上》）。因而，扬雄在四十岁之前一直居乡求学，直至四十岁出蜀入京后，才谋得黄门侍郎这一低微官职。

生前寂寞、仅以文章名世的扬雄，因其才学和品格终为后世所称赞。《汉书·扬雄传》中这样描述他：

> 雄少而好学，不为章句，训诂通而已，博览无所不见。为人简易佚荡，口吃不能剧谈，默而好深湛之思，清静亡为，少耆欲，不汲汲于富贵，不戚戚于贫贱，不修廉隅以徼名当世。家产不过十金，乏无儋石之储，晏如也。自有大度，非圣哲之书不好也；非其意，虽富贵不事也。（班固《汉书·扬雄传》）

宋邵博在其《扬雄宅》一诗中这样表达凭吊扬雄故宅的感慨和对扬雄的尊崇：

> 自负天人学，甘居寂寞滨。却怜载酒客，似识草玄人。三世官应拙，一区宅更贫。千年寻故里，感涕独沾巾。（成都市文联、成都市诗词协会编《历代诗人咏成都》）

应该是扬雄的"不汲汲于富贵，不戚戚于贫贱"，以及"甘居寂寞滨"的信念和行为，才让唐刘禹锡在《陋室铭》中发出这样的感叹："南阳诸葛庐，西蜀子云亭。孔子云：何陋之有！"子云亭即指扬雄故宅。刘禹锡云："山不在高，有仙则名。水不在深，有龙则灵。斯是陋室，惟吾德馨。"扬雄的陋室因为主人的才学和品格成为天下最著名的陋室。虽然岁月侵蚀、岭谷变迁，扬雄故宅及其畔的墨池，却屡废屡建，直至20世纪五六十年代其遗迹尚存。

《汉书·扬雄传》云："扬雄字子云，蜀郡成都人也。"《太平寰宇记》卷七十二曰："子云宅，在少城西南角，一名草玄堂。"宋人何涉《墨池准易堂记》云："有宅一区，在锦官西郭，隘巷著书，墨池存焉。"（《全宋文》第14册）"少城西南角"与"锦官西郭隘巷"所指应为同一个地方，据考在今西胜街附近。当初扬雄的居所是怎般模样，今天的我们已无从知晓。有学者指出，根据班固的描述，扬雄的经济身份应是自耕农（王青《扬雄评传》）。从历史学者孙毓棠《汉代的农民》一文所描述的汉代自耕农的生活状况中，我们也可以作一大致想象：

> 他们住的房屋很简陋，泥土墙，茅蓬顶，普通都是"一堂二内"，窗门很小，或编蓬为户，瓮牖绳枢，上漏下湿。更穷的或住在土窑里面。宅前有个庭，宅后即是园圃。二三十户人家住在一个"里"里面，共同出钱雇用一个监看里门的人。

扬雄的生活状况如果和这些自耕农差不多，即使稍好一点，他的居所也的的确确就是陋室无疑了。此陋室在唐代尚存，诗人岑参《扬雄草玄台》一诗曰："吾悲子云居，寂寞人已去。娟娟西江月，犹照草《玄》处。精怪喜无人，睢盱藏老树。"（丁放、曲景毅选注《高岑体诗选》）

晚唐以后，因为罗城扩建，水路改道，尊崇扬雄的后人便将扬雄宅易地重建。据晚唐郑昈《蜀记》所言，易地改建之后的扬雄宅，当在龙提池畔之龙女祠旁。龙提池乃秦张仪筑城取土的遗坑之一，因扬雄宅建于其畔，此池又称洗墨池。宋高惟几《扬子云宅辨记》云："中兴寺，即西汉末扬雄宅。南齐时有寺建草玄院，以雄于此草《太玄》也。"中兴寺在龙提池畔，此时的扬雄宅是寺僧慕扬雄之名而建，"草玄院"的名字来自于修建者误认为扬雄在此写就了《太玄》（据《汉书·扬雄传》，扬雄是在长安完成《太玄》），因此扬雄宅又被世人称为草玄堂或者草玄寺。五代后蜀时，扬雄宅与墨池皆废，建为仓库。

宋初，中兴寺尚存，草玄院已不存在。宋京《扬子云洗墨池》云："君不见子云草玄西阁门，一径秋草闲朝昏。何须笔冢高百尺，墨池黯黯今犹存。童乌侯芭竟零落，玄学无人终寂寞。汉家执戟知几年？垂老身投天禄阁。俗儿纷纷重刘向，思苦言艰动嘲谤。汉已中夭雄亦亡，不教空文从覆酱。如今却作给孤园，吐凤亭前池水寒。安得斯人尚可作，会有奇字令君看。"（成都市文联、成都市诗词协会编《历代诗人咏成都》）诗中所言"孤园"即中兴寺。宋庆历八年（1041年）高惟几恢复墨池，又"于池北建准易堂，绘子云像于堂内，又于池心筑台，建亭其上，名曰解嘲"。《墨池准易堂记》云："后代追思其贤，而不得见，立亭池端，岁时来游，明所以景行向慕。"（《全宋文》第14册）宋高惟几恢复的扬雄宅较原初的简陋模样完备许多，已经是亭、台、堂、池兼备、具有一定规模的建筑了。

明弘治年间，蜀王府又对之加以修建，规模更大一些，有书堂、书楼，内藏经书万卷。但到了万历年间，扬雄故宅"水涸荒荆芜"，"遗涧于贾区，芜秽溃污，寄足无地"。万历丙申年（1596年），范涞入蜀主持四川民政大事，决心恢复扬雄故宅。此次恢复修建的扬雄宅，是史上规模最大、建筑最宏丽的。工程历时十七个月，"构材必择钜丽者，石理瓦甓必择坚致者，卜吉兴事"。新建的草玄堂，东有仪门，外为大门，垣围共八十六丈四尺。坐北朝南，高大敞亮，古朴雅致。堂前平台下，是"浚池址逾旧，并甃石为岸，绕池为栏"的墨池。池前是"西蜀子云亭"。池边砌有雕石栏杆，周围植有奇花异草，成为锦城一处名胜。"或休憩、或游览、或谈学、或娱宾，无适而非适意，锦城胜迹蔑有右之者。"（范涞《新修扬子云草玄堂记》，参阅张绍诚《求真务实正本清源说子云》，《西华大学学报》哲学社会科学版，2005年2期）

明末，成都屡遭兵祸，锦城遭遇没顶之灾，扬雄故宅已荡然无存。清初，故宅曾作维修，后因无人经管，成为郑静山的私人住宅。道光元年，四川提督学政聂铣敏（字蓉峰）用自己的私人财产购得郑家园馆等三大院落，及周围数亩空地，创建墨池书院。修建后的园子，右边是扬雄故宅"东园"。园中洗墨池已经扩建，池边有夕佳亭、蕉红桐碧轩和先月楼。中间是墨池书院，讲堂后有高悬"燕闲清旷"横匾的厅堂，供学者研讨学问。左院为"廉泉精舍"，就原有堂房斋舍，增修葺为讲堂宿舍。对于聂学政这样的义举,成都人无不称颂感怀。聂学政创建墨池书院的初衷或许也能被成都人认同:"扬子云之有洗墨池也,不过问字、草元(诚按,避讳改玄为元)偶尔栖息之所耳。乃自汉迄今,世凡几更,而此池尚存。夫高岸为谷,深谷为陵,浮云幻态,须臾变观,何有于子云洗墨一池? 而后之人因贤人君子迹之所托,思慕爱惜,俯仰凭吊,如或遇之,是子云之灵有以长存而不昧也! ……余既喜书院之得其地,而子云之迹可复,因为之记以贺其遭,并以志勖云。"(聂铣敏《创建墨池书院记》,《重修成都县志·艺文志·记》)

清王培荀在《听雨楼随笔》中有这样一条关于扬雄故宅的记述:

> ……郑静山(成基)故宅,人云即扬子云墨池所在。隔壁即聂蓉峰所建墨池书院。今成都县署,即其故宅。有子云亭、洗墨池。《前汉书》言处郫,有田一亩,有宅一区。郫县有读书台,子云亭在其侧,墓在县西二十里。吾乡王云芝先生作记云:"郫之西,一舍许,旧有汉儒子云亭,历世滋久,沦于荒榛。"(王培荀《听雨楼随笔》)

王培荀所言与史实相去不远,可与聂铣敏的《创建墨池书院记》相互印证,但他所言"今成都县署,即其故宅"该作何解? 据同治《成都县志》:"县署在城西武担山前,顺治六年,邑令张行建即扬子云故址修建。"又载:"扬雄宅即今县治。"明代时,扬雄宅规模大占地广,已扩入成都县署,清代也曾将扬雄宅的一部分包括于县府之内。因此,王培荀才有"成都县署,即其故宅"的说法。

光绪二十九年(1903年),墨池书院扬雄故宅旧址改为成都县小学堂,后改为县立中学堂,民国后又改为成都县立中学校。墨池旧迹,日益缩小,仅留一小塘,位于学校北部,1949年后填为操场。民国初年,创办成都县女子小学时将子云亭划入其内,后女小改为女中，子云亭尚屹立于校内。抗日战争爆发后，女中疏散至土桥雍家渡，校舍交县府代管。1944年任女中校长的孙琪华前往校区查看校舍，"见教室已成为民房，'子云亭'原系木结构双层六角亭，此时上层已全朽败，下层亦墙穿壁倾，居人以木板或硬纸板竖立代壁，所有楹联，则被小儿条条尿布代替矣。因属空袭频繁期间，既不能，也不忍将居人驱走，只好听之任之。"（孙琪华《扬雄宅的沧桑史》）抗战胜利后成都女中迁至外西茶店子，子云亭移至茶店子横街，"为一六角凉亭，额书'子云亭'，门临一湾清流，有若原始扬雄宅所滨郫江。河畔绿柳成荫，绕亭芭蕉翠竹，可以带来清凉，也可怡情听雨。其间更种小树杂花，引来小鸟飞鸣，清芬远溢。近亭一带，芳草平铺，有若绿玉地毯，虽非富丽堂皇，却也清凉幽静，是学生往来缅怀先贤的好所在，亦是路过农人们歇脚的好凉亭"（孙琪华《扬雄宅的沧桑史》）。后来，移建的子云亭也因扩建被拆除了。谈到扬雄宅的沧桑变化，当代作家肖复兴这样感慨：

> 可以看出的是，从汉代到民国，历经朝代更迭无数，历经战火硝烟无数，洗墨池算是久经沧桑，始终没有消亡，总是能劫后重建，死而复生。还可以看到的是，几经兴废浮沉，洗墨池后来变迁的路线始终都是沿着书院、学堂、学校的方向走，秉承的是以扬雄为象征的教育和文化的传统，一缕文脉，清晰而透彻，细小而不枯竭，万变不离其宗。这就是文化的厉害，它可以有意识地如薪火相传，也可以形成一种自然流通的血脉，不会因风云的变化、人事的替换而阻隔得不再流淌。一个地方，历经两千年的沧桑，依然能够保持这样的文脉，什么时候都不要小瞧它，它蕴藏的后劲如老酒一样醇厚，绵绵无穷尽期。（肖复兴《蓉城十八拍》）

子云亭、洗墨池都是扬雄故宅的代指，不管是亭还是池，都是屡废屡建。但前些年为建商厦，其旧址处的学校迁出，代之而起的是林立的高楼和商厦。子云亭和洗墨池终于彻底消失在人们的视野里，这让那些对子云亭和墨池略知一二的人们遗憾不已。到成都寻访古迹的肖复兴虽然明知看不到洗墨池的一点影子，却仍然坚持到其故址处看一看。他说："洗墨池没有了，那个空间还在，洗墨池蒸发的水汽、消失的影子，就还会弥漫在那个空间之中。看得见的，和看不见的，就这样交错在只有成都这样的古城的空间中，和我们的记忆的空间中。"这是文人的执拗，也是文人对所谓文脉的敬意。然而，一番寻访，只有"青龙街""署前街"的地名还在，其他的一切，早已消失在历史的尘埃里和城市化建设的进程中。肖复兴不得不感慨："城市化的进程太快了，容不得细想，沧海桑田，转眼就是两千年。"然而，他依然相信："落日的余晖中，依稀可以看到当年洗墨池的影子，海市蜃楼一般，一片氤氲。"（肖复兴《蓉城十八拍》）

扬雄一生坎坷，辗转于四川多地，后世为了纪念他，除了在他出生的成都之外，在他居住过的犍为、绵阳、终老的郫县都修筑有"子云亭"。其中，位于绵阳西山的子云亭最为著名，今人有诗曰：

> 西山的亭子，承受不了太多的仰望
> 木柱的裂缝，斑驳的朱漆，承受不了
> 时光之重。你在亭外，可以是一棵修竹
> 也可以是一瓣丹桂，还可以是一泓清泉
> 甚至可以是一切。那些带霜的青草
> 是你喃喃的低语。那些裹泥的石头
> 是你逶迤的叹息。我不能借西山的落叶
> 回到西汉，在读书台颂读，在洗墨池沉吟
> 与你一起，煮酒说辞，对月谈赋
> 在一只蜗牛的缓行中，找到命运的纹路

>   我只能任落叶将我包裹，透过虫孔
>   看花开花落。在叶脉的折痕处假寐
>   听巴山夜雨，击打屋脊，每一声脆响
>   都有痛，绿一样漫入陈旧的生活
>   沉溺世事，你干净的手，是一缕瘦风
>   还是一束亮光，我抓不住。透骨的吹拂
>   和照耀，让我一次次慢下来，从时间中
>   剥离，像一个幸福的弃儿，前望西山
>   后望西汉，一次次昏厥，又一次次苏醒
>   心如清露，在你消失的方向独自晶亮
>
>   [野川《子云亭（外一首）》，见《星星诗刊》2012年第6期]

肖复兴的判断无疑是正确的，以扬雄为象征的那缕文脉始终没有断。今人时时都在回顾，那读书台的诵读和洗墨池的沉吟。在这种回顾里，我们的"心如清露，在你消失的方向独自晶亮"。

四 武侯祠

当代成都作家肖平在选择自己的居址时，听从深受三国文化影响的儿子的建议，选择了距离武侯祠不远的通祠路。在他家的窗前就可以看到"高高矮矮、错落有致的楼宇间"的武侯祠，武侯祠的园林、建筑和杏黄色的旗帜都显得异常鲜明，"它仿佛是镶嵌在现代都市中的一个古老城池，就像诸葛亮曾经留下的'八阵图'一样，仍在人喊马嘶，军旗飘扬。茂密的树木从灰色的围墙上方探出身来，仿佛是演武场上的十八般兵器"。（肖平《成都物语》）

肖平的这种观感显然来自于现代都市中高楼之上的俯视。此时的武

侯祠位于繁华的市中心，周围是林立的钢筋水泥的现代建筑。假如向前追溯至清末民初，景况则会完全不同。那时的武侯祠，在南门外三里。城墙把它隔在了城区之外的郊野，周围乃是一览无余的田地，"为南大路所必经，故南路之送迎者多在此"（周询《芙蓉话旧录》）。在李劼人的小说世界中，四川总督赵尔丰走马上任，成都全城文武百官就是齐集武侯祠迎接；吴鸿送别老相好伍大嫂一家，也是赶到南门外的武侯祠。今天的成都恐怕很少有人能够知道并想象昔日武侯祠门前迎来送往的景象。旧时武侯祠周围的景象就更少有人知晓了。被誉为近代《华阳国志》的李劼人的长篇小说，则为我们永远地记下了清末武侯祠周遭的详细景象：

> 站在祠门口，向南一望。半里路外，是劝业道周善培新近开办的农事试验场。里面有整齐的农舍，有整齐的树秧，有整齐的菜畦，有新式的暖室，有最近才由外洋花了大钱运回，以备研究改良羊种的美利奴羊的漂亮羊圈，还有稀奇古怪、不知何名、不知何用的外国植物。
>
> 接着试验场，是市街的背面，无一家的泥壁不是七穿八孔的，无一家房屋的瓦片不是零落破碎的，无一家的后门不是污泥成淖，摆着若干破烂不中用的家具，而所养的猪，则在其间游来游去，用它粗而短的嘴筒到处拱着泥土，寻找可吃的东西；檐口边，则总有一竹竿五颜六色的破衣服，高高地撑在晨曦中。
>
> 向西则是锯齿般的雉堞，隐约于半里之外竹树影里。向东则是绵长弯曲的大路，长伸在一望无涯的田野当中。（李劼人《暴风雨前》）

农事试验场、城墙，早已消失在历史的尘埃里，代之而起的是现代化的街道、楼房和建筑。而这座合祀刘备和诸葛亮的古祠庙大体保存了清代康熙十一年（1672年）重建时的格局。不过，这种格局也不是初建时的旧观。武侯祠始建于6世纪左右,当时位于惠陵(刘备墓)之西、汉昭烈庙的西南。当年杜甫流寓成都,游览之后歌咏的武侯祠便是此时的武侯祠,诗曰:"丞相祠堂何处寻,锦官城外柏森森。映阶碧草自春色,隔叶黄鹂空好音。"(杜甫《蜀相》,《杜诗详注》)在此后的一千多年间,武侯祠屡遭毁损,又屡经重建。明初重建时,蜀献王朱椿认为君臣宜有区别,乃撤去武侯祠,将其并入汉昭烈庙中,诸葛亮的塑像被置于刘备殿东庑。明代中期,巡抚王大用认为诸葛亮应有专祠,便在浣花溪上草堂寺东另建了一座武侯祠,人称"浣花武侯祠"。明亡后,祠庙全毁。清代重建时,在刘备殿后加修了诸葛亮殿,规格低于刘备殿,以示君臣之别。两殿各与其附属建筑自成一组,形成了现在的君臣合庙。

虽然是君臣合庙,且大门匾额上题的也是"汉昭烈庙",但成都人千百年来一直呼之为"武侯祠"。李劼人在其小说中描写武侯祠时,对此特有介绍,文曰:

> 本来是昭烈庙,志书上是这么说的,山门的匾额是这么题的,正殿上的塑像也是刘备、关羽、张飞,两庑上塑的,不用说全是蜀汉时代有名的文臣武将,但凡看过三国演义的人,一眼都认识;一句话说完,设如你的游踪只到正殿,你真不懂得明明是纪念刘备的昭烈庙,怎么会叫作武侯祠?但是你一转过正殿,就知道了。后殿神龛内的庄严塑像是诸葛亮,花格殿门外面和楹柱上悬的联对所咏叹的是诸葛亮,殿内墙壁上嵌的若干块石碑当中,最为人所熟悉的,又有杜甫那首丞相祠堂何处寻,锦官城外柏森森的七言律诗,凭这首诗,就确定了这里不是昭烈庙而是诸葛亮的祠堂。话虽如此,但东边墙外一个大坟包仍然是刘备的坟墓惠陵,而诸葛亮的坟墓,到底还远在陕西沔县的定军山中。(李劼人《大波》)

张恨水在20世纪40年代游览武侯祠时也有类似的观感。他说："现在的武侯祠，实在是昭烈庙，原来的武侯祠，已经毁灭，不过，后殿有诸葛亮父子的塑像而已，这话我承认。因为我游普通人所谓'武侯祠'，看到那大门上明明写着昭祠的匾额了。"这种情况让张恨水发出了这样的疑问：为什么臣夺君席呢？他的答案是：因为"诸葛大名垂宇宙"之故。这当然也是大多数人的看法，有诗曰："门额大书昭烈庙，世人都道武侯祠。由来名位输功烈，丞相功高百代恩。"有感于此，加之看到殿右角空着的因为昏庸失国而被世人驱逐出去的后主刘禅的席位，张恨水发出这样的感慨："觉得公道存在天地间。凭一时代的权威供着长生禄位牌，终于是会与草木同腐的。王建在这里做过皇帝，他的陵墓当然是好，可是就成了庄田一千年。而现在发掘出来，大家都以为是奇迹了。"（张恨水《蓉行杂感》，曾智中、尤德彦编《文化人视野中的老成都》）

到过武侯祠的人，肯定不会忘记那些神态各异、造型生动的人物塑像。这些塑像大多是清初重建武侯祠时请民间艺人塑制的，与《三国演义》中塑造的人物形象颇为吻合。清人徐心余在多年以后这样追忆自己当年见过的武侯祠中的刘备塑像："正殿神像金身，高不可仰，瞻拜之余，令人肃而生敬。"（徐心余《蜀游闻见录》）20世纪三四十年代，外省青年黄裳到成都游览过武侯祠之后，对诸葛亮的塑像印象颇深："最后一进是武侯的享殿。武侯的塑像全作道家装。这应该是三国演义的功劳。把诸葛亮在民众的眼里提高到神的地位，与吕洞宾成了一流人物。其实他本来是一位儒家，从隐逸的地位走出来，想借了蜀汉做一些事。虽然'羽扇纶巾'，宋朝的苏轼就已经说过；后来魏晋人的服履风度，我想也应当从他那里受到相当的影响。"（黄裳《音尘集》）

当代作家肖平则这样来形容刘备、诸葛亮和那"一堂文武"的塑像："对我来说，武侯祠是这样一个院落：它在顷刻之间把蜀汉的君臣和文武都收拢在一座院子里，仿佛是上天施行的魔法，那些本来在疆场上厮杀、在军营中谋划、在战马上驰骋的英雄豪杰突然间都丢下自己的事,跑到一座典雅的院子来齐齐坐定。这种瞬间凝固的效果,使人对武侯祠心怀敬畏。"因为家离武侯祠很近,步行五分钟即可到达武侯祠的正门,有一年的冬天,肖平便常常带喜欢三国的儿子去看那些人物塑像,他说:"我们站在幽暗的长廊下,把塑像跟小说中的人物形象一一对照。那种感觉不是通过舞台观看人物的喜怒哀乐和故事情节的变化,而是像查看身份证或户口簿那么亲近,因为面对每一个人物时,我们可以非常细致地审视他。而这些塑像的神态也不是高高在上,而是像模特那样静静地坐在那儿等你看。"(肖平《成都物语》)多次到过成都的当代著名作家汪曾祺认为,武侯祠是他到过的祠堂中最好的。原因之一,便是这些塑像。他说:"这是一个祠,不是庙,也不是观,没有和尚气、道士气。武侯塑像端肃,面带深思。两廊配享的蜀之文武大臣,武将并不剑拔弩张,故作威猛,文臣也不那么飘逸有神仙气,只是一些公忠谨慎的国之干城,一些平常的'人'。"(汪曾祺《四川杂忆》,《汪曾祺全集》[第 5 卷])民国年间马叙伦游武侯祠,也对塑像印象深刻,其文曰:"其前为昭烈祠,昭烈祠两庑皆祠昭烈臣僚,昭烈武侯塑像皆俗甚,武侯之像,竟不如剧中所饰,尤较温雅也。"(马叙伦《锦城行记》,《马叙伦自述》)

肖平说这些塑像不是高高在上的神,而是模特;汪曾祺觉得他们是一些平常的"人";马叙伦则说其"俗甚"。他们三者都看重并道出了这些塑像所表现的人物的"世俗性"。之所以武侯祠中的人物塑像会有这种特征,应该和成都数千年来的文化相关。有人说中国从来都是一个世俗社会,如果这样的判断成立的话,那么,成都则是这个世俗社会中世俗性表现得最为充分、程度最深的一个地域。它的巴蜀式的男女情爱,它的享誉中外的美食,它的懒散与闲适,无不是其世俗性的表现。作为蜀汉文化重要记忆载体的武侯祠,于无意识中携带了这一点。

当然，武侯祠所具有的世俗性，不单单体现在人物塑像的特征上，还体现在武侯祠的游乐活动中。李劼人有一段非常精彩的描写：

> 武侯祠只有在正月初三到初五这三天最热闹。城里游人几乎牵成线地从南门走来。遛遛马不驮米口袋了，被一些十几岁的穿新衣裳的小哥们用钱雇来骑着，拼命地在土路上来往地跑。马蹄把干土蹴蹋起来，就象一条丈把高的灰蒙蒙的悬空尘带。人、轿、叽咕车都在尘带下挤走。庙子里情形倒不这样混乱。有身份的官、绅、商、贾多半在大花园的游廊过厅上吃茶看山茶花。善男信女们是到处在向塑像磕头礼拜，尤其要向诸葛孔明求一匹签，希望得他一点暗示，看看今年行事的运气还好吗，姑娘们的婚姻大事如何，奶奶们的肚子里是不是一个贵子。有许愿的，也有还愿的，几十个道士的一年生活费，全靠诸葛先生的神机妙算。大殿下面甬道两边，是打闹年锣鼓的队伍集合地方，几乎每天总有几十伙队伍，有成年人组成的，但多数是小哥们组成，彼此斗着打，看谁的花样打得翻新，打得利落，小哥们的火气大，成年人的功夫再深也得让一手，不然就要打架，还得受听众的批评，说不懂规矩。娃儿们不管这些，总是一进山门，就向遍地里摆设的临时摊头跑去，吃了凉面，又吃豆花，应景的小春卷、炒花生、红甘蔗、牧马山的窖藏地瓜，吃了这样，又吃那样，还要掷骰子、转糖饼。有些娃儿顽一天，把挂挂钱使完了，还没进过二门。（李劼人《大波》）

成都竹枝词中歌咏武侯祠的篇章也充满着浓浓的世俗烟火味，略引几则：

> "草堂"游罢"武侯祠"，拂袂牵衣拜殿堰。一炷信香私祷祝，阿侬心事自家知。

"草堂寺"间"少陵祠",千古何人问学诗。"诸葛庙"中人不断,香烟缭绕讨籤枝。

"白塔寺"中无白塔,"青羊宫"里有青羊。"武侯祠"与"雷神庙",好是人间会客场。(林孔翼辑录、杨燮等著《成都竹枝词》)

前两首竹枝词中的武侯祠,香火兴旺,游人如织。相较于冷落的杜甫草堂,人们不得不发出这样的感叹:千古何人问学诗!武侯祠中的这种状况不但在春游时节如此,即使在民国年间沦为兵营马厩,到处荒草丛生的时候,依然有人求签问卜。当年黄裳到武侯祠时,祠里驻了军队,不过仍然允许民众公开游览。黄裳还求了一签。他说:"这里也照例有着'灵签',由道士管理着。我也求了一根,花了一块钱从旁边买到了一张批词。现在已经忘了上边所说的语句,不过只记得里边说的是吉祥的话而已。"(黄裳《音尘集》)

上文所引的最后一首竹枝词中说武侯祠是人间会客场,即一个与望江楼畔的"雷神庙"齐名的社会交往的公共空间。成都竹枝词有曰:"武侯祠内藕花船,夏日乘凉却自然。闻说冶游携妓往,道人也要扯糊钱。"(林孔翼辑录、杨燮等著《成都竹枝词》)这首竹枝词中所说的道人要的"扯糊钱",当然包含着成都人式的幽默,但无疑说明了武侯祠中道士的善于经营。徐心余描绘的晚清时的武侯祠即是如此。在他的笔下,祠内的船房附近是这样一个去处:"曲折西行,有路可通,入门则亭阁幽深,池塘环绕,眼界为之一变,游人均于此小憩,酒馆茶楼,随处皆可入座,均住持道士所主持,每年收入甚丰,庙产亦因之愈富焉。"(徐心余《蜀游闻见录》)李劼人对船房附近环境的描绘则更加引人入胜,他说:"就这一片占地不多的去处,由于高高低低几步石阶,由于曲曲折折几道回栏,由于疏疏朗朗几丛花木,和那高峻谨严的殿角檐牙掩映起来,不管你是何等样人,一到这里,都愿意在船房上摆设的老式八仙方桌前坐下来,喝一碗道士卖给你的毛茶,而不愿再到南头的大花园去了。"李劼人《大波》这样好的一个去处，常常座无虚席。一日，无处可去的楚用（《大波》中的人物）想在这个清净之处，喝喝茶消磨一下时光，可他到时已经没有座位了。最后还是在同学的帮助下，由当家道士安排在大花园的抱膝独吟轩里喝茶。

　　不管是香火兴旺的愿景之地，还是环境雅静的游玩交际场所，都显示出武侯祠世俗性的一面。当然，作为一座有着一千多年历史的君臣合祀的古祠，武侯祠是有它气象森严之处的。除了崇宏的大殿、雄伟的后殿、又高又长的甬道以及整齐高大的塑像之外，能给人庄严肃穆之感的，恐怕要算祠里的柏树了。早在唐代时，大诗人杜甫就歌咏过祠里的古柏，以至于后人一提到武侯祠，就会联想到那"森森"的古柏。后代文人歌咏武侯祠古柏的也很多，晚唐诗人李商隐在《武侯庙古柏》一诗中这样描写："蜀相阶前柏，龙蛇捧閟宫。阴成外江畔，老向惠陵东。……"（成都市文联、成都市诗词协会编《历代诗人咏成都》）诗中呈现的古柏，龙腾蛇缠，仿佛有灵性一般。唐穆宗的宰相段文昌有一篇文辞华丽、感情真挚的《古柏铭》，热情歌颂了武侯祠的古柏，文曰：

　　　　是草木有异，於草木则灵，武侯祠前，柏寿千龄，盘根拥门，势如龙形。含碧太空，漫雾虚庭。合抱在於，旁枝骈梢，叶之青青；百寻及於，半身蓄气，雷之冥冥。攒柯垂阴，分翠间明。忽如虬螭，向空争行。上承翔云，孤鸾时鸣。下荫芳台，凡草万生。古绝天气，苍苍冷冷。曾到灵山，老柏纵横，亦有大者，莫之与京。於维武侯，佐汉有程，神其不昏，表此为桢。斯庙斯柏，实播芳馨。（转引自吴天畏《丞相祠堂话古柏》）

　　不仅如此，千余年来，人们还赋予武侯祠古柏种种灵异的传说，其一曰：

> 成都刘备庙侧,有诸葛武侯祠,前有大柏,围数丈。唐相段文昌有诗,石刻在焉。唐末渐枯,历王建、孟知祥二伪国,不复生,然亦不敢伐之。皇朝乾德五年,丁卯夏五月,枯柯再生,时人异焉。三国至乾德丙寅历年一千二百余年,枯而复生。于皇祐初守城都,又八十年矣,新枝耸云,拜旧枯余存者,若老龙之形。(田况《儒林公议》)

此则传说中的古柏,枯死数十年之后,又发新枝,渐成茁壮之势,犹如老龙之形。古柏枯死的数十年乃王建、孟知祥的伪国时代,发新枝时,已是宋仁宗赵祯的太平之年。显而易见,其中隐含着对仁宗皇帝的歌功颂德之意。后世遂有此柏乃诸葛孔明所植,不逢盛世,不发青枝的传说。此外,还有一则传说:

> 嘉靖中,建乾清宫,遣少司马冯清求大材于蜀地。至孔明庙,见柏,谓无出其右,定为首选,用斧削去其皮,硃书第一号字。俄聚千百人斫伐,忽群鸦无数,飞绕鸣噪,啄人面目。藩臬诸君皆力谏,遂止,命削去硃书,深入肤理,字画灿然。(《游梁杂钞》)

这则传说无疑透露了明嘉靖年间民众对统治者大兴土木的不满,但更表明了武侯祠前古柏的凛然不可侵犯。在普通百姓的心目中,它已和诸葛亮爱国爱民的形象融为一体,成为正义的化身,怎能容许盗伐者的侵犯!

由于大诗人们的歌咏,以及民间的种种传说,前往武侯祠游览的人,首先要看的或许就是那些古柏了。他们潜意识地想要验证,那些古柏是否如诗人们描绘的那般,或者和自己想象的一样。周询在其《芙蓉话旧录》中这样描述武侯祠内清时的柏树:"墙内翠柏无数,远望碧云蓊然。大门内古柏亦森森参天。"徐心余的描写则更加切近和具体:"阶前老柏百余株,干老而枝叶畅茂,终年不漏日光,虽盛暑而阴深逼人,非着夹衣,不能久驻,说者谓为汉柏,当不谬也。"(《蜀游闻见录》)徐心余所见的百余株老柏应为清初重建武侯祠时所植,并非汉代或者唐、宋诗人笔下的古柏,那些古柏在明末古祠毁于战火后已经枯死。清初重建时补植了一批,之后主持道人又屡次补植。民国初年,这些老柏依然茁壮。在罗念生的笔下,20世纪20年代的武侯祠还有"几抱大的古柏"。大概十几年后,黄裳游武侯祠时这些老柏依然苍翠,他说:"这些苍翠槎桠的树木,在杜甫的诗里就已经出现过的了。是不是天宝以来的遗物呢,这我无从知道,然而它们的确给这所庙宇增添了阴森的古味。"(黄裳《音尘集》)之后,这些清时所植的老柏被驻军砍伐,至今尚存有十几株,其余的皆为后来所植。

冯至说,杜甫虽然在成都居住只有短短不到四年的时间,却使草堂成为中国文学史上的一块圣地,唐代成都的街坊祠庙也因杜甫的歌咏而垂名后世,这其中当然包括武侯祠。那么,唐代之后武侯祠的屡废屡建,古柏的枯瘁复植,祠里香火的兴旺,应该并不仅仅是由于杜甫的歌咏。肖平说,成都人"从小浸淫在三国故事的虚幻世界里,对每一匹马、每一个人、每一件兵器、每一声叫喊都亲切和熟悉",他们对武侯祠的感情就像是"面对自己的家世",耳熟能详中透着亲切与自豪。(肖平《成都物语》)这恐怕才是其中最深层的原因吧。

五 杜甫草堂

759年,诗人杜甫度过了他人生中最艰难的一年。这一年他走路最长、吃苦最多。三月,由洛阳赶赴华州,一路上兵荒马乱。七月,由华州逃荒到秦州,在秦州,诗人穷困潦倒、身无分文,《空囊》一诗云:"翠柏苦犹食,明霞高可餐。世人共卤莽,吾道属艰难。不爨井晨冻,无衣床夜寒。囊空恐羞涩，留得一钱看。"十月，由秦州南下同谷，在同谷，诗人食不果腹、衣不蔽体，《同谷七歌》云：

> 有客有客字子美，白头乱发垂过耳。岁拾橡栗随狙公，天寒日暮山谷里。中原无书归不得，手脚冻皴皮肉死。呜呼一歌兮歌已哀，悲风为我从天来！
> 长镵长镵白木柄，我生托子以为命。黄独无苗山雪盛，短衣数挽不掩胫。此时与子空归来，男呻女吟四壁静。呜呼二歌兮歌始放，闾里为我色惆怅。（杜甫著、仇兆鳌注《杜诗详注》，以下杜甫诗均引自该书）

十二月，又由同谷前往成都。颠沛流离、饥寒交迫、贫病交加，是杜甫这一年生活的常态。终于，在这年的岁末，杜甫携一家老小经过艰苦的跋涉，到达了"曾城填华屋，季冬树木苍。喧然名都会，吹箫间笙簧"（杜甫《成都府》）的成都。到达成都后，诗人一家先是寄住在城西七里许浣花溪畔的草堂寺。成都尹裴冕为他提供了一些米粮，邻居们则送来蔬菜，日子暂时安顿了下来。不久，杜甫便筹划在城郊的浣花溪畔建一所自己的草堂：

> 浣花溪水水西头，主人为卜林塘幽。已知出郭少尘事，更有澄江销客愁。无数蜻蜓齐上下，一双鸂鶒对沉浮。东行万里堪乘兴，须向山阴入小舟。（杜甫《卜居》）

杜甫欢喜这里的环境清幽和尘世不杂。但对于一贫如洗的逃难的人来讲，在异乡建一所自己的房子，即使是草房，也并非易事。好在有众人相助。表弟王十五司马出城相访，赠予他草堂的建筑费用。诗人在诗中记述了这件事，并表达了自己的谢意："客里何迁次，江边正寂寥。

肯来寻一老，愁破是今朝。忧我营茅栋，携钱过野桥。他乡惟表弟，还往莫辞遥。"（杜甫《王十五司马弟出郭相访遗营草堂资》）营建草堂之余，杜甫写诗向各方觅求树苗。他向萧实讨要桃树苗："奉乞桃栽一百根，春前为送浣花村。河阳县里虽无数，濯锦江边未满园。"（杜甫《萧八明府堤处觅桃栽》）向韦续索取绵竹："华轩蔼蔼他年到，绵竹亭亭出县高。江上舍前无此物，幸分苍翠拂波涛。"（杜甫《从韦二明府续处觅绵竹》）向何邕要桤树秧："草堂堑西无树林，非子谁复见幽心。饱闻桤木三年大，与致溪边十亩阴。"（杜甫《凭何十一少府邕觅桤木栽》）他还亲自到果园坊里索求果树苗，向韦班要松树苗和大邑县的瓷碗。

在亲戚和朋友的帮助下，760年暮春时节，草堂终于建成了，诗人的欣喜之情溢于言表：

> 背郭堂成荫白茅，缘江路熟俯青郊。桤林碍日吟风叶，笼竹和烟滴露梢。暂止飞鸟将数子，频来语燕定新巢。旁人错比扬雄宅，懒惰无心作《解嘲》。（杜甫《堂成》）

对于杜甫草堂的完就，现代著名诗人冯至如此说道："不只杜甫自己欣庆得到一个安身的处所，就是飞鸟语燕也在这里找到新巢，从此这座朴素简陋的茅屋便成为中国文学史上的一块圣地，人们提到杜甫时，尽可以忽略了杜甫的生地和死地，却总忘不了成都的草堂。"（冯至《杜甫传》）

最初的草堂占地约一亩，后经杜甫一家的辛苦劳作，渐渐向四方扩展。茅屋旁有向外眺望的水槛，堂前栽种有松树，溪水旁有疏疏落落的亭台。简朴是简朴了一些，但足以让诗人"百年混得醉，一月不梳头"。杜甫创作的《江村》一诗描写了自己的生活状态：

> 清江一曲抱村流，长夏江村事事幽。自去自来梁上燕，相亲相近水中鸥。老妻画纸为棋局，稚子敲针作钓钩。但有故人供禄米，

微躯此外更何求?

相对安宁和闲散的生活使诗人创作了大量歌咏虫鸟花木等关于大自然的诗。这些诗清新、幽静、细腻、疏朗,冯至说:"我们读着这些诗句,好像听田园交响乐,有时到了极细微极轻盈的段落,细微到'嫩蕊商量细细开',轻盈到'自在娇莺恰恰啼'。"(冯至《杜甫传》)

安宁和闲散的生活,来自于不再为生计发愁,来自于幽静的远离尘杂的环境,也来自于淳朴的邻人。杜甫流寓蜀中,结庐于浣花溪畔,四邻没有旧友和亲戚,然而"地偏相识尽,鸡犬亦忘归"。七八户人家的小村落,真诚、质朴的邻人成为诗人的新朋友。爱诗能酒的北邻常常踏着蓬蒿来访;寒食时节,大家齐聚一起,把酒言欢。平常的日子,也有意外的惊喜,比如村人送来满满一筐晶莹剔透的樱桃:

西蜀樱桃也自红,野人相赠满筠笼。数回细写愁仍破,万颗匀圆讶许同。忆昨赐沾门下省,退朝擎出大明宫。金盘玉箸无消息,此日尝新任转蓬。(杜甫《野人送朱樱》)

春天里,独步江畔,花丛中的邻人黄四娘也是一道独特的风景:"黄四娘家花满蹊,千朵万朵压枝低。留连戏蝶时时舞,自在娇莺恰恰啼。"(杜甫《江畔独步寻花七绝句》)

当然,这并不是杜甫成都草堂生活的全部,或许只是其中很少的一部分。大部分时间,杜甫都需要像一个真正的农人那样去劳作。然而,即便是举全家之力也并不能满足基本的生活需求,杜甫还需要朋友们的接济。高适和严武两位故交就是他在成都最大的靠山。为了生计他还需要和其他一些朋友交际,"强将笑语供主人,悲见生涯百忧集"。这是诗人迫于生计的无奈。即使如此,草堂的生活也禁不起任何的变故,哪怕是恶劣的天气:

倚江楠树草堂前，故老相传二百年。诛茅卜居总为此，五月仿佛闻寒蝉。东南飘风动地至，江翻石走流云气。干排雷雨犹力争，根断泉源岂天意。沧波老树性所爱，浦上童童一青盖。野客频留惧雪霜，行人不过听竽籁。虎倒龙颠委榛棘，泪痕血点垂胸臆。我有新诗何处吟，草堂自此无颜色。（杜甫《楠树为风雨所拔叹》）

五月的一场大风让诗人心惊胆战，这难免让人觉得有些夸张。但当我们知道八月的另一场大风卷走了草堂屋顶的茅草，秋雨又至，诗人一家顿时陷入这样的困境时："布衾多年冷似铁，娇儿恶卧踏里裂。床头屋漏无干处，雨脚如麻未断绝。自经丧乱少睡眠，长夜沾湿何由彻！"（杜甫《茅屋为秋风所破歌》）我们就会明白诗人的心弦何以会绷得那么紧。

然而，恶劣的天气还不是最让人担心的，时局的动荡不得不让杜甫中断他在草堂的短暂安居。历时十年的安史之乱，成都也难以幸免。加上苛税之重造成的官民矛盾，以及吐蕃的侵扰，顿使成都陷入混乱。杜甫不得不前往梓州、阆州避难。一年九个月之后，诗人又回到成都的草堂。万幸的是，草堂并没有在乱离中被毁。但是，765 年 4 月，严武去世，失去了在成都的依靠的杜甫，不得不在 5 月率领家人离开成都。在接下来的漂泊岁月中，诗人会常常念及他的"万里桥西宅，百花潭北庄。层轩皆面水，老树饱经霜。雪岭界天白，锦城曛日黄。惜哉形胜地，回首一茫茫"（杜甫《怀锦水居止》）的草堂吗？770 年的冬天，五十九岁的诗人病死在湘江中的一艘小船上。自此，草堂永远地失去了它的主人。

从 759 年年底到 765 年 4 月，杜甫一共在成都草堂居住三年七个月，其间共创作 247 首诗歌，且多为不朽的篇章。成都草堂因此而成为中国文学史上的圣地。后世的人们不断地前往这里，试图寻觅这位伟大诗人曾经的踪迹，并吟咏作诗，略引儿则如下：

其一：

　　浣花溪里花多少，为忆先生在蜀时。万古只应留旧宅，千金无复换新诗。沙崩水槛鸥飞尽，树压村桥马过迟。山月不知人事变，夜来江上与谁期？（唐·雍陶《经杜甫旧宅》）

其二：

　　拾遗流落锦官城，故人作尹眼为青。碧鸡坊中结茅屋，百花潭水濯冠缨。故衣未补新衣绽，空蟠胸中书万卷。探道欲度羲皇前，论诗未觉国风远。干戈峥嵘暗宇悬，杜陵韦曲无鸡犬。老妻稚子且眼前，弟妹飘零不相见。此公乐易真可人，园翁溪友肯卜邻。邻家有酒邀皆去，得意鱼鸟且相亲。浣花酒船散车骑，野墙无主看桃李。宗文守家宗武扶，落日塞驴驮醉起。愿闻解鞍脱兜鍪，老儒不用千户侯。中原未得平安报，醉里眉攒万国愁。坐绢铺墙粉墨落，平生忠孝今寂寞。儿呼不苏驴失足，犹恐醉来有新作。常使诗人拜画图，鸾胶续弦千古无。（宋·黄庭坚《老杜浣花溪图引》）

其三：

　　少陵祠宇未全倾，流落能来奠此觥。一树枯楠吹欲倒，千竿恶竹斩还生。人心已渐忘离乱，天意真难见太平。归倚小车浑似醉，暮鸦哀怨满江城。（陈寅恪《甲申春日谒杜工部祠》）（以上引自成都市文联、成都市诗词学会编《历代诗人咏成都》）

　　杜甫离开成都后，草堂一度归节度使崔宁。崔宁的妻子任氏，世称浣花夫人，曾将宅子改为寺庙，唤作梵安寺，乃后代草堂寺的前身。唐末，草堂及其后身梵安寺渐渐荒芜倾圮。五代时，任前蜀宰相的诗人韦庄因仰慕大诗人杜甫，寻得旧宅，重盖茅屋一间，并在此居住了一段时间。辛文房《唐才子传》有记云："庄自来成都，寻得杜少陵所居浣花溪故址，虽芜没已久，而柱砥犹存，遂诛茅重作草堂而居焉。"韦庄的弟弟对此事也有记录："辛酉春，应聘为西蜀奏记，明年，浣花溪寻得杜工部旧址，虽芜没已久，而柱砥犹存。因命芟夷，结茅为一室。盖欲思其人而完其庐，非敢广其基构耳。"（韦蔼《浣花集叙》）北宋元丰年间，成都地方官吕大防在梵安寺旁重修草堂，绘杜甫像于其中，并培植园林，使之正式成为祠宇。嗣后元、明、清历代均对草堂进行维修和扩建，前后达十三次。元至正元年（1236年），蒙古兵攻入成都，城郭尽毁，而草堂独获保全。在数次维修和扩建中，元代都元帅纽璘之孙以个人私财创建了少陵书院；清代杜玉林自谓乃杜甫之裔孙，特对草堂加以培修。由此可见一代大诗人所具有的巨大的召唤力量。在这十三次修建中，最主要的是明代弘治十三年（1500年）和清代嘉庆十六年（1811年）的两次修建，大体上奠定了现在的规模。

清时的草堂是何般模样，让我们借由清人的文字来畅游一番吧：

> 工部草堂在城西数里，与梵安寺同一大门，内则各为一院，俗遂混而呼之曰"草堂寺"。梵安亦六朝古刹，惟殿宇寺产及僧众，均逊于文殊、昭觉耳。梵安正殿之右，即有门达草堂。一径通幽，修篁交翠。草堂当明、清间浩劫后，已毁圮无余，且荆棘丛生，至为野兽窟宅。孙子香先生《花笺录》曾详志之。清康、雍时，始从新创建，中为诗史堂，再进为三贤祠，中祀少陵，左祀山谷，右祀放翁，皆有塑像及石刻遗像。右为巨池，驾以桥廊，池中鱼多且巨，皆历年放生者。又有恰受航轩、晨光阁等处，可资起坐。焚献洒扫，则梵安寺僧兼之。（周询《芙蓉话旧录》）

又：

> 过万里桥折而西行，约六七里即草堂寺，杜工部之故宅也。寺占地近百亩，僧亦百余众，为成都一大丛林。前厅七大间，宽敞异常，凡本省名胜碑帖，及各名人书画，均集此待售。后殿设工部木主，而以黄山谷陆放翁配祀之。有池宽而深，长广约廿余亩，萦回曲折，蓄龟鱼甚多，龟有大如盆盎者，以年日久，背积藻厚，骤视之疑为绿毛；游人投以饼饵，龟与鱼争，龟蠢而鱼灵，泼剌一声，已为鱼夺之去，不禁顾而乐也。寺后竹林四十余亩，竿粗而劲，来游者以禁止涂抹墙壁，偶有题咏，即刻竹而书之，日久刀痕凸出，字迹即磨灭不去，亦颇饶幽趣焉。（徐心余《蜀游闻见录》）

清时的草堂，因为被照顾得好，确是一处胜地。20世纪20年代，川人罗念生向世人介绍成都时，他笔下的草堂尚有着长长的芦花小径，古雅的寺门，寺内的景物无不充满诗意，"石砌上的苔痕，垣墙外的野草，虬干的古梅，清幽的竹径，都是杜公从前的诗料"（罗念生《芙蓉城》，曾智中、尤德彦编《文化人视野中的老成都》）。而实际的情况却是，民国的大部分时间，草堂沦为军队的营地，竹木被砍，堂庑摧毁，呈现出一派荒落景象。现代学者马叙伦曾游览并记曰："工部祠中奉子美，左祠黄山谷，右则陆放翁，皆塑像，尚不甚恶，当有所本也。寻清以前石刻不得。寺祠今方设保甲训练班，神龛以外皆卧具也。辛亥吾浙光复后，学宫亦如是。大成殿外两庑皆置寝器，先贤木主不可复睹。死者固无知，若有知，当叹与衣文绣以入太庙而复弃诸涂污以供樵牧之践者何异耶？世间荣辱恭敬，皆狐埋狐搰而已。"（马叙伦《锦城行记》，《马叙伦自述》）20世纪三四十年代，外省青年黄裳到成都慕名前往杜甫草堂，看到的也是衰败荒落的景象："草堂寺埋在一丛荒秽里，那有着飞檐的亭阁，已经剥落得不成样子，使人想起水浒传里叙述鲁智深走进瓦官寺里去的情景。这里就连那煮粟米粥吃的老和尚也找不到。埋在荒草里的墓塔的碑石上生满了绿色的苔痕，石壁上的浮雕也都盖满了泥污……"（黄裳《音尘集》）

如今的杜甫草堂，规模宏伟，占地三百余亩。大廨、诗史堂、工部祠等主要建筑坐落在中轴线上，其他建筑分列两侧。园中不但专设杜甫纪念馆、陈列各种杜诗版本，还有多座杜甫及唐宋文人塑像，更有1997年依据杜诗并借鉴川西民居重现的"草堂"。这些空间的营建增加了游人对诗人及其真实生活的感知。成都作家肖平就对大廨那尊老年杜甫双膝跪立船头的塑像情有独钟，他说他的目光几乎不敢同这尊铜像的目光对接，因为"在他的目光下，我的多愁善感和所谓的悲悯之心都显得渺小卑怯"（肖平《成都物语》）。当年，汪曾祺多次到成都游览杜甫草堂，总感觉有些失望。他说："我希望能看到一点遗迹。既名草堂，总得有一个草堂。我知道唐代的草堂是不可能保存到今天的，但是以意为之，得其仿佛，重盖几间，总还是可以的。《茅屋为秋风所破歌》的茅屋在哪里呢？没有。'老妻画纸为棋局，稚子敲针作钓钩'大概在一个什么环境里？杜甫是在什么地方观察到'细雨鱼儿出，微风燕子斜'的？都无从想象。现在是一群相当高大轩敞，颇为阔气的建筑。我觉得草堂最好按照杜诗所描绘的样子改建。可以补种杜诗屡次提到的四松，桤木。待客的器皿也可用大邑青瓷，——我想现在都还能买到吧。"（汪曾祺《杜甫草堂·三苏祠·升庵祠》，《汪曾祺全集》第4卷）在另一篇题为《四川杂忆》的散文中，他也表达过相同的观点。如今依据杜诗并借鉴川西民居的"草堂"已经建成，游人不会再有像汪曾祺那样的失望和遗憾了。

成都杜甫草堂所具有的吸引力并不仅在于它的规模的宏大，建筑的古朴，空间设计的独具匠心，还在于它那些美丽的传说。关于草堂的青蛙便是其中之一，徐心余《蜀游闻见录》"草堂寺蛙"条有记云：

  成都名胜，多盛于春，惟草堂寺林木清幽，池塘修洁，亭台位置，亦极萧疏错落之观，夏秋徙倚其间，较他处尤饶佳趣。清旗下某公督川时，每遇溽暑炎蒸，即移节该寺暂驻。惟蛙声震耳欲聋，夜难安枕，公甚憾之，遂传令督标兵士，捕蛙以献，不准伤其生；献后，公以笔硃其首，仍令纵之去，不数日而蛙声寂矣。迄今百余年来，蛙之首硃点依然，且不发声，人亦以硃首故，认为草堂之蛙，无有敢捕而食之者。

  因为是杜甫草堂的青蛙，所以某公并不敢捕而杀之，而是"笔硃其首"后放掉，草堂的青蛙也感念于此，从此声寂。这不能不说是一件神奇的事情。此传说还有另外一个版本："一个暮春晚上，杜公在池畔吟诗未成，忽觉青蛙叫得烦腻，他用朱笔在蛙头上点了一点，封它到十里外去唤'哥哥'，所以如今草堂寺的青蛙头上有一点红痣。"（罗念生《芙蓉城》，曾智中、尤德彦编《文化人视野中的老成都》）

  当年杜甫离开成都后，草堂一度为西川节度使崔宁及其妻浣花夫人所有，因浣花夫人在崔宁入朝之时，出家财募兵击退了乘虚而入的杨子琳，后又舍宅为寺，蜀人为了纪念浣花夫人，便在寺中建此纪念。之后，成都人都会在夫人的诞辰四月十九日来此遨游。据说年年的这一天都是晴天，从来都遇不到下雨的天气。明代时改为三月三日游草堂，清代则改为正月初七日，所据为大诗人高适、杜甫在这一日唱和诗意。杜甫流寓成都期间，曾得到过时任蜀州刺史的高适的帮助。761年正月初七这一日，高适作了一首《人日寄杜拾遗》，其中有句云："人日题诗寄草堂，遥怜故人思故乡。"多年后，杜甫离开成都飘零于湖湘，从故纸堆里翻出了这首诗。此时，高适已经病故，杜甫百感交集，写下了《追酬故高蜀州人日见寄》："自蒙蜀州人日作，不意清诗久零落。今晨散帙眼忽开，迸泪幽吟事如昨。"自清至今，成都人"人日游草堂"之风日盛，几乎成为成都人每年的一大盛事。晚清大臣张之洞也曾在人日游草堂,并有诗曰:"人日残梅作雪飘,出城携酒碧溪遥。无端杜老同心事,四海风尘万里桥。"(张之洞《人日游草堂寺》)戊戌正月十日立春,四川按察使苏廷玉等八人,畅游草堂并以"立春草堂,联吟雅集"分韵赋诗。"以韵为次,各书一通以志翰墨因缘",甚是风雅(王培荀《听雨楼随笔》)。

近年来,人日这一天草堂都会有拜祭诗圣杜甫的活动,名之谓"诗圣文化节"。有一年的活动与"人日游草堂"的来历有关,是有人穿了古装扮演高适和杜甫在台上对诗。有感于当年高适和杜甫之间地理、阴阳两隔的唱和,以及当下的表演形式,作家阿来这样说:"如今,如此深挚的友谊已经渺不可寻。要叫人穿了古人衣裳,在地理阻隔后更继之以阴阳阻隔的两位诗人相对吟咏确是大胆的创意,是对表演者要求很高的创意。"(阿来《草木的理想国:成都物候记》)其实,表演者的表演是为了试图接近和了解诗人杜甫,而阿来对这种表演形式的略带批评的评价则来自于对杜甫的理解和敬意。双方皆源于对诗人的遥念和敬意,差别只在于了解的深浅。事实上,一千多年过去了,草堂早已与成都人共在。不但在节日,更在每一个平淡的日子里。

六 望江楼与薛涛

在成都人的心目中,望江楼是和"少陵茅屋,诸葛祠堂,并此鼎足而三"的。晚清时曾任华阳知县的周询在《芙蓉话旧录》"游览"条中曾这样说:"城外可供远眺者,惟工部草堂、丞相祠堂、薛涛井、濯锦楼数处名胜……附城数里内,以云游览之胜地,舍此数处,即无可纪此矣。"薛涛井和濯锦楼都属望江楼统称下的名胜,周询分而述之,并和"工部草堂""丞相祠堂"并列,似乎更显其对望江楼一代名胜的偏爱。望江楼及其周遭建筑,均为纪念唐代女诗人薛涛而建。对于这位女诗人,成都人似乎觉得怎么赞颂都不过分。清代诗人伍生辉曾写过一副对联，将薛涛和大诗人杜甫相提并论，联曰："古井冷斜阳，问几树枇杷，何处是校书门巷？大江横曲槛，占一楼烟月，要平分工部草堂。"民国王再咸则将刘备与薛涛并称："'昭烈祠'前栋宇新，'校书坟'畔碧桃春。江山莫谓全无主，半属江山半美人。"（杨燮等著、林孔翼辑录《成都竹枝词》）

能得世人如此称许，薛涛究竟何许人也？《全唐诗》云："薛涛，字洪度。本长安良家女，随父宦，流落蜀中，遂入乐籍。辨慧工诗，有林下风致。韦皋镇蜀，召令侍酒赋诗，称为女校书。出入幕府，历事十一镇，皆以诗受知，暮年屏居浣花溪。著女冠服。好制松花小笺，时号薛涛笺。"元代费著在《笺纸谱》中对其介绍更加详细和完备：

> 薛涛，本长安良家女，父郧，因官寓蜀而卒，母孀，养涛及笄，以诗闻外，又能扫眉涂粉，与士族不侔。客有窃与之宴语。时韦中令皋镇蜀，召令侍酒赋诗，僚佐多士为之改观。期岁，中令议以"校书郎"奏请之。护军曰："不可"，遂止。涛出入幕府，自皋至李德裕，凡历事十一镇，皆以诗受知。其间与涛唱和者：元稹、白居易、牛僧孺、令狐楚、裴度、严绶、张籍、杜牧、刘禹锡、吴武陵、张祐，余皆名士，记载凡二十人，竞有酬和。涛侨止百花潭，躬撰深红小彩笺，裁书供吟，献酬贤杰，时谓之"薛涛笺"。晚岁居碧鸡坊，创吟诗楼，偃息于上。后段文昌再镇成都，太和岁，涛卒，年七十三。文昌为撰墓志。

薛涛原本官宦之女，因早年丧父，为了生计而沦为乐妓。尚未入乐籍之前，薛涛就与其他养在深闺的士族女子不同，她容貌姣好，喜欢修饰，擅长交际，并且享有诗名。据《郡阁雅言》云："涛八九岁知声律，其父一日坐庭中，指井梧示之曰：'庭除一古桐，耸干入云中'。令涛续之，即应声曰：'枝迎南北鸟，叶送往来风。'父愀然久之。"这样的传说应该是后人的演绎，本不足信，但至少说明薛涛少时即能作诗。也正是因为这一点，才使得她能够鹤立鸡群于众多普通乐妓之中。当韦皋"召令侍酒赋诗"时，这位文采风流的女子让韦中令幕僚中的文士刮目相看。从此以后，薛涛出入幕府，"以诗受知"，历事十一节度使。和薛涛唱和的名士中，有一些是相当有名的大诗人，比如元稹、白居易、张籍、杜牧、刘禹锡等。能够和这样的诗人唱和，足以证明薛涛在诗歌方面极高的才华。和薛涛唱和最多的诗人元稹这样赞美她："锦江滑腻峨眉秀，幻出文君与薛涛。言语巧偷鹦鹉舌，文章分得凤凰毛。纷纷辞客多停笔，个个公卿欲梦刀。别后相思隔烟水，菖蒲花发五云高。"（成都市文联、成都市诗词学会编《历代诗人咏成都》）和薛涛没有谋过面的诗人王建也为她的才华所倾倒："万里桥边女校书，枇杷花里闭门居。扫眉才子知多少，管领春风总不如。"（王建《寄蜀中薛涛校书》）对于这样一位文采风流的女子，李肇《国史补》评论道："涛乃乐妓而工篇什者，文之妖也。"景涣《牧竖闲谈》则曰："元和中，成都乐妓薛涛善篇章，足辞辩，虽无讽咏教化之旨，而有题花咏月之才，乃营妓中之尤物也。"辛文房《唐才子传》谓："涛之诗，稍窥良匠，词意不苟，情尽笔墨，翰苑崇高，辄能攀附，不意裙裾之下，出此异物。"（转引自彭芸荪《望江楼志》）

唐代是一个以诗歌风行天下的时代，薛涛以诗闻名于当时，虽为乐妓，却赢得了世人的尊敬，甚至获得了"女校书"的称谓。天下名士皆以和她交往为荣。当然，为薛涛赢得声名的，不仅有她的诗，还有她的"薛涛笺"。南宋祝穆《方舆胜览》甚至这样说："涛，蜀妓也，以造纸为业。"此处的"造纸"实际上指的就是制笺。据说，薛涛脱离乐籍后，摆脱了对西川节度使官署的依附，以制笺为业，"侨止百花潭"。百花潭即浣花溪，《蜀笺谱》云：

府城之南五里有百花潭，支流为二，皆有桥焉，其一玉溪，其一薛涛，以纸为业者家其旁。锦江水濯锦益鲜明，故谓之锦江。以浣花潭水造纸故佳，以其水之宜矣。江旁凿白为确，上下相接，凡造纸之物，必杵之使烂，涤之使洁，然后随其广狭长短之制以造矸，则为布纹，为绫绮，为人物花木，为虫鸟，为鼎彝，虽多变亦因时之宜。

薛涛制笺之地，也在浣花溪畔。薛涛笺的色彩以松花和深红为主，晚唐李匡乂《资暇集》有这样的记述："松花笺其来旧矣，元和初，薛陶（涛）尚斯色，而好小制，惜其幅大，不欲长，乃命匠狭小之，蜀中才子既以为便，后减诸笺亦如是，特名曰'薛陶（涛）笺。'"薛涛笺的制法也颇有特点，以木芙蓉皮为造纸的原料，以木芙蓉花汁作染料，因此非常之精美。明人宋应星《天工开物》云："四川薛涛笺，亦芙蓉皮为料煮糜，入芙蓉花末汁，或当时薛涛所指，遂留名至今。其美在色，不在质料也。"

薛涛笺在唐时甚为风靡，晚唐李商隐、司空图均有吟咏，但对薛涛笺最为痴迷的要算诗人韦庄了，他有《乞彩笺歌》一首，曰：

> 浣花溪上如花客，绿阁深（一作暗红）藏人不识。留得溪头瑟瑟波，泼成纸上猩猩色。手把金刀擘彩云，有时剪破秋天碧。不使红霓段段飞，一时驱上丹霞壁。蜀客才多染不供，卓文醉后开无力。孔雀衔来向日飞，翩翩压折黄金翼。我有歌诗一千首，磨砻山岳罗星斗。开卷长疑雷电惊，挥毫只怕蛟龙走。斑斑布在时人口，满袖（一作轴）松花都未有。人间无处买烟霞，须知得自神仙手。也知价重连城璧，一纸万金犹不惜。薛涛昨夜梦中来，殷勤劝向君边觅。（转引自彭芸荪《望江楼志》）

从韦庄"蜀客才多染不供""一纸万金犹不惜"的诗句中，我们可以想象唐时士子对薛涛笺的追捧，而韦庄更是借由"薛涛笺"这一媒介,在梦中见到了思慕已久的女诗人,"薛涛昨夜梦中来,殷勤劝向君边觅"。宋元以后,成都坊间一直都有仿制的薛涛笺,但质地均不如原初,且价格奇高。晚清以降,坊间已难觅薛涛笺的踪影。清人王培荀云:"薛涛笺久无矣,明时蜀王犹取其井水造笺入贡,异于常品,是未尝绝也。今无知其遗法者,市间所鬻,亦冒薛涛之名,徒以胭脂水染成,易霉,无足贵。"(王培荀《听雨楼随笔》)20世纪三四十年代,现代散文家黄裳在成都街头寻觅像样的笺纸而不得,甚为遗憾。他说:"我曾经走遍了祠堂街、玉带桥和其余有名的几条文化街,想在南纸店里买点笺纸,而带回来的却只是失望。他们所有的只是一些刻着粗糙的人物山水画的信纸和已经成了宝贝的洋纸的美丽笺之类,这和北平的纸店里所复刻的《十竹斋笺谱》一比,就不禁使人叹风流的歇绝了。"(黄裳《音尘集》)当代作家阿来也为薛涛笺的失传感到可惜,他说:"可惜的是,薛涛此笺已经失传。记得在四川大学旁的望江楼公园的竹林深处,见过一个售纪念品的小货亭,有薛涛笺卖。就是普通的八行笺而已,只是有些暗暗的花纹。机器时代,早就遗忘尽手工的精致与深情了。"(阿来《草木的理想国:成都物候记》)

前文王培荀所言"明时蜀王犹取其井水造笺"之"井"当是薛涛井,在成都东门外三里锦江之滨,旧名玉女津,为明蜀藩仿制薛涛笺处,因此得名薛涛井。何宇度《益部谈资》云:"薛涛井旧名玉女津,在锦江南岸,水极清澈,石栏周环。久属蜀藩,为制笺处,有堂室数楹,令卒守之。每年定期命匠制纸,用以为入京表疏,市无贸者。"曹学佺《蜀中方物记》有记述:"予庚戌秋过此,询诸纸房吏云:每岁三月三汲此井水,造笺二十四幅,入贡十六幅,余者存留。"(转引自彭芸荪《望江楼志》)包汝辑《南中纪闻》中的记述则颇具传奇色彩:

薛涛井在成都府,每年三月初三日,井水浮溢,郡人携佳纸向水面拂过,辄作娇红色,鲜灼可爱,但止得十二纸,遇岁闰则十二纸,此后遂绝无颜色矣。是纸用以奉贡，岁止献六张，余为蜀府所留。此一段大奇事，校书文采风流，特借井澜见其春容岁岁耶？

薛涛和薛涛笺自唐始已被无数文人骚客吟咏，这一口仿制薛涛笺的薛涛井，从明代时起也已成为名胜。以至于后人渐渐误解为此处即是薛涛故居和她制笺的地方。清人周询这样说道："薛涛井在东门外五里，滨大江，实为洪度当年宅址，惟门巷湮没，亦无枇杷树。洪度墓距井里许，井上有石刻遗像，又有碑刻《洪度传》。井即当年取水染笺者……"（周询《芙蓉话旧录》）行经成都到望江楼去游览的黄裳则说："只转了一个弯就可以看到那块题着'薛涛井'的石碣了。这块碑虽然不过是清朝的东西，那井还应当是唐代的遗址吧？"（黄裳《音尘集》）少年时曾就读于成都的郭沫若也说："那儿有不少的幽曲的建筑招揽游人，最负盛名的是一眼薛涛井。薛涛是唐朝韦皋镇蜀时一位有名的校书，她能诗能文，手造了因她而名的'薛涛笺'。传说她制薛涛笺便用的那薛涛井的水。"（郭沫若《反正前后》）川人罗念生甚至说："旁边有一口古井，每个名士、每个游人都要取点井水来品尝：因为多才多色的薛涛的香魂没在井中，所以这水就香艳名贵了。"（罗念生《芙蓉城》，曾智中、龙德彦编《文化人视野中的老成都》）

因为年代久远，薛涛故居与其制笺处逐渐湮没，此井为官府仿制薛涛笺之处并以薛涛命名，后世将此地看作薛涛故居与其制笺处，倒可以理解。只是将井水香艳名贵的原因归于"薛涛的香魂没在井中"，就是文人的浪漫想象了。不过，薛涛井水清冽名贵倒是事实。清人徐心余云：

而西部之薛涛井，则为冠绝一时也。骤视之一常井耳，及窥井内部，较常井大逾数倍，且无论若何干旱，井内之水，去口不过尺余，取之不竭。井旁大厅五间，为游人品茶雅座。说者谓此井内通泉眼，清冽异常，其味较江水高逾百倍。倘逢乡试年间，此井之水,即不准任人挑用,全备考官等闱内茶水之需,并临时酌派人员,驻井监视,或沿途观察挑水夫役,各有腰牌,输送不辍。(徐心余《蜀游闻见录》)

郭沫若也说:"水是很清冽的,井畔有茶店,汲取井水来煮茶以供享游客。旧式的雅人自然是时常到这井边来喝茶的。"(郭沫若《反正前后》)

明代时薛涛井已有楼馆建筑,沿清代至今,有增修的,也有废圮重建的。这些建筑分别以薛涛故居及其故事命名,如吟诗楼、濯锦楼、浣笺厅、五云仙馆、枇杷门巷等。其中最主要的建筑崇丽阁则取左思《蜀都赋》"既丽且崇"之意,民间习称之为望江楼,并以此作为园林的总称。关于崇丽阁的修建,民国《华阳县志》有记云:

> 崇丽阁在治东三里,江之南岸,即薛涛井故处也。据陶文毅公《蜀轺日记》所载,是昔时已为名胜,后渐废圮,澹秋馆《薛涛井》诗序可证也。光绪初,县人马长卿以回澜塔就圮,而县中科第衰歇,乃创议于井旁前造崇丽阁。阁凡五级,碧瓦朱栏,觚棱壁当,井干六角,塔铃四响。登高眺望,江天风物,一览在目矣。阁成,因即其旁构吟诗、濯锦两楼,及浣笺亭、五云仙馆、流杯池、泉香榭、清婉池诸胜。于是遂为都人游宴饯别之所,而俗呼为望江楼。

清人徐心余在其《蜀游闻见录》"崇丽阁"条中的记载和史书中的这段记述互为印证和补充:

> 由成都东关外,缘江逶迤南行,约六七里有雷神庙,古刹也(引者注:雷神庙是崇丽阁畔旧有的建筑,新中国成立后还在,今已废)。重楼杰阁,耸峙江干,中有崇丽阁者,形势如塔,而屋只三层。说者谓本省文风所系,当年科岁考时代,凡经考场及山长月

课，常以此命题。川省人文，在清时向多杰出人才，而无鼎甲为地方生色，识者病之。光绪辛卯，倡议重修，川省风气，凡遇修建落成之日，须得名公巨卿，首先登踹，以为佳兆。适是年举行乡试，贵州丙戌状元赵以炯，为四川副考官，议者遂定本年九月，俟考官出闱后，延赵状元踹阁，果不数年，而资州骆成骧，遂有鳌头之占，亦云盛矣。

薛涛井因为濒临锦江，又是名胜，明时已是宴游送别之地，清代以后楼观亭阁修建得更加完备，更成为繁盛之地。"每日冠盖往来，与游人车马相逐驰，非至夕阳西下不止也。"（徐心余《蜀游闻见录》）清人冯骧用颇为形式化的四六句，铺写了望江楼畔的旧日繁华：

> 成都东关外有"濯锦楼"，俗呼"望江楼"，胜境也。西接岷江，东通夔万。揽益州之胜景，据长江之上游。楼阁高标，云山环绕，水波浩瀚，沙鸟纷飞。每当春和景明，天清气爽，骚人墨客，因选胜而遥临，绿女红男，共寻芳而缓步。此凭栏而载酒，彼破浪而乘风，其胜概豪情，盖与登楚之"黄鹤楼"，湘之"岳阳楼"无以异也。至若云峰高矗，夏令初新，瓜浮益甘，梅炎方藁，芳徐延于水榭，暑净涤于尘襟。曲沼展鸳鸯之衾，红真欲笑；琼筵斟鹭鹭之盏，白定能浮。岁岁秋风，竞泛闹红之舸；年年冬雪，咸携光碧之樽。所谓美景良辰，赏心乐事者非耶？因诗以记之。（杨燮等著、林孔翼辑录《成都竹枝词》）

然而，世事更迭，20世纪30年代，黄裳到望江楼探幽时，这里已是衰败的模样，阴黯的院子里到处弥漫的是美人迟暮的哀怜：

> 这园子里全部的建筑都是同光时代的遗物。崇丽阁的阁门是锁着的。那高大古老的建筑里锁了一楼阴黯。我试着去推一下那上了锁的楼门，它发出了奇怪的声音来，从雕着精细花纹的木格子里看

去,那一层层的木制楼梯上,铺满了灰尘。蝙蝠和燕子在这里找到了它们最好的巢居。

我在"吟诗楼"上坐下来休息。楼前面是一株只剩下了枯条的衰柳,锦江里的水浅得几乎已经可以见底了,对面是一片黑色的房子,使人感到了非常的压迫。

……

我徘徊在这充满了阴黯的园亭中,深深地感到了美人迟暮的哀怜。(黄裳《音尘集》)

民国年间,还在成都读中学的郭沫若,也有一次和同学礼拜日游望江楼的经历。然而郭沫若对望江楼这个园林并没有多少印象。印象最深的是初学骑马的他从城区骑马去望江楼,一路左冲右撞、险些跌下马背的惨状。最后,被马折腾得几乎寸步难行的他,还是在同学的帮助下雇了一顶小轿,才到了望江楼。意气风发的几位少年似乎无意于望江楼的风景,而是边喝酒边发表对当局的批评和对时政的看法。(郭沫若《反正前后》)

新中国成立后,在李劼人副市长的直接领导下,望江楼被修缮一新,成为市民绝好的休闲之所。对于成都市民高焕儒来讲,盛夏时节,从万里桥乘船到望江楼的竹林深处消闲避暑,"是最令人惬意的事"。当时的望江楼,没有园门,也不收门票,游人可随意到崇丽阁下,薛涛井边,枇杷门巷之内,找一个竹林茂密的地方坐在竹椅上喝茶。茶当然是薛涛井水泡的,清香甘冽。据高焕儒讲:"还可以吃到素火腿,就是薛涛豆腐干与脆花生米同吃,确实别有风味。在崇丽阁上观江景,只见府河里的船有的被纤绳拖着逆水而行;也有的挂一张帆乘风而去,川西坝上麦苗青青,竹林围着的院子散落在一片碧绿的沃野上,偶尔有几只白鹭飞过……"(高焕儒《从万里桥到望江楼》,冯至诚编《市民记忆中的老成都》)

如今的望江楼最著名的当是它的竹子。清时就有人感叹:"三更好梦难，万里新愁独。杜甫祠前江，薛涛井上竹。"之后加上有意的培植，望江楼的竹子已成为名胜中的名胜。当代作家肖复兴有这样一段热情洋溢的描写，颇为引人入胜：

> 没错，望江楼的竹，有一百五十多种，品种之多，数全国之最，气势则是排山倒海的，别处难得一见。进得门之后，道两旁交相掩映成一道竹荫，阳光洒下来都变成绿色，宛如行走在一条浓绿如黛的河上，那是观音竹；步入园后，一排排竹竿上布满绿色的细纹，自由对称，亭亭玉立，风轻轻一摇，叶"飒飒"地响，宛如手持绿弦弹奏着莺歌燕语的乐句，那是琴绿竹；罗汉般肥硕的是矮竹；剑锋般笔挺的是箸竹；细细椰树般苗条的是筇竹；粗粗钟馗般蛮横的是蛮竹；透明宝石绿的，偏偏起了粗犷名，叫罗汉竹；一丛丛麻乱成一团的，偏偏起了个秀气的名，叫红舌唐竹；一叶竹，并非名副其实，不过是竹竿细长，如长颈鹿的脖子，蛇吐信子般吐出一片又一片细长的叶；佛肚竹，倒是恰如其分，竹节短粗隆起，颇似鼓起一个个弥勒的肚皮；水竹，真的像是水做的女人，披散着长发如瀑的竹叶；天明竹，真的像天上得云朵，飘飘逸逸，将竹叶任意挥洒得如同云卷云舒；人面竹，人面不知何处去，只留下隆出的竹节，如愤愤不平攥紧的拳头。还有那么多从来没有听说过，更没有见过的竹：方竹、苦竹、甜竹、麦竹、鸡爪竹、胡琴竹、实心竹……（肖复兴《蓉城十八拍》）

有人说竹子是望江楼公园的文化植物生灵，只要"随意一坐，便有三五种竹子与你簇拥、与你围护、与你絮语"（谢天开《薛涛和她的花树》，见白朗编《成都掌故》）。薛涛有一首题为《酬人雨后玩竹》的诗曰："南天春雨时，那鉴霜雪姿。众类亦云茂，虚心宁自持。多留晋贤醉，早伴舜妃悲。晚岁君能赏，苍苍劲节奇。"（张篷舟笺《薛涛诗笺》）对竹的品玩、对竹的君子品行的激赏，无疑是薛涛的自勉和自喻。望江楼公园因薛涛而存在，薛涛又以竹自喻，望江楼的竹子因而被赋予了文化意义。不知游人能否从其身上看到遥远年代的薛涛的倩影。

早年有过成都之行的张恨水曾这样说过："假使杨玉环跟着李三郎入蜀，那情形就当两样，至今定有许多遗迹被人凭吊。试看薛涛，不过是个名妓，还有着一个望江楼，开下好几个茶社。枇杷门巷的口上（尽管是附会）还有一个亭榭拓着薛姑娘的石刻像出卖呢！以杨氏姊妹之名花倾国，正适合成都人士风雅口味，其必有所点缀，自不待言了。"（张恨水《蓉行杂感》）假使当年杨玉环跟随李隆基入蜀，川人就会给予杨贵妃更高的赞扬和纪念吗？可能未必。川人之所以给予薛涛姑娘最高的礼赞，并不是因为她身份的高贵（事实上，薛涛只是个乐妓），也不是因为她的美貌，而是因为她的才华，她的品格和操守，还有她的笺纸。川人看重的这些，杨氏有吗？

七　桂湖与杨升庵

位于成都北郊新都县（今成都市新都区）的桂湖，据说是一个有着一千多年历史的驿站园林。它始于蜀汉，兴于初唐，历唐、宋、元、明、清数代，持续至今。

汉代时，古桂湖所在地乃是一个具有驿站功能的行政单位"亭"。222年，卫常在此兴修水利，凿湖筑堰以灌溉农田，后人为了纪念他，将此湖称为"卫湖"。唐代时，地方官将位于新都县城之南驿站旁的卫湖修建为公共园林，史称"南亭"。"初唐四杰"中的卢照邻出任新都县尉时，常游于此，并时有诗作。另一位初唐诗人张说则在其《新都南亭别郭元振、卢崇道》一诗中，为我们留下了当时南亭的风貌。诗曰：

>竹径女萝蹊，莲洲文石堤。静深人俗断，寻玩往还迷。碧潭秀初月，素林惊夕栖。褰幌纳蟾影，理琴听猿啼。佳辰改宿昔，胜寄坐瞑携。长怀赏心爱，如玉复如珪。（四川省新都县志编纂委员会《新都县志》）

张诗中描绘的南亭已是一个山石湖水、亭台建筑、草木花卉、飞禽走兽一应俱全的园林。因为这个园林属于官办驿馆，有着较为稳定的经费来源和官派的管理人员，所以它的存在并不会因朝代更替、人事变迁和家族兴衰而变化。这就保证了它不会像唐代其他的私家园林一样在较短的时间内荒废。宋时，"南亭"更名为"新都驿"，诗人陆游、刘望之等人都有歌咏。陆游更是在《暑行憩新都驿》一诗中将其和颇具盛名的广汉房湖作比，诗曰：

>细细黄花落古槐，江皋不雨轻轻雷。长空鸟破苍烟去，落日人从绿野来。散策意行寻水石，脱巾高卧避氛埃。羁游未羡端居乐，看月房湖又一回。（陆游著、钱忠联校注《剑南诗稿校注》）

明正德年间，新都驿已成为杨慎家族的花园和书房。杨慎，字用修，号升庵，明代著名的学者、文学家，正德六年（1512年）状元。其父杨廷和位居高官，乃内阁首辅，其祖父杨春也是进士出身。当时新都县的杨家，拥有宰相状元，并一门七进士，甚是兴旺发达。他们家的花园也修得格外玲珑典雅。杨升庵考中状元，为蜀中一大盛事，明蜀王、四川总督及地方各级官员均赠送银两恭贺。亲友们建议用这笔钱在新都修一座状元牌坊，杨升庵的祖父和父亲则决定用这批贺银修筑县城城墙。因为新都地处成都之北的交通要道，修筑城墙可以防不测之祸，保护家乡父老。城墙高一丈八尺，周长九里多，外砌墙砖，高大雄伟、气势磅礴。桂湖刚好位于城墙南门内，两者交相辉映，成为桂湖一大胜景。杨升庵沿湖遍植桂树，并于桂林之中建桂花亭。他曾在这里送别游人,并赋有《桂湖曲送胡孝思》。四川巡按卢雍,到杨家拜访,夜游桂湖,留下一首《桂湖秋月》。自此,新都驿始被称为"桂湖"。这两首诗也为我们留下了明时桂湖的风姿:

君来桂湖上,湖水生清风;清风如君怀,洒然秋期同。君去桂湖上,湖水映明月;明月如怀君,怅然何时报。湖风向客清,湖月照人明。别离俱有意,风月重含情。含情重含情,攀留桂树枝。珍重一技才,留连千里句。明年桂花开,君在雨花台。陇禽传语去,江鲤寄书来。(杨升庵《桂湖曲送胡孝思》,王文才选注《杨慎诗选》)

月白湖光净,波寒桂影繁。人间与天上,两树本同根。(卢雍《桂湖秋月》)

明清之际,战乱不断,桂湖中的唐宋古建筑悉数被毁。清初恢复驿传时,驿站被迁到新都城外,并更名为"广汉驿"。从此驿站与园林分家,桂湖遂失去了驿站的经费支持和人员管理,毁坏的建筑无力恢复,园林也渐渐荒废。"乾隆十四年湖水偶涸,奉役在公者请于官,将此湖淹为田,以充解费"。嘉庆年间,新都县令杨道南在朝廷"纂志修,复古迹"的倡议下,废田复湖,并"募金为墉垣台阁,兼植花柳其中"(杨道南《桂湖记》)。至此,荒芜许久的桂湖得到了恢复。道光年间,汪树、张奉书两任县令先后对之进行培修,并增修仓颉殿、枕碧亭、观音堂、杭秋、升庵祠等建筑,奠定了今日桂湖之基础。清末至民国初,桂湖园林又进行了多次培修和增建,并于1926年改为公园。从此,其日常维护和管理经费又有了制度性的保障。

如果说明代以前的"南亭卫湖"和"新都驿"园林之盛在于其驿馆性质,那么清中叶以后的恢复重建则是因为杨升庵的赫赫声名。对身为明代三大才子之首和正德年间状元的杨升庵,《明史》这样评价:"明世记诵之博,著作之富,推慎为第一。"李贽在《续焚书》中说:"升庵先生固是才学卓越,人品俊伟,然得弟读之,益光彩焕发,流光于百世也。岷江不出人则已,一出人则为李谪仙、苏坡仙、杨戍仙,为唐、宋并我朝特出,可怪也哉!"清人徐心余评价他:"学问渊深,著作宏富,固一代伟人也。"(徐心余《蜀游闻见录》)近现代的陈寅恪也对他推崇备至:"杨用修为人,才高学博,有明一代,罕有其匹。"由此可见杨升庵在世人心中的崇高地位。清代以来,桂湖的恢复、培修和重建,乃因为杨升庵的缘故,与其早先的驿馆性质已无太大关系。

当然,杨升庵的赫赫声名,并不仅限于他闪耀的才华和精博的学问,还在于他的铮铮铁骨和因此而致的坎坷命运。这一点主要体现在当年震动朝野的"议大礼"这件事上。明武宗朱厚照无子,他死后,明世宗朱厚熜以"兄终弟及"的方式继承皇位。按照皇统继承规则,世宗要承认孝宗是"皇考",享祀太庙;自己的生父只能称"本生父"或"皇叔父"。但朱厚熜并没有按照皇统行事,在他即位之后第六天,就下诏令群臣议定他自己的生父兴献王为"皇考",按皇帝的尊号和祀礼对待。当时,张璁、桂萼等新贵,附阿奉迎,主张奉皇帝的生父为"皇考"。威望颇高的杨廷和父子带领一众大臣坚决反对。为此,杨廷和辞官,杨升庵仍一再上书辞职。朱厚熜大怒,坚持下诏改称生父为恭穆皇帝。杨升庵"又偕学士丰熙等疏谏。不得命,偕廷臣伏左顺门力谏",世宗更加愤怒,"命执首八人下诏狱"。(张廷玉等《明史》)杨慎等人并没有因此而屈服,他约集同年进士王元正等二百多人,在金水桥、左顺门一带列宫大哭,抗议非法逮捕朝臣,声彻宫廷,称:"国家养士百五十年,仗节死义,正在今日。""帝益怒,令尽逮何孟春等二百二十人,为首者戍边,……"(王桐龄《中国史》)升庵于七月十五被捕,十日之内,被两次廷杖,几乎死去,然后充军云南永昌卫(今云南保山县),一直到老死。

对于杨升庵这种为了维护正统的"礼"而表现出来的气节,古人当然是感佩之至。清人王培荀在《听雨楼随笔》"杨升庵前身"条中如是说：

> 杨升庵先生生时，母梦神送五代忠臣夏鲁奇至，曰："武臣也，以中庸十八章辅之。"升庵文章冠世，而忠节堂堂，盖夙根也。按《五代史》鲁奇乃吾东青州人，为唐庄宗大将，最骁勇。庄宗被围，鲁奇持枪挟剑，手杀百人，卫庄宗以出。单骑追王彦章，枪拟其项，生擒之。镇徐州将去，万众遮道卧辙，得民心如此。后守遂州，董璋畔与孟知祥来攻，援绝食尽，鲁奇自刎。盖尽节于蜀，即转生于蜀，其英灵固不泯云。

蜀人对于蜀地能够产生杨升庵这样有气节的人物当然是骄傲无比的，还把他比作是五代忠臣夏鲁奇转世。今人对此却颇不以为然，当代著名作家阿来说：

> 秉持儒家精神的传统知识精英，常把大量的精力甚至生命浪掷于对封建制度正统（"礼"）的维护，其气节自然令人感佩。但在今人看来，皇帝要给自己的老子一个什么样的称号，真不值得杨升庵这样的知识精英付出如此惨烈的代价。在家天下的封建体制中，知识精英为维护别人家天下的所谓正统的那种奋发与牺牲，正是中国历史一出时常上演的悲剧。这个悲剧不由杨升庵始，也不到杨升庵止。他们这样地义无反顾，如此地忘我牺牲，真是让人欷歔感慨。（阿来《草木的理想国：成都物候记》）

阿来的感慨唏嘘，很大程度上来自于杨升庵为捍卫封建正统之礼所付出的代价的惨烈。然而正是因为流放云南，成就了文化传播者杨升庵。从37岁遭贬到72岁去世，除了短暂返家外，杨升庵一直在云南设馆讲学、游历考察，著述了《云南山川志》《南诏野史》等史志书籍，编纂了《古今风谣》《古今谚》等民间文学书籍。杨升庵"以他百科全书型的知识结构和不畏强权的人格魅力，使得云南各族人民在杨升庵之后形成了一股学习中原文化的巨大潮流"。阿来评价说："这是知识分子的正途，在一片蒙昧的土地上传播文化新知，以文化的影响为中华文化共同体的铸造贡献了巨大的功德。"（阿来《草木的理想国：成都物候记》）

因为清中叶以来的复湖、培修和增建，以及杨升庵的赫赫声名，桂湖渐成为远近闻名的游览胜地。晚清何绍基、张之洞等人都曾畅游桂湖，并留下诗作。徐心余在《蜀游闻见录》"桂湖"条中为我们留下了清末民初时桂湖的风景，以及当时的游览盛况。其文曰：

> （杨慎）其故里在成都府属之新都县，占城内地四分之一，居人榜之曰桂湖。湖水澄清，经冬不涸。宽广近四十亩，插编篱棘，种红白莲殆遍。亭榭参差，大半近水。正殿宏敞，在水中央，供奉升庵先生木主。西南逼近城根，有桂树七八十株，皆躯干伟大，高并城垣，每秋花开，几百余担，各城镇之营茶叶及糖点业者，均来此趸购，说者谓此树明末时栽，殊可信也。该县去成都北门四十里，为入燕京要道，前清冠盖往来，日不暇给，且去省太近，当夏秋间风景最佳时，省官之来游者尤众。（徐心余《蜀游闻见录》）

人们可能都会想到八月的桂湖是如何的丹桂飘香，但很少会有人想到这些桂花产量之高，达每年"几百余担"，而且可以买卖经营，"各城镇之营茶叶及糖点叶者，均来此趸购"。由此可见，桂湖之名实相符。徐心余提到的那七八十株"躯干伟大""高并城垣"的桂树，或是明时所植。中华人民共和国成立后，又在园中种植桂树四千余株。七八十株高大的桂树在盛开时节，已是那般盛况。四千余株小桂长大后盛放时会是怎样的繁华景象？来看当代作家肖复兴的描绘：

十多年前的秋天,我第一次来桂湖,正赶上桂花盛放。仿佛赶上了一场新娘隆重的婚礼,花香馥郁,如同婚轿和贺喜的人群,从入门处开始,一直迤逦着,拥挤着,摩肩接踵,水流一样,弥散到园子里四面八方的角角落落。举目之处,身临之处,向往之处,处处都是桂花之香。金桂、银桂和四季桂,仿佛小姑娘、少妇和老夫人,齐齐展展地都跑进园中看新娘,个个裙袂叮当,衣襟带香,沾惹得空气中满是散不去的香味。我还从来没有闻过这样浓郁的花香,几近醉人。同别的花香相比,桂花的香味属于浓郁,要香就搅得周天香透,决不做遮遮掩掩,不屑于扭扭捏捏的小家子气和故作姿态的含蓄状,是花中的烈性子,迸发如潮,按捺不住,如烈酒。这一点,暗合了杨升庵的心性与品性。(肖复兴《蓉城十八拍》)

把几千株桂花盛放时的芳香四溢和新娘的婚礼作比,是肖复兴的独创。不过两者之间确有神似之处:一个是角角落落、无处不在的满园子的花香,一个是角角落落、无处不在的满园子的喜气。肖复兴说桂花花香的浓郁和不遮掩"暗合了杨升庵的心性与品性",难道他在这段文字中所表现出的毫不受拘束的想象力和行文风格,和桂花花香的特点就没有暗合之处吗?

桂湖成为游览胜境,除了杨升庵的原因之外,恐怕要数桂花和荷花了。桂湖栽种荷花的历史据说始于唐代,是早于明代的桂花的。但后人都愿意把二者归之于杨升庵,对此还有一个美丽的传说:人们说桂湖的桂花种是杨状元从月宫里折来的,所以飘香万里。桂湖的莲花,是西海龙王应杨状元的要求吐涎泡变成的,所以鲜艳无比。这样的传说当然增加了桂湖的魅力,也增加了前来赏玩桂花和荷花的游人。清末年间,曾国藩路过新都,县令张奉先设酒备宴,招饮于桂湖之上。彼时,桂花已残,莲蓬始出,曾国藩赋诗《桂湖五首》,现录其二:

遂别华阳国,归程始此赊。翻然名境访,来及夕阳斜。翠竹偎寒蝶,丹枫噪暮鸦。词人云异代,临水一咨嗟。

十里荷花海,我来吁已迟。小桥通野港,坏艇卧西陂。曲岸能藏鹭,盘涡尚戏龟。倾城游女盛,好是采莲时。(《新都县志》)

上个世纪末,新加坡作家尤今来时,也已过了荷花盛开的季节,然而满湖的莲叶依然让她失掉了魂儿:

一看,便有一种近乎晕眩的狂喜。

都是绿的:莲叶、莲蓬,还有,天和地、湖与人。

长长细细的茎,把圆圆大大的莲叶轻轻俏俏地托出了静止不动的水面。叶子的边缘,呈现美丽的波浪形,像个个穿着绿色绉裙的少女,亭亭玉立于湖上。

这湖,位于成都,唤作"桂湖"。

秋天的桂湖,虽然不是花开季节,可是,满湖莲叶却以它丰盈的美姿,绘出了天地间另一幅隽永的图画。

湖极大、莲极多,一眼望去,密密麻麻、挤挤迫迫。

莲叶肥而大、轻而薄,风凝结时,它舒畅坦荡地卧眠于湖面,别有撩人的风采。风一来,满湖莲叶便"霍"地醒了。一醒,便交头接耳,絮絮细语;卷来卷去的莲叶,这边挨挨、那儿靠靠,探听消息、传递消息,霎那之间,满湖骚动,处处喧哗。风势加强时,莲叶不语了,它舞。掀着绿色的大圆裙,尽情地舞、快活地舞、忘形地舞,但见滚滚绿涛连天去,整个天幕,都转成了淡淡的绿色。站在湖畔的我,痴痴地看着时,魂儿"卜"的一声掉了出来,同行友人,赶紧把我失掉的魂儿拾起来,还给我,说:"这魂,留待来年莲花绽放时,再掉吧!"(尤今《与莲有约》)

失掉了魂儿的尤今,为自己没有看到满湖莲花盛开的景象而甚感遗憾,她说:"据说桂湖莲花处处开的那种旖旎浪漫的景致,当真销魂蚀骨!可惜我来不逢时,缘悭一面。"当离开桂湖时,她在心底默默地与桂湖的莲花相约:"他年花开,我必定再来成都,一睹芳姿、一亲芳泽。"(尤今《与莲有约》)

阿来到桂湖赏荷是在 2011 年 8 月 2 日:

> 2 号这天,且喜天朗气清,且喜交通顺畅。不到一小时,车就停在了桂湖公园门前。买 30 块钱票入得门来,围墙与香樟之类的高树遮断了市声,一股清凉之气挟着荷叶的清香扑面而来。穿过垂柳与桂花树,来到了湖边。荷叶密密地覆盖了水面。它们交叠着,错落着,被阳光所照亮:鲜明,洁净,馨香。在这个日益被污染的世界,唤醒脑海中那些美丽的字眼。乐府诗中的,宋词中的那些句子在心中猛然苏醒,发出声来。感到平静的喜悦满溢心间。在水边慢慢端详那些美丽荷叶间的粉红的花朵,看它们被长长的绿茎高擎起来,被雨后洁净的阳光所透耀。也许来得早了一些,荷叶间大多还是一枚枚饱满的花蕾:颜色与形状都如神话中的仙桃一般。而那些盛开的,片片花瓣上,阳光与水光交映,粉嫩的颜色更加妖娆迷离。古人诗中所谓"映日荷花别样红",想必描绘的就是这种情景。阳光不止是直接透耀着朵朵红花,同时还投射到如一只只巨掌的荷叶上,落在绿叶间隙间的水面上,而受光的叶与水,轻轻摇晃,微微动荡,并在摇晃与动荡中把闪烁不定的光反射到娇艳的花朵上。
>
> (阿来《草木的理想国:成都物候记》)

既有文学家的浪漫情怀,又有植物学家的细密观察,是阿来观察和书写荷花的独特之处。正是这种独特,使阿来为我们呈现出了没有过多个人感情介入的阳光透耀之下的桂湖荷花的本真之美。在比兴传统根深蒂固的中国文学中，这是不多见的。

朱自清寓居成都期间，也曾到过桂湖，并有《桂湖》一诗，他在诗中描写了桂湖桂树之巨、园林之胜，并称赞了清道光年间重修桂湖的新都县令张奉书，诗曰："列桂轮囷水不孤，玲珑亭馆画争如。蟠胸丘壑民偕乐，遗爱犹传张奉书。"（《朱自清经典大全集》）当代作家汪曾祺也到过桂湖，赋诗一首感慨杨升庵的才情和命运，并表达了桂湖应有一个陈列馆摆放杨升庵著作的各个版本的想法，诗曰："桂湖老样弄新姿，湖上升庵旧有祠。一种风流谁得似，状元词曲罪臣诗。"（汪曾祺《杜甫草堂·三苏祠·升庵祠》）1987年中秋，当代川籍作家巴金、沙汀、艾芜、马识途和张秀熟，相聚于桂湖，马识途曾写《桂湖集序》记述此次相聚与游历。当代作家阿来认为这就是文脉流传，并说："如果自己愿意留心，正在经历的很多事情都暗含着神秘的联系，都不是一种偶然。"（阿来《草木的理想国：成都物候记》）

第三章　街巷、商场和花会

一　春熙路

春熙路之于成都的意义，恰如王府井之于北京，南京路之于上海。作为城市的商业地标，它见证了现代都市的商业繁华和时尚流变。香港《大公报》曾这样评价成都的春熙路："城市掘金哪里去，春熙路；品味时尚哪里去，春熙路；打望美女哪里去，春熙路……哪里都不想去？还是可去春熙路。"由此可见春熙路对于成都人和外省人的吸引力。现代都市最重要的元素它都具备：商机、时尚和美女。

商机和时尚为大多数城市核心商业街所具有，而美女却为成都的春熙路所特有，或者说春熙路在这方面表现得特别突出。当代作家聂作平说："春熙路也是成都打望美女的最佳之地。为全成都美女最集中的地方，似乎这里总是在向美女们吹集结号。"春熙路的美女多到什么程度？他这样作比：古人说，五步之内，必有芳草，对于春熙路来说，则是三米以内，必有美女。他甚至这样戏言："如果一个男人对生活失去了兴趣，我的意见是，可以请他搬一把椅子，泡一壶茶，捏一根烟，端坐在春熙路的某个路口，细细观看那些迎面走来的美女，我敢打赌，他一定会继续意气风发地活下去。因为热爱生活的一个重要内容就是热爱美女，因为美女就像大米和小麦一样，是支撑我们的人生继续行走下去的粮食，而春熙路，就是盛产上等粮食的亩产超千斤的良田。我爱粮食，也爱那沉默如金的良田。"（聂作平《成都滋味》）这虽然是作家的一段戏言，却展现了成都春熙路的一大特点。

集众多现代都市要素于一身的春熙路始建于1924年。在此之前，春熙路原是一条南北走向的狭窄街道，向南与走马街相接，形成一条南北通道。横贯其中的东大街，宽约三丈，是著名的繁华街道，也是出东门下川东的必经之路，来往行人很多，甚是繁忙。其北面的劝业场更是市民、商贾云集之处。夹在繁华的东大街和劝业场之间的这条羊肠小道，已经严重地阻碍了交通，让穿行于此地的人们感到诸多不便。1924年，时任四川军务督理、号称"森威将军"的杨森实行新政，"建设新四川"。修马路是其要义之一。位于繁华路段的这条羊肠小道，当然在修建的范围之内。这条小道周边，是清朝时代的按察使衙门。民国后，衙门废弃，周围空地上搭建了不少的店铺。杨森下令，将这所衙门和沿街店铺全部拆除，把东大街拓成马路，再从东大街到劝业场之间修建一条南北向的马路。

这本是一件改善市容、利于通行的好事，但由于没有补偿，被拆除的商家将无以为业，被拆除的住户将露宿街头，加之拆除过程中派捐派款、凶撑强拆，遂引得民怨沸腾。作为民意代表的成都著名的"五老七贤"面见杨森，请求缓建马路。杨森威吓说："拆一点房子，你们就闹。早知这样，我带兵进城时一把火烧光，省得现在麻烦。"（流沙河《老成都——芙蓉秋梦》）在杨森的威压之下，很快，民房商铺拆除，路面捶平。对于强拆修路这件事，四川文坛怪杰刘师亮在其创办的《师亮随刊》上刊登出一副对联："马路已捶平，问督理何日才滚；民房已拆尽，看将军几时开车。"上联中的"滚"，语意双关，表面是指滚压马路，实指滚蛋；下联中的"车"，表面指汽车，实际是四川方言"车身走人"的意思。这副对联的上下联都在通过一词多义的方法骂杨森滚出四川。杨森读到这副对联后，要求面见刘师亮。联想到杨森的军阀做派，很多人都为刘师亮捏了一把汗。刘本人却无所畏惧。杨森要求成都人穿短衣，因为"穿短衣节省布匹，又有尚武精神"，刘却偏偏穿长袍去拜见杨森。

见面后,刘师亮开口道:"师亮今天是来讨打的。督理叫穿短衣,师亮却着长袍,还不该挨?赤膊打手板,长袍就该打屁股。"面对刘师亮的当面挑战,杨森却表现出从善若流的态度,他说:"提倡短衣,意在节省布匹,不是禁止长袍。先生说到哪里去了。杨某人绝不是外头说的蛮干将军。就拿修路来说,拆房背负恶名,也是不得已啊。这中间的苦衷,还望先生谅解,代为剖白。"(流沙河《老成都——芙蓉秋梦》)杨森的态度让刘师亮有些意外,这位将军似与外界传言的并不一样,遂肯定了杨督理的新政,但指出了强拆的不妥,并提出建议。杨森也表现出虚心接纳的样子,此后月月给刘师亮送舆马费一百银元,将其礼聘为督理府咨议,并赠送五百银元资助《师亮随刊》的出版发行,又通知本市各机关订阅《师亮随刊》。

刘师亮拜见杨森时,两人之间的对话有好几个版本,以上所引乃流沙河的版本。此版本与其他几个版本相差无几,与杨森老部下杜重石的回忆也大致不差。因此,上文所引当属史实。只是我们已无从知晓这位"森威将军"如此做的真正动机。是为了洗刷自己在外的颟顸形象?还是为了收编刘师亮?抑或是欣赏刘师亮的傲骨和才情?

春熙路分东西南北四段,南接走马街,北抵总统府,东接科甲巷,西通荔枝巷。十字交叉处辟有街心花园,花园中建有纪念碑,碑上刻有修路的经过,并安置有孙中山先生的铜像。时人有竹枝词曰:"路到'春熙'景物妍,中山铜像独巍然。笑他妇孺无知识,反说先生站露天。"(杨燮等著、林孔翼辑录《成都竹枝词》)马路修建成功后,杨森请前清举人江子渔为马路取名,江子渔为取悦杨森,为此路取名为"森威"路。后来,杨森败走成都,江子渔又将路名改为"春熙路"。此名从老子《道德经》"众人熙熙,如登春台"取义,倒也符合春熙路熙熙攘攘的繁华景象。

建成后的春熙路,成为连接东大街和劝业场的黄金通道。中、洋商家云集:胡开义笔店、稻香村糕点铺、商务印书馆、宝成银楼、大光明钟表公司、亨德利钟表行……苏货、广货、京货、洋货百物荟萃，商铺、戏院、茶社一应俱全。春熙路一跃成为成都"顶洋盘、顶新、顶宽的街道"（李劼人《危城追忆》）。时人有《春熙路竹枝词》：

> 铜人都道莫抓拿，独立俨然成一家。只是前程多未决，趑趄犹在路三叉。
>
> 分明是卡尔来登，地狱天堂在那层。世界且休愁黑暗，照人亮处有红灯。
>
> "太平洋"里澡身来，想起"沧浪"我不该。濯足濯缨同一搅，未将清浊界分开。
>
> 商店如何"十十"称？莫将取义说无凭。自来阴数原从偶，二五仍教二五乘。（杨燮等著、林孔翼辑录《成都竹枝词》）

这首竹枝词出现的"卡尔来登"乃鸦片烟馆，是春熙路著名的"销金窟"；"太平洋"是一家公共澡堂的名字（据流沙河讲，他儿时居住的会府南街，今忠烈祠南街，也有一家澡堂名为"太平洋浴室"。不知这两家澡堂有何关系？抑或澡堂都爱以"太平洋"命名？）；铜人应指十字街心的孙中山塑像，"十十称"应为新的计量单位。从写作者的口吻中，可以看出那时的人们对刚刚兴起的春熙路既感到新奇，又心存戒备。这种心态对于受现代资本主义文化影响较晚、相对保守的成都人来讲，应该具有普遍性。

黄包车和汽车，在20世纪二三十年代的成都还属于新鲜事物，它们的发展和马路的修建息息相关。春熙路建成后，汽车就跑在了这条繁华的大街上。竹枝词对此也有吟咏：

> 男儿剪发说亡清，女子而今亦盛行。一样长袍街上走，是男是女不分明。

携手同行亦快哉,"春熙路"上尽徘徊。忽然碰到巡查队,吆喝一声喊让开。

今年算命不招财,白虎当头要见灾。行路留心边上走,谨防撞倒汽车来。(前人《成都竹枝词》)

两两三三结伴来,"春熙路"上汽车开。汽车更比包车好,男女相逢坐一堆。(陈宗和《青羊宫花会竹枝词》)

(以上均引自杨燮等著、林孔翼辑录《成都竹枝词》)

从以上竹枝词的描绘中,可以看出,伴随着西方化的市政建设和现代化器物的涌入,成都的社会风气也为之一变。竹枝词为我们生动地描绘了发生在春熙路上的社会新气象:

几个村姑入市来,后街逛过逛前街。偶然逛到"春熙路",扯点花标好做鞋。(杜仲良《社会怪象竹枝词》)

手挟书包口吃烟,短衣短袖发垂肩。一双天足花鞋子,转了公园又戏园。

踏遍"春熙"路几条,莲船飞动似推桡。长裙卸却浑无用,时髦而今裤要高。(张效渠《竹枝词四首》录其二)

"春熙"直到"鼓楼街",无数拉车一字排。绿女红男多有趣,隔人犹在叫乖乖。(书痴《成都竹枝词》)

(以上均引自杨燮等著、林孔翼辑录《成都竹枝词》)

成都人看来"顶洋盘、顶新、顶宽"的春熙路,在外省人的眼里却显得有些落后,尤其是建筑。1924 年春,薛绍铭接受医嘱,欲以旅行治疗神经衰弱症,开始在中国南方进行为期一年多的漫游,1925 年 10 月 21 日抵成都游览。他对成都以及春熙路的印象是这样的:"成都还是一个古色古香的中国城市,它所受到资本主义渲染的色彩很少。在成都街市上见不到两层以上的洋式商店,就是在最繁盛的春熙路上,所有商店仍多是矮矮的房屋。如果在建筑上比较,那么成都是要比重庆落后二十年。"(薛绍铭《成都的印象》,见曾智中、尤德彦编《文化人视野中的老成都》)这一番评论或许会让那些来春熙路赶时髦的绿女红男惊讶了。

现代小说家周文,1937年乘长途汽车来到成都,准备参与组织成都市文艺界联谊会和文协成都分会,以促进成都的救亡工作。但他看到的成都一派升平气象,毫无救亡气氛。这一切让他倍感失望,当他走到春熙路上时,这种失望更加深切:

> 转了几个弯,就到了春熙路,不错——从这成都的范围内说来——这真是一个繁华的世界,商店也的确比从前辉煌了许多,有的霓虹灯也安起了。只是马路没有我从前看见时的光亮,已经有了些破碎的浅坑,而且似乎马路并不如我从前看见时的宽了。但摩登的红男绿女却增加了不少,一大群一大群地靠着两旁的人行道漫游似的走着,有的从这家绸缎店到那家洋货店穿来穿去。也有许多学生,都已是军帽,军服,腰皮带,裹腿,但不知怎么,仿佛没有一个如我在外省所看见的挺胸走路的姿势,而是很多驼着背的,因了军服更加明显。忽然有两三个头戴红珊瑚结子瓜皮帽的人在我旁边出现,是有胡子的,背驼得更厉害,老弱之状可掬。这些就是前辈先生。我把那些学生和他们一比较,不免打了一个寒噤。……(周文《成都的印象》,见曾智中、尤德彦编《文化人视野中的老成都》)

春熙路上的其他情形更让他失望:抽鸦片烟的人们,在茶楼上看女人的人们,奏着喇叭敲着鼓为戏院做广告的乐队,无线电播出柔媚的歌声"桃花江是美人窝……",戏院挂出"客满"的牌子……看到春熙路上这样的情形,来参加救亡工作的周文这样写道:"一股风吹来了,街心的一条白布的抗敌标语,就在那些漠然的来来往往的人们头上冷冷清清飘动。"(周文《成都的印象》,见曾智中、尤德彦编《文化人视野中的老成都》)

20世纪40年代,外省青年黄裳到成都时,就住在春熙路的一家旅馆里。当他抵达这家预先就打听好的旅馆时,天色已经很晚了。安放好行李,他踱到了这条著名的繁华街市上。对于一个落魄的异乡人来说,旅馆对面茶馆里悠闲品茶听歌的茶客和歌女,与他的心境颇不相宜,街头一个卖甜点的担子倒是吸引了他:

> 街上的人还是那么多,可是商店都已经在上门板了。灯光渐渐的隐了下去,后来只剩下一个卖甜食的担子的油灯还在闪烁。那是一个老人,稀疏的头发,干净的青布棉袄,勤快的煮着那些甜甜的"吃的"。左边的担子上一排排着十几个碗,里面泡着莲子、西米、青梅、银耳……他的两只手熟练的从里边舀出莲子来,倒在左边的一个小铜锅子里去。放好了水,盖上盖子,一个垂了双髻的女孩子替他抽着风箱。一会儿,他又打开锅子,加两勺糖,再盖上,添两块枯枝,汤就开了。倒在小瓷碗里,加上一枚有着长长的柄的小铜调羹。我坐在暗暗的灯光里吃了一碗,默想着过去在哪儿看过的一张宋人画图,"货郎图"。那小车儿的装置就十分像眼前这一副。多么齐全地安置着那些小巧可也是必要的材料。这个老人和他的小孙女——应当是罢——是多么平安多么和谐的操作着。(黄裳《音尘集》)

这个带有浓浓乡情气息的甜食担子,一定给了这位落魄的异乡人些许温暖。要不然,作者也不会这么细细地刻画,更不会这样说:"我慢慢地吃完了莲子汤,胃里充满了温暖……"并且走回旅馆时,还要回头望望那寒风里摇曳的甜食担子的灯火。(黄裳《音尘集》)

后来成为鼎鼎大名的瑞典学院院士、诺贝尔文学奖终身评审委员的马悦然，于1949年10月的某天，坐在春熙路一家茶楼上，用一架老式钢丝录音机录制茶馆中嘈杂的喧闹声，并同时进行解说。这一年，他25岁，到成都进行四川方言研究。茶馆里的成都人对这样一个对着一台机器自说自话的外国人充满了好奇，围在他和他的机器周围。年轻的马悦然无暇顾及周围的这帮人，他一边录音一边解说着自己所在的这个茶楼和茶楼下春熙路上的情形。他说："这里人很多，但空气很好，靠街的一面完全敞开。我靠着栏杆，可以看到下面街上的人来来往往。我可以听见街头小贩的吆喝声，黄包车夫的大喊声，我还可以看到街对面世界书局的广告。世界书局是成都最大的书店之一，在那里可以买到古典和现代文学的各种书籍。"马悦然还详细地描述了自己看到的春熙路的街景：

> 我坐在二楼上，面朝着街，这里描述一下街景。我看到一个人担着竹筐走过来，一个骑自行车的人挡了他的路，骑车的是一个学生，骑的国产车，周身都在发响声。一辆载满灰砖的板车过来了，有五个人拉，轮子是胶皮的，走起来没什么声音。拉车是一件非常苦的差事，其中还有一个是女的，她拉得很吃力。……
>
> 下面街上的黄包车夫摇着铃铛，拉车人声音洪亮，朝着挡了道慢行的人叫嚷。一个老妇坐着黄包车过来，她膝上还坐着三个小孩。街上不少人朝茶楼上看，我看见两个穿制服的先生望着我，他们不知道这个外国人在做什么。还有一个士兵骑着自行车，肩上挂着枪，老式来复枪，可能根本就不能用了。街上经常看见军人，数量不少。
>
> 下面这个很有趣：两个女士走在一队人前面，抬着一个大箱子，里面有一双鞋，一把椅子，椅子上有一顶帽子和各种水果等。这是送亲的队伍，也即是说在婚礼前，是婚礼的前奏曲。新郎将礼物送新娘，新娘将礼物送新郎，等等……

这时，街对面书店的生意也基本停顿了，大家都在看茶楼上这个自说自话的洋人……（转引自王笛《茶馆：成都的公共生活和微观世界1900—1950》）

担竹筐的、骑自行车的、拉板车的，士兵、黄包车夫、送亲的队伍等等，组成了春熙路的日常街景。马悦然用一个外国人的陌生眼光，观察和记录了1949年的春熙路。

以旅行治疗神经衰弱症的薛绍铭，在春熙路上看到的是矮矮的房屋；到成都参加救亡工作的周文，在春熙路上看到的是冷漠的人群；让落魄的异乡人黄裳念念不忘的，是深夜里春熙路上一位老人和一个小女孩协作照料的一个小吃摊；来中国成都研究四川方言的马悦然，看到的则是异国人的日常生活和风俗习惯。怀揣的目的不同，眼中所见也分外不一样。不过，薛绍铭、周文、黄裳和马悦然对春熙路的体验和观察，难免带有过客的浮光掠影。生在成都、在成都念中学，又安家在成都的流沙河，对春熙路的每一家店铺都如数家珍。让我们根据他的描绘来还原一下老成都的春熙路吧。春熙路北段街右边有一家石柜台刀剪铺，"古老神奇"，出售有刮改竹简文字的"书刀"，招牌是"廖广东"；刀剪铺南边是一家挂售中外地图的小店；紧挨着是世界书局，店面很窄；接下来是一家名为"及时"的钟表眼镜公司，再向南是春熙大饭店，挨着是橱窗里张贴有好莱坞影片和国产片剧照的云裳美发厅。再向南若干家，是商务印书馆成都分馆和新中国书店。春熙北段街左边，有大华电影院，上演过白杨主演的《八千里路云和月》。流沙河对春熙路北段南口的聚福祥百货店和天成银楼印象深刻，因为聚福祥春季大减价，夏季大减价，秋季大减价，年终大减价，一年四季都在减价，且有乐队鼓吹；至于天成银楼，是因为流沙河曾在1948年去卖过金戒指以换取学杂伙食费，据言这家银楼重信用，童叟无欺。春熙路南段北口街左边是当年春熙路的最高楼"新闻大厦"，发行量最大的《新新新闻》即在此。这家报纸除了国际时事和地方新闻之外，几乎日日都有"从良启事"，文曰："□□年幼无知，误入青楼，今蒙□君拔出火坑。从今以后，新知旧好，一概谢绝。"这给少年时代的流沙河留下了深刻的印象（流沙河《老成都·芙蓉秋梦》）。

流沙河说："县上人不说去成都，而说'上'成都。上成都来，有事无事都去春熙路走一趟，否则不算上过成都，可知春熙路是有些人心理需求的对象。来成都读高中不用说，周末必去转春熙路。1950年起，下班吃了晚饭，都要散步到春熙路，已成习惯。"（流沙河《老成都·芙蓉秋梦》）春熙路吸引人之处不仅在它的商业繁华，还在它的文化气息。流沙河到春熙路散步的习惯，应该更多地源于后者。老春熙路曾是成都的文化中心，大书店有商务印书馆、中华书局、世界书局等，报纸有《华西日报》《成都中央日报》《新新新闻》《新民报》等八九家。抗战期间，春熙路上的基督教青年会，是成都文化"据点"之一。国画大师黄君璧、摄影大师郎静山曾在这里开过联展；四川漫画社在这里举行过"抗日救亡漫画展"；丰子恺、谢趣生等漫画家也在这里开过画展。1963年，谢国桢应四川大学之邀到成都讲学，从4月6日到5月17日在成都共计四十余日，前往春熙路达十一次之多。其中有三次是到锦江剧院看川剧，三次是到古旧书店和文物书店看书看画，其余有去吃赖汤圆和水饺的，也有去散步和洗澡的。由此可见春熙路对文人的吸引力。

如今的春熙路，经过数次改造，更具现代气息。流沙河称它"建筑豪华，晚灯辉煌"。他对昔年的春熙路的描述则是"玲珑似珠，缥缈如梦"（流沙河《老成都·芙蓉秋梦》）。无论如何，春熙路"众人熙熙，如登春台"的景象当今昔无别！

二 祠堂街

成都的祠堂街，东起东城根南街，与半边桥北街、西御街相接，西抵小南街北口，全长五百余米，是一条并不起眼的小街。清代满城时，祠堂街乃正蓝旗三甲地界，名喇嘛胡同，一名蒙古胡同，又名东门街。据说，康熙年间满城的八旗官兵在此为年羹尧建生祠，祠堂街因此而得名。

满城时，喇嘛胡同原为一条两旁栽满大树的土道。清末，玉昆将军驻防成都，满汉之间的隔绝和对立渐渐打破，汉人可以自由出入满城。原喇嘛胡同也更名为祠堂街。路两旁的树木被砍去，代之而起的是两排矮矮的铺面。李劼人《大波》中的人物顾天成，当年为报罗歪嘴利用美色骗其钱财之仇，信了耶稣教。后义和团起，信洋教的顾天成担惊受怕，白天便躲在满城消磨时日。十余年后，保路同志会成立，顾天成又来到成都，入满城游玩，目睹了祠堂街十余年间的变化：

> 从西御街西口，步入满城小东门的那一道不算高也不算大的城门洞时，顾天成不由大大惊异起来。首先是那座破破烂烂早就要倾倒的城楼，业已油漆彩画得焕然一新；楼檐下还悬了一块新做的蓝底金字大匾，四个大字是既丽且崇。迎面长伸出去的那条喇嘛胡同土道，不但在街牌上改写着祠堂街这个名字，土道两畔许多浓密挺拔的老树大树，也全不见了。那地方，变成两排只有在乡场上才看得见的、又矮又小的铺房，有酒铺，有烧腊铺，有茶铺，有杂货铺，还有一家茶食铺子，双开间门面，金字招牌是苏州老稻香村。
>
> （李劼人《大波》）

民国时期，祠堂街渐成为成都的一条文化街。据史料记载，这条街上先后开设过八十一家书店，开明书店、大东书局、正中书局、菁菁书店、普益书社等大书店都开在祠堂街。当年成都有三条街书店最多，一条是以古旧书肆闻名的西玉龙街，还有云集了中华书局、商务印书馆、世界书局的春熙路，此外就是祠堂街了。与西玉龙街和春熙路相比，祠堂街书店最多，书店出售的进步书籍最多，因此，被称为成都新文化一条街，是许多进步青年和学子经常光顾的地方。据成都人李致回忆，自从受初中国文教员的影响读了鲁迅发表在《新青年》上的《狂人日记》之后，他便开始到祠堂街寻求进步书籍。在祠堂街，他最常去的是联营书店：

> 祠堂街至少有十几家书店，有进步的，也有国民党办的。我最常去的是联营书店，它有明显的进步倾向，位于现在的四川电影院对门，只有一间铺面。店内靠墙的地方都是书架，屋子中间有一个大书摊，摆满新到的书籍和杂志。到书店去的，可以随便取书翻阅，买到自己满意的书；如果不买书，也可以站在书架或书摊前看上一两个小时。店员不多，但忠于职守，有业务知识。你询问一本什么书，他总是主动地帮助寻找，绝不会说"你自己看嘛"；更不会不理顾客，坐在那儿闲聊或打毛线、吃瓜子儿。遇到年纪大一点的店员，还能告诉你某一书已经出过几版，每一个版本有什么特色。其它好的书店（如开明书店）也大抵如此。（李致《从科甲巷到祠堂街》，见蒲秀政编《走近老成都》）

祠堂街上开设得较早的进步书店，是1928年底车耀先与朋友集股开办的"我们的书店"，主要出售进步书籍和杂志，吸引了许多渴求新知的青年学生和爱国知识分子。车耀先等人倡办书店时提出："书店所售书籍、期刊的读者对象应是社会进步青年和大中学校的师生，书店购进、出售的书刊应是成都市面上买不到的社会科学书籍，包括马列主义译著和进步作家的小说、诗歌、世界名著翻译作品、期刊等。"（陈晓华

《车耀先与民国时期四川新闻、文化事业》,《四川师范大学学报》社会科学版,2009年2期)书店取名为"我们的书店",即带有明显的倾向性和广泛的号召力。开办不到一年,书店便因销售的书籍太进步而遭到国民党的查封。除了"我们的书店"之外,车耀先还在祠堂街创办了刊物《大声》。这份刊物创刊于1937年1月17日,终刊于1938年8月13日,历时一年多,共出刊61期、增刊7期,发行地址设在祠堂街172号"努力餐"餐馆。成都民族解放先锋队的一批爱国青年余路由、周海文、韩天石、彭文龙、张宣等是其主要撰稿人,车耀先任社长。这份刊物因为有着鲜明的爱国立场、较强的革命性和进步性,曾被国民党多次查封和破坏。

在祠堂街创办的进步刊物,除了《大声》外,还有"力文社"的《力文》半月刊,以及"星芒社"的《星芒报》等。"力文社"成立于1936年,是在张曙光的支持下,由甘树人、甘道生、郭祖劼、胡芷俊等组织的进步团体。该团体创办了《力文》半月刊,主要刊载抗日救亡文章。《力文》总代销处是祠堂街现代书局,分售处有开明书店、北新书店等。"星芒社"是在中国共产党领导下于1937年9月成立的一个抗日救亡团体,地点在祠堂街44号"战时出版社"营业部的楼上。该团体办有《星芒周报》。《星芒》刊载的文章,形式多样、短小精干、通俗易懂,有短评、小故事、诗歌、小说连载、评书、花鼓词、木刻、绘画等,主题以抗日救亡、针砭时弊为主,深受民众喜欢。著名爱国人士李公朴、沙千里、士史良等曾为该报写文章。

祠堂街上的这些进步书店、进步团体以及进步刊物,在抗日救亡中,吸引和团结了大批的进步青年和知识分子,同时也启蒙了一部分民众。不过,影响力和号召力最大的要数中国共产党办的《新华日报》成都分馆。它位于祠堂街103号(今38号)。这是一栋中西合璧的三层楼房建筑,《新华日报》驻成都办事处就位于这栋楼的二楼。这栋楼房是当年中共进行地下革命活动的一个重要据点。中共中央南方局和四川省委、成都市委，先后在这里建过七个支部，设立秘密交通站和联络站。这栋如今看起来不起眼的旧式楼房，当年"可是一座中高档旅馆，不少名人到蓉后都住在这里，当时《新华日报》驻成都办事处的职员也都住在这里。相邻的40号也是他们的办公地之一"（裴蕾《成都祠堂街 留在记忆里的诗情画意》，《西部时报》2011年3月29日）。当年《新华日报》成都分馆的营业部，每天除分发报纸、办理订报手续外，还出售由延安运来的马列著作、《解放日报》《群众》以及"生活书店""战时出版社"发行的进步书刊。李致回忆说："我们当时有一个学生进步团体——破晓社，多次组织阅读过毛泽东的《新民主主义论》和艾思奇的《大众哲学》。《大众哲学》在联营书店可以买到，《新民主主义论》则只有《新华日报》成都分馆才有卖的。"作为进步报刊、书籍的出售地和中共的活动据点，《新华日报》成都分馆营业部经常受到国民党的搜查和破坏。对于进步青年来说，经常到这里来，是有危险的。但对于不怕事的青年学生来说，冒险的快感却有一种吸引力。李致就说："我那时年轻，不怕事又好奇，常常闪电似的去买一两本书就走，自然也不敢像在联营书店内那样长时间停留。但是分馆同志那种热情的目光，对青年充满信任的态度，却深深地打动了我的心。"（李致《从科甲巷到祠堂街》，见蒲秀政《走近老成都》）

祠堂街之所以能成为老成都的一条著名文化街，除了书店林立之外，还在于它有众多的文化机构，比如新又新大戏院、四川美术协会等。新又新大戏院原名为西蜀大舞台，曾聘请新又新剧社在此演出川剧，后来新又新剧社租定西蜀大舞台，成都人遂称其为新又新大舞台。1939年，新又新大舞台又改组为新又新大戏院，不仅演出川剧，还放映电影，吸引了众多的观众。据说，新又新的时装戏曾红极一时。这些戏多为上下集或连台剧本，"为一口气看完全剧，竟有观众自备干粮，甚至将饭提到戏院里吃"（姚锡伦《祠堂街：粉墨登场 翰墨飘香》，曹丽娟、凌宪编《成都老街的前事今生》）。后经两次大火，新又新风光不再。

1947年重建后更名为锦屏大戏院。新建的大戏院，设施先进，为成都最早的斜坡式梯形剧场。新中国成立后，锦屏大戏院更名为川西剧院，后又易名为四川电影院。

于1941年成立并于次年建成会址暨展览厅的四川美术协会，位于少城公园旁边。四川美术协会的成立，离不开著名画家张采芹的努力。1931年，在聚兴诚银行成都办事处兼职的张采芹，将画室设在祠堂街的办事处二楼。这个画室随后成为成都及全国书画界知名人士的聚会场所。他们在此组织成立了蓉社、蜀艺社、成都美术协会。抗战时期，大批画家来到四川，作品无法展出，生计困难。为了帮助和保护这些艺术家，在张采芹的倡议下，蓉社、蜀艺社、成都美术协会合并，于1941年成立了四川美术协会。徐悲鸿、傅抱石、张大千等著名画家都在这里举办过画展。邓穆卿在《漫记张大千》一文中详细地记述了张大千在祠堂街四川美术协会举办的画展：

> 另一次，是1946年5月，在祠堂街四川旧美协举办的《大风堂古书画展》，计有从唐以来至清代的名书画二百余幅，从5月17日起至26日止，每三天更换展品一次，展品中的唐代毕宏的《雾锁重关图》早年曾见到张大千先生临摹的一幅，这次展出的是庐山真面。还有宋刘道士《湖山清晓》，是幅水墨山水，千山万壑，松桧萧森。其他宋画即有《松阴高士》及宣和御笔之《猫》，与赵子昂书画之《离骚九歌图》，此外即石涛和尚，八大山人以及文徵明《石湖秋泛》，陈老莲《霜禽红叶》，均为罕见之品，其中王石谷之《康熙南巡图稿》堪称钜构，但画展主人张大千却特别珍爱宋画大青绿山水董北苑之《江堤晚景》……
>
> 这次大风堂古书画展后，张大千先生还以古画分赠诸名寺观，于是北郊昭觉寺得《古佛像》，外西二仙庵得《老子图》，青城上清宫得《元始天尊》。（邓穆卿《成都旧闻》）

祠堂街在民国成都的餐饮业中也占有一席之地。早在清朝末年，周善培任四川劝业道施行新政时，祠堂街就有了著名的聚丰餐馆。这家餐馆是四川合江县人李九如开办的，在此之前他已经在成都华兴街开办了一家聚丰餐馆，菜品涵盖川菜、京菜、江浙菜，生意十分红火。位于祠堂街的聚丰餐馆建于1908年，1909年正式开业，是清代第一家由汉人进满城开办的餐馆。李劼人在其小说中就多次写到这家位于少城公园旁边的餐馆。这是一家中高档餐馆，当时成都的中上层人家往往以能到聚丰餐馆请客办席为值得炫耀的事。《大波》中的官绅黄澜生一家就常到聚丰餐馆吃饭，而在新军中当过"官带"的吴凤梧，"以其经济状况而言，是没有资格到聚丰餐馆吃饭的"（李劼人《大波》）。在多次兵乱中，因其主人的精明，聚丰餐馆都得以幸免。大概是在1933年到1937年间，祠堂街聚丰餐馆的发展达到最高峰。但之后，随着新思潮的兴起，竞争加剧，加之李九如的守旧和衰老，聚丰餐馆开始走下坡路，终于在1944年倒闭。

20世纪30年代，祠堂街还有一家著名的餐馆，名"努力餐"，是时任中共四川军委负责人车耀先开办的。这里曾是中共活动的重要据点。这家餐馆原位于红照壁街（一说在三桥南街），1933年迁至祠堂街137号。关于"努力餐"名字的来历，有两种说法：一说是取自孙中山先生的遗嘱"革命尚未成功，同志仍须努力"；另一说是源于《古诗十九首》中的著名诗句"弃捐勿复道，努力加餐饭"。1938—1939年间，常随父亲到祠堂街"努力餐"品尝菜肴的崔霆钧说："饭店地处较偏，坐南朝北，是一幢已有百年历史，具有中国传统式建筑风格的楼阁。门面虽显陈旧，却诱发出它那古朴、饱经风霜的雄姿。"（崔霆钧《革命烈士车耀先与"努力餐"》，《文史月刊》2008年第1期）餐馆墙壁上有书法"要解决吃饭问题，努力，努力！论实行三民主义，庶几，庶几！""若我的菜不好，请君对我说；若我的菜好，请君向君的朋友说。"这些书法代表了餐馆的风格和经营理念。它以供应大众碗饭为主，有用肉粒、鲜豆、嫩笋掺入大米之中蒸制而成的"革命饭",有块头大、馅儿多、物美价廉的蒸饺,食客以城市平民、贫民、穷学生为主。当然,"努力餐"也有诱人的美味,比如它的招牌菜"海味红烧什锦",用公鸡、鸭肉、猪舌、肚、心、腰、猪后腿肉、海参、鱿鱼、香菌、玉兰片、白果、板栗、胡桃仁加料酒烧制而成,美味无比。1940年夏,初次入川的何满子曾到这家著名的餐馆用餐。那是朋友的朋友安排的接风宴,但菜品却让他暗暗叫苦,因为"第一道菜来的是怪味鸡,辣尚可忍,麻实在难挡"。不过,吃了多次川菜以后,"不但渐渐习惯,而且深嗜此味"(何满子《五杂侃》)。

除此之外,祠堂街还有一家著名的餐馆"邱佛子"。店主姓邱并蓄有胡子,成都人读"胡"为"佛",故名"邱佛子",主营豆花、烧肉。菜品皆小份盛碟中置菜油小炉上保温,颇具特色,被誉为20世纪40年代成都风味小吃"四朵金花"之一(另外三家是矮子斋抄手、粤香村和香风味)。何满子曾这样充满情感地回忆这家小吃:"那种盘子架在一个竹罩子上,罩里点着一盏油灯使它永远热通通的红烧肉、红烧牛肉呀;那又麻又辣,皱希希,韧纠纠,吃了还想吃的小块豆腐干呀……"(何满子《五杂侃》)到了20世纪50年代,独具特色的风味小食"邱佛子"已经没有了踪影。

祠堂街南侧是少城公园。少城公园建于1911年,是四川第一座公园。清末,朝廷因筹备立宪,废除了旗人的旗米供给制度。原本已经困顿的旗人,生活更加窘迫。成都将军玉昆,为解决旗民的生计问题,与四川省劝业道总办周善培筹划在祠堂街兴建公园,开放少城,准许旗人在园中做生意谋生,公园门票收入也用来补给穷苦旗人的生活。顾天成(前文提及的李劼人《大波》中的人物)辛亥年逛少城公园时,成人门票为二十文,儿童十文。按每天游客为三百人,顾天成算了一笔账,结果让他非常惊讶:

那吗,通共算成二百五十个大人票。二二得四,二五得十,一天五吊钱，十天五十吊，三五一百五十吊，一个月一百五十吊，十个月一千五百吊，外加三百吊，啊也！一年一千八百吊，合成银元，足足二千一百多元，拿在崇义桥买大市米，三十二斤老秤一斗的，正好买三百担！……嗨！积少成多，硬是一笔数目！他妈的，才花了千把两银子的本钱，一年里头，连本带利都捞了回去，这生意真干得呀！（李劼人《大波》）

查《清宣统三年成都街道二十七区图》，少城公园占地在清代为少城中的永顺、永清、永济等胡同，为驻防旗兵的箭厅、马厩、仓房、柴薪库。后来，此地渐辟为稻田、菜圃，为城市中之田园。金河从西北流来，在此分为两股，一股向东，一股向南。河两岸有假山，上建有楼台亭阁，周围遍布树木芳草，景色秀丽。此处原本就是清幽之处，早年顾天成到少城躲避义和团之乱，这里就是他闲逛和"睡野觉"的去处。因此，看到它一变而成为少城公园，便感到十分惊奇："那不是关帝庙吗？那不是荷花池塘吗？那不是流水汤汤的金河吗？虽然着一道矮矮的土墙圈了进去，形势还在。何况对面文昌祠门外的那座耸起几丈高的魁星阁，还依然如故？原来今天的少城公园，就是庚子年闹义和拳、红灯照、杀大毛子、二毛子的时候，他、顾天成为了要报仇雪恨，正正糊里糊涂奉了耶稣教，每日心惊胆战，莫计奈何，时常躲进满城来睡野觉的地方！"（李劼人《大波》）环顾公园之后，顾天成终觉不如十二年前自己来时有野趣：

顾天成举眼四面一看，在静观楼南面不远，一个孤单单的过厅，叫沧浪亭。再南面，又一座楼，是夹泥壁假洋式楼，全部涂成砖灰颜色，连同楼上的栏杆也是的。两座楼遥遥相望，都在卖茶，并且每张茶桌上都有人。北面靠金河岸边盖了一排瓦顶平房，又象水榭，又象长廊，额子偏偏是养心轩。金河之北隔一道堤，就是荷花池塘了，被一道土墙拦进来，显得池塘也小了，也没有什么意思了。只管有满池荷花，却没法走到池边去。惟有关帝庙侧面花园的真正水榭，临着荷花池一排飞栏椅，倒是个好地方。但那里做了满城警察分署，和公园是隔开了的。在养心轩的下游，正对关帝庙花园的金河南岸边，还当真有一座船房，样子很不好看。此外，还有一座茅草盖顶的亭，还有一座倒大不小的院落，一正两厢，一道拢门，很象财神庙。(李劼人《大波》)

但同行的邓乾元却不这样认为，他说："那咋能比呢？而今到底有歇脚的地方了，也有茶铺，也有餐馆。"(李劼人《大波》)后来，经过多次扩建、增修，少城公园已成为集休闲、娱乐、健身、教育为一体的多功能园林，有假山楼阁、图书馆、陈列馆、博物馆、运动场、动物园、音乐演奏室等等。《少城公园竹枝词》有歌咏：

  台榭桥亭宛转通，娇红暗绿满芳丛。品茶人爱临流水，衫扇招邀纳晚风。

  流莺百啭和留声，惹得游人耳尽倾。花馥脂芳穿树出，两般香得不分明。

  场平草浅夕阳红，如织人来罩画中。学子争夸腰脚健，皮球高蹴入云空。

  四面挡风屋若椽，花栏竹几试清泉。苞苴杨柳遮无缝，绝好茶轩号"绿天"。(杨燮等著、林孔翼辑录《成都竹枝词》)

抗战期间，叶圣陶入川教书，在成都度过四年。1980年应《成都日报》之邀，叶先生回忆成都填词十阕，对少城公园念念不忘。其中三阕曰：

  成都忆，缘分不寻常。四载侨居弥可念，几番重访并难忘，第二我家乡。

成都忆，居近浣花溪。晴眺西岭千秋雪，心摹当日杜公栖，入蜀足欣怡。

成都忆，时涉少城园。川路碑怀新史始，海棠花发彩云般，茶座客声喧。（叶圣陶《我与四川》）

词中提到的位于少城公园中的"辛亥秋保路死事纪念碑"，建于1913年，是当时川路总公司为了纪念1911年四川保路运动中牺牲的烈士而修建的。

如今，少城公园早已更名为人民公园。为了透绿，祠堂街南侧的商铺和房屋已经拆去。原本五百九十米长的祠堂街的大半也于1984年并入了少城路，只剩下短短的二百余米。"努力餐"于1984年移建于邻小南街北口处，曾经辉煌过的书店和影院也已在时代的变迁和城市的发展中消失了踪影。

三　宽窄巷子

在成都，有两条尽人皆知的巷子——宽巷子和窄巷子。这两条巷子位于老成都满城内，为清朝满城三十三条兵丁胡同中遗存下来的两条。宽巷子西起下同仁路，东向桂花巷西。满城时因与相邻巷子相较为宽，习称宽巷子，后名兴仁胡同。窄巷子西起下同仁路，东向将军衙门右侧，满城时较相邻巷子稍窄，称为窄巷子，后名太平胡同。民国后，因胡同为满蒙称谓，在反帝反封建的社会浪潮中，这两条巷子复其原名：宽巷子和窄巷子。

清时，与大城一墙之隔的满城，有独特的建筑风貌和生活方式。这一点，在前文《满城》中已有详述。民国后，城墙拆除，兵丁解散，满城作为老成都的城中之城已不复存在。不过，一些达官贵人，多是汉人中的上层人士，看中了满城的清雅环境，到此修筑公馆，原满城中的一些老建筑因而得以修缮和保存。但随着时光的流逝和时代的变迁，满城中的街巷只剩下宽窄巷子两条。在日渐喧嚣的现代都市中，安静、悠闲、古旧的宽窄巷子显得特别的弥足珍贵。它被称为"老成都'千年少城'城市格局和百年原真建筑格局的最后遗存"以及"北方胡同文化和建筑风格在南方的'孤本'"。由于具有悠久的历史和独特的文化内涵，20世纪80年代，宽窄巷子被成都市列为历史文化街区。许多文化人士、旅行者、游客，也都慕名前来宽窄巷子喝茶、住宿、拍摄。

宽窄巷子有着浓郁的市井气息。儿时曾在宽巷子暂住的焦虎三这样描述小巷的生活："清晨，沿街两旁的小商铺便开始了营业，茶铺支起了桌椅，老板早早烧开了水，装满了开水的花花绿绿的水瓶摆放了一地，卖花卷稀饭的早点铺升起了缕缕炊烟。这一切是那么不紧不慢、宁静和谐。巷子中的人们仿佛永远生活在世外桃源，他们与世无争做着自己一天的事：喝茶聊天，自娱自乐；偶尔一个挑着小担的菜农走过小巷，小巷深处便会传来吆喝的声响，于是，一群大妈或是大爷便会围上前去，一桩普通但足以维持小巷人家一天生计的交易瞬间便完成了。"（焦虎三《宽巷子的似水流年》，卢泽明、白朗、席永君编《锦官城遗事》）这是20世纪70年代宽巷子的生活场景，几十年后，焦虎三故地重游还依然如故。这让他惊讶不已。

充满市井气息的小巷自有它的魅力：幽深曲折的小巷，散落着商铺住家户摆放的竹椅，邻里们在这里摆龙门阵，茶客们在这里喝茶、打牌。谁能说这样的日常生活没有诗意？"几个小孩子在路边默默地看书；一位慈眉善目的老人似醉似睡地坐在门前的竹椅上，偶尔把手中的茶杯送到嘴边，然后继续沉浸在那与世隔绝的状态中，仿佛在追忆着似水流年。微风轻轻埘过,阵阵树香袭人;树叶摇曳,晃出点点光晕。"(少君《阅读成都:在城市间行走》)这是作家少君在六月的骄阳下,在宽窄巷子看到的画面。

到宽窄巷子喝茶,也是一件非常惬意的事情。由住家户经营的传统街边茶馆,价格非常便宜。一般一碗茶只需要三到五元,而且可以不断续水。如果您自己带着杯子和茶叶,则只需两元。您可以在这里海阔天空,随便坐随便聊,即使不喝茶,也断不会有人把您从竹椅上赶起来。"四方小桌,竹木椅子,坐起来咯吱咯吱不停地响,有一种说不出的情趣。"作家章夫说:"去宽、窄巷子喝茶是可以有幻觉的,好像特别的无聊,特别的成都,特别的有质感,特别的有文化。坐在那里,身后是斑驳的老墙,脚下可以踩到墙边延伸过来的青苔,头上或者是厚实的云层或者是潮湿的阳光,眼前是很多巨大的女贞子树,上面垂着一串串粮食一样的果实……"(章夫、傅尔济吉特氏·哈伦娜格《少城:一座三千年城池的人文胎记》)

宽窄巷子的另外一个特点是宁静。这也是旧时满城的显著特点。原因之一在于,满城里不允许存在商铺、茶馆、酒肆之类的商品交易场所和娱乐交际空间。原因之二在于满城人烟稀少,且存在大量隙地。《芙蓉话旧录》在介绍老成都的隙地时说:"隙地最多者为满城,城内举目荒凉,废土菜畦,触处皆是,约占满城面积之半。"(徐心余《芙蓉话旧录》)原因之三:满城的胡同,并非整排的铺面,而是错落有致的庭院,且庭院内外花木繁多。除了隙地多之外,宽窄巷子基本上承继了满城的特点,因而这两条巷子格外的宁静。张先德对20世纪80年代窄巷子的宁静有着详细的描述:

上世纪80年代初,那时的窄巷子只在靠近长顺街和同仁路的两端,各有几家铺面住家户,其他都是院落、围墙、围墙、院落,围墙也是院落的围墙,确是南方罕见的北方胡同风貌。除了两端几家铺面人家，再没有人临街而住，更没有一家店铺，大白天巷子这头望穿一华里外的那头，经常看不到一个人影。没有喧闹，整个巷子显得非常安静，用成都人的说法是"清风雅静"。如果不是知道各个院落里居民分布正常，你甚至可能认为自己走进了无人区。这份难得的清静，即使在少城片区也不是每条街巷都有的，在城市的其他区域就更加稀奇了。这份奇妙的寂静，与广阔时空里早已沸腾的时代生活形成了鲜明的对比，常常使我想起北岛的两句诗："一切都在飞快地旋转，只有你在静静地微笑。"（张先德《窄巷子：老巷乳名 南方胡同》，见凌宪、曹丽娟主编《成都老街的前事今生》）

这样的宁静在喧嚣的现代都市中格外地难得，也格外地让人沉醉。常到宽窄巷子的张洁说："宁静是宽窄巷子的魂魄。晨曦微露时，巷子还没醒来，所有的门幽然紧闭。走在寂静的巷子里，掩映在茂盛古树中的前清建筑，在绿色与青灰的交相映衬中，呈现出一幅恬然、沉静的图画，恍然间，梦回前朝：一位穿长袍挽发髻的清丽女子，在柳絮飘飞的季节，倚门而立，容颜如莲花般盛开，心里却藏着长长的相思，像青石的街道，寂寞绵长。这样的景色这般的想象，浮躁的心安静下来，尽管略略有些怅惘。"（张洁《宽窄巷子随想》，《中国税务》2011年第5期）

宽窄巷子还有一个最吸引人的特点："古老"。相较于成都近三千年的筑城史，存在了近三百年的宽窄巷子，的确无法称为"古老"。但在一个举目四望，满眼皆是钢筋水泥的现代建筑的城市里，有这样一个保存完好的近三百年的老街，我们无法不被它的沧桑所吸引：

这里古老中的宁静、陈旧里的沧桑让人迷醉。循着院落一路逛去，破旧的竹帘，蒙尘的窗格，古旧的家具，还有油漆剥落的屋门，都在无声地述说着这座城市的前世今生。

在那样的古老中穿行，有时会有沉醉于宁静中的欣喜，有时又有一种不忍卒说的悲凉，想象院落曾经的荣耀与辉煌，又会有种深深的遗憾。看着那些摇摇欲坠、几近破败的房屋，不知有没有一种方法，保留住这些古老与辉煌？（张洁《宽窄巷子随想》，《中国税务》2011年第5期）

　　古朴、破败的房屋唤起了我们种种复杂的审美感受，张洁将这些感受描绘得真切动人。成都作家张先德也有类似的描述："巷子里的围墙多是老土墙，一人多高，一尺来厚，几乎都掉了墙皮，露出里面的黄沙土。围墙里的屋顶上常常有积年的青苔，墙缝墙头更不乏高高低低的莫名野草，在晚风里摇曳不止，被夕阳镀上一层金黄色，有一种衰败凋零的凄切之美。"（张先德《窄巷子：老巷乳名南方胡同》，见凌宪、曹丽娟主编《成都老街的前事今生》）当代作家孙贻荪则将古老的宽窄巷子比作"历史的线装书"。他说："两条巷子是位容天容地的收藏家，收藏系在长辫子下的梦呓，收藏从三寸金莲下绽出的笑声。墙壁上晃动的人影是前朝连续皮影戏，阶前石板上深深浅浅的脚印，恰像一局未下完的残棋。我来了，叩响虎头门环，抖落它通身铜绿，便轻松地走进了历史的线装书。"（转引自章夫《窄门：宽巷子·窄巷子 古蜀成都的两根脐带》）古朴的事物因为带有岁月的印记和历史的韵味，往往能够引起诗人的兴味。一首名为《窄巷子》的诗歌，用现代的形式表现了巷子的古老：

　　青的砖，灰色的瓦
　　从黄昏到清晨
　　一觉八百年
　　枝叶缝隙里跳跃的路灯
　　目睹一粒雪梨的种子
　　投胎，分娩，结婚，生子

被掏空的躯干是盏枯灯
一棵长了翅膀的细叶榕树
在分杈的子宫里
吐旧纳新

白色的鸽子，在黛青色的低空盘旋
葡萄叶上的露珠被沏入一只紫砂壶
茶叶的灵魂漂白了一树栀子
伸手，抓住了一把淡淡的幽香
却抓不住邻墙阁楼上裙裾的轻舞飞扬

脚步轻轻，请再轻轻些
不要惊醒窗棂上的旧尘
而墙角的一池睡莲刚合上眼

一只水桶坠进了古井
湿漉漉的井台
青苔单调地捶打着皂角
一声，一声
残缺的地图里
巷口朝南，还是向北？

（转引自章夫《窄门：宽巷子·窄巷子 古蜀成都的两根脐带》）

经过了两百多年的巷子，已经破破烂烂，推开掉漆的木门，一部分院子已是人稀楼朽，杂草丛生。但破旧的巷子却因其原汁原味的成都风情，繁华都市中让人意外的安静和古老，吸引了众多的文化机构和文化人士，从而成为蓉城的文化重镇。20世纪90年代初，成都市文联从春熙路搬到了窄巷子22号,是一栋带有天井的仿古小楼,文联办的报纸副刊就叫《窄巷子》。窄巷子的另一头就是成都画院,画院门口耸立着两株百年银杏树。著名山水画家李华生,也曾安家于窄巷子,他的家里有一个任草木生长的小天井,有一个巨大的舞台般的画桌,整栋建筑以木质材料为主,呈现出带有传统民居特色的艺术气质。宽巷子11号则住着供职于四川音乐学院的画家羊角。羊角是地地道道的蒙古族人,从小在少城长大,他目前居住的院落是妻子蒋仲云家的私宅。这座宅院的大门是由特制的青砖砌成的带有弧形凸起的拱形宅门,20世纪90年代由羊角题名为"庐恺"。庐者,茅屋也;恺者,快乐也,羊角这样解释"庐恺"的含义。由钟鼎文写成的这两个字,连同独特的宅门一起,早已成为宽巷子的一景。宽巷子27号是一家国内外闻名的客栈——龙堂客栈,是一座由三层楼的"凹"字形中式建筑围合成的方正庭院。这座客栈的声名远播并不在于它的现代化和豪华,而在于它的古朴、简单、亲切和随意。来此住宿的多是国内外的旅行者,二十五元便可以有一个床位,五元就可以用公用厨房做饭,还有公共浴室和卫生间。对于崇尚简单、自然的背包客来说,这个收拾得干干净净的古色古香的院子,无疑是最好的选择,何况进门处还有一个醒目的告示:"西装革履者恕不接待住宿。"据说龙堂的老板赵炜就是一个资深的背包客,他的龙堂每天都有不同肤色的人在此进出,几乎成了一个小小的"联合国"。

经过岁月的沉淀,宽窄巷子拥有自己的生活节奏,形成了独特的文化生态。然而,它无法抵挡轰轰烈烈的现代化进程。2003年,成都市决定对宽窄巷子进行拆迁和改造。改造后的宽窄巷子商铺林立,不再以居住功能为主,而成为集吃、住、行、游、购、娱为一体的旅游文化商业街区。虽然最初的改造宗旨是"修旧如旧",但只有20%的老建筑得以原样保存,40%的老建筑进行了更新,剩余的40%则为新建建筑。很多人在宽窄巷子改造之初就表达了自己的担心,他们不知道宽窄巷子会被改成什么样子，担心伴随老街的消失，一种属于老巷子的生活方式也终将消失。2008年6月14日，改造后的宽窄巷子开街了。许多人对改造后的巷子感到失望。作为一个老成都，张先德这样说：

> 2006年8月市文联搬离了窄巷子。在此之前，窄巷子平房，连同巷内的其他院落仍旧都已在那个夏天陆续拆迁。那些熟悉的院落外墙和门脸，常常出现在影展里、报纸上和网络中，后来窄巷子连同两侧的宽巷子、井巷子被开发成与真实存在过的历史街区差别很大的"老成都"旅游区，日夜游人如织，完全失去了过去的古朴与静谧。我有时禁不住揣想，阿Q说他也曾阔过，如果窄巷子是一个人，会怎么说呢？说它也曾半梦半醒地寂静过、惆怅过、优美过？！（张先德《窄巷子：老巷乳名 南方胡同》，见凌宪、曹丽娟主编《成都老街的前事今生》）

如果说张先德的失望源于对昔日宽窄巷子的深厚感情，四川省建筑科学研究院肖承波等人则从专业的角度对宽窄巷子的保护改造提出了批评：

> 宽窄巷子的保护改造没有采取博物馆式的冻结保存，是在保护老成都原有建筑风貌的基础上进行的改造和一定的拆建、重建，川西庭院、茶楼、书屋、川菜、川剧等最地道的老成都景观在这里再现，力争宽窄巷子"最成都"。然而实际上，随着现代商铺、高档餐饮、宅院豪华酒店的大量入驻，大量外来高端商业取代了原有自发形成的民间经营方式，昔日百姓喝茶聊天的市井小巷，被如今精英泡吧会谈的时尚之街所取代，使街区的市井文化让位于精英文化，正逐渐成为以地方传统为外在包装的城市高档休闲区。商业主题重新定位，导致消费人群的重新定位，这对享受休闲市井文化的

百姓来讲:"宽窄巷子消失了"。(肖承波等《宽窄巷子的保护改造》,《四川建筑科学研究》2011年1期)

2004年3月27日至4月1日,应湖南卫视"象形城市"节目组的邀请,知名作家龙应台以嘉宾主持人的身份访问了历史文化名城成都。在接受记者采访时,龙应台对宽窄巷子的改造提出了自己的看法。她说:"比较理想的处理方式是不仅保存老房子,原住民也设法让他留下,因为,老房子老区的可爱,绝不仅只在建筑外壳,那是空洞的;使老区可爱可恋的是里头的人,在岁月的沉淀、文化的酝酿之后所自然散发的一种氛围。去掉这种内在的氛围,老房子不过是个空荡的没有灵魂的博物馆罢了。"龙应台表达的这种老区改造的"比较理想的方式",因其"理想"注定了实现之困难。宽窄巷子的改造从根本上说是传统遭遇现代、二者如何调和的问题。"传统的'气质氛围',并不是一种肤浅的怀旧情怀。""当人的成就像氢气球一样向不可知的无限的高空飞翔,传统就是绑着氢气球的那根粗绳,紧连着土地。"这是龙应台的城市观。(朱强《龙应台:成都还像成都吗》,《南方周末》2004年4月15日)

也许我们不必过于悲观和失望,宽窄巷子的改造是"修旧如旧",气韵还在。更为重要的是,这里浓郁的商业气息虽然破坏了宽窄巷子旧有的古朴和静谧,但却给另一种文化带来了生机。2008年,诗人翟永明将她的白夜酒吧从玉林西路搬到了窄巷子32号。白夜酒吧是成都著名的文化沙龙,经常会有诗歌朗诵会、新书发布会、小剧场等等跨领域的文化活动,也是成都诗人、作家、艺术家、媒体从业人员、文学艺术爱好者的主要聚会场所,因场地狭小,从原来经营了近十年的玉林西路搬到了窄巷子32号的四合院内。如何才能使这个文艺酒吧运作下去,是一个让翟永明头疼的问题。宽窄巷子日夜如织的游客为白夜提供了客源,白夜的生存问题得到了解决。诗人李亚伟将自己的餐馆香积厨也开到了宽窄巷子,与白夜遥相呼应。此外,宽窄巷子还有诗人石光华开办的餐馆"上席"。商业气息和如织的游人反而给了诗人和他们的文化沙龙生存下去的机遇,这应该是宽窄巷子深厚的文化底蕴使然吧。或许这种文化底蕴并没有随着现代化的改造而消失,只是改变了面貌和形式,或者获取了新的形式?

四 劝业场

落成于1909年的劝业场,是成都最早的近代商场,也是清末年间四川省劝业道周善培在成都施行的新政之一。周善培,又号周孝怀,曾留学东洋日本,热心于"振兴商务,奖励实业"等新政。1908年,周善培任四川省劝业道总办,此时,许多省份已经设置了劝业道、劝业局,北京等地还动用藩库银子陆续修建了劝业场。周善培也想尽快开办"劝业工场",但苦于没有可以拨付的官银。后来,在成都商会负责人樊孔周的建议下,遂决定由成都商会出面集股商办。商会成员共集资四万两白银,并成立成都建筑公司,购买总统府和华兴街之间原准普堂和九道门坎为基址,于1908年7月开始修建,1909年3月建成。劝业场为通街式建筑,场内为步行街,两旁列店铺。店房为一楼一底的通廊式建筑,砖木结构,前后设走廊,俗称为"走马转街楼"。场门颇为宏大,前后场口都辟有舆马场,专供游人停车驻马。场口设有栅栏,早晚启闭。

1909年三月初三,成都劝业场正式开场。这一日,劝业场前龙旗飘飘,锣鼓喧天,商民绅耆,摩肩接踵。劝业场门楼上张贴着英美烟草公司、巴黎香水的巨幅广告。周善培的开场词,掷地有声,极大地鼓舞了商人的士气:"中国自古重农不重商,认为农者生活之本源,商者无聊之末路,故秦汉之制,商贾不得衣文绣,盖贱之也,致使国贫民瘠!近观东洋之振兴,实为发展工商致之。愿诸君共振实业,裕国裕民。"(谢天开《百年成都劝业场》,《时代教育》2009年第8期)成都劝业场集购物、娱乐、餐饮为一体，开成都现代商场的先河。此外，商业场还创造了近代成都水电两项市政建设第一。彼时，成都还没有供电设备，樊孔周筹措资金从上海购置了40千瓦的发电机一台，在场内西北角建厂发电，供全场照明，又在前后场口高悬一只圆形电灯，每日黄昏发电时，"铁笛"一响，华光四射，引得无数百姓前来观看。少年时在成都读书的郭沫若曾观看过这一"奇观"，并有竹枝词曰："楼前梭线路难通，龙马高车走不穷。铁笛一声飞过来，大家争看电灯红。"（乐山市文管所编《郭沫若少年诗稿》）这个附属于商业场的小型发电厂在巴金的《家》中也出现过，小说中是这么写的："觉新服务的西蜀实业公司所经营的事业，除了商场铺面外，还有一个附设的小型发电厂，专门供给商场铺面的租户和附近一两条街的店铺用电。"（巴金《家》）

此外，劝业场还在华兴街附近修建了蓄水池，这样万里桥下的水就可以通过利民自来水公司的管道直接输送至此，商户们尤其是茶楼可以不用辛苦地到城外的河里去挑水。老成都生活用水来源有两个："井水"和"河水"。井水咸，河水甜，河水的水质要优于井水，一般有条件的人家都会雇人从城外的府河中挑水，用来煮饭泡茶。由周孝怀提倡成立的官商合办利民自来水公司，通过管道把河水输送到城里的蓄水池，便解决了这一问题，普通市民不用太大代价也可以使用河水。华兴街蓄水池的修建也保证了商户们的用水品质。

周孝怀在成都实行的新政，并不仅仅包括劝业场，成都人将其概括为"娼厂唱场"四字。所谓娼，就是把妓女管理起来，专设区域，苛以捐税，使之合法化。此事竹枝词也有吟咏："'兴化'名街妓改良，锦衾角枕口脂香。公家保护因抽税，龟鸨居然作店商。"（杨燮等著、林孔翼辑录《成都竹枝词》）显然，周孝怀的目的并不在于"抽税"，他还颁布规则：严禁士兵、学生及青年子弟入场交易，规定"娼家如敢私留，查出一并治罪。如有地棍痞徒借此滋扰，该户可密报警局拿办。"这样做的目的当然有利于良好社会秩序的建立。但在摸底排查期间，公开妓院和私娼户门上都被钉上"监视户"牌子,以便管理。这让一些不得已暗操娼业的人家,颜面尽失,对这项新政十分抵触。一天夜晚,竟然有人把一块写有"总监视户"的大木牌钉在了周孝怀公馆门口。而周孝怀对此"一笑置之,依然提起精神,办他认为该办的事"(李劼人《暴风雨前》)。不过,周孝怀的这项新政是得到了地方精英的理解和支持的,尤其是那些和他同样有着留学东洋背景的人。李劼人长篇小说《暴风雨前》中的人物葛寰中这样评价周孝怀的这项新政:

> 周观察的这办法,是采自日本吉原办法,而加以变通。周观察之修新化街,即是要做成成都的吉原,凡是娼妓全指定住在这一区里,以色艺高低,勒为甲乙丙三等,嫖资每等不同。而在这街修成以前,暂时在各家娼妇门口,钉一监视户牌子,以别良莠。这本是警政中的一种良法,日本曾经办过。并且凡为娼妓,便须受警察保护,不许流氓痞子骚扰,一则娼妓操业虽贱,到底也是同胞,也是一种行业,在日本并不怎样贱视之的。比如日本艺妓,只是歌舞侑酒,很不容易与人伴宿,犹之上海的书寓。不过上海书寓,只在歌场卖唱,不足以登大雅之堂。而日本则公宴大会,以及邀请外交人员,各国使臣,都可以叫艺妓侑酒,好像我国唐、宋时代的官妓一样,这办法多文明!而此间一般老腐败偏偏要大肆讥评,说这办法不对,有伤风化。老侄台,你看民智不开化至此,事情如何办得通?(李劼人《暴风雨前》)

所谓"厂",指兴办乞丐工厂,收容改造游民乞丐。"乞丐人多数'锦城',厂中教养课功程。从今不唱《莲花落》,免得街头犬吠声",说的就是这件事(杨燮等著、林孔翼辑录《成都竹枝词》)。之后,又开办老弱废疾院、罪犯习艺所等慈善机构。据说,这项新政实施之后,成都"盗风人减,城乡十里外乞丐绝迹"。所谓"唱",指的是改良川剧。首先改善川剧的演出场所,成都的戏班子早先并没有固定的演出场所,多在会馆、寺庙等地演出。周善培支持劝业场后侧修建"悦来茶园"作为专门的川剧演出场所。其次,成立戏曲改良工会,组织文人修改剧本,提升川剧的品味。"梨园全部隶茶园,戏目天天列市垣。卖座价钱分几等,女宾到处最销魂"说的即是此事(杨燮等著、林孔翼辑录《成都竹枝词》)。所谓"场",即上文所言商业场。周孝怀在成都任职不过十年,却很实干,施行了这一系列的新政,推动了成都的近代化进程。虽然他的新政在当时遭到了保守者的讥讽,他的功绩却被后人传颂。当代作家肖复兴在《蓉城十八拍》中说,成都最应该记住两个人,一个是西汉在成都建立官学的文翁,另外一个就是清末民初的周孝怀。由此可见,世人对周孝怀历史功绩的认可。

劝业场开业后,旋即成为成都新的商业中心,且有超越东大街之势。原因之一在于劝业场商品的精良。劝业场有一百五十余家店铺,并不是任何商家都可以入驻,只有那些官办的局厂和在劝业会上比赛得过奖的私营工商业者才能入场设售货处所。原因之二在于劝业场商品与服务的齐全,来看流沙河的罗列:"场内设有洋广百货、绸缎布匹、衣帽靴鞋、官帽套袍、皮裘鞍鞯、刺绣提花、玻璃玉器、宫粉香胰、毛巾梳篦、巴黎香水、泰西纱缎、西洋栽绒、台湾番席、钟表眼镜、书画古玩、竹丝工艺、顾绣刻瓷、图书印刷、广东糖食、福建丝烟、纸烟火柴、红绿二茶、山珍海味、参茸燕桂、中西大菜、南堂点心、茶楼浴室等等行业,共计商店一百五十余家。"(流沙河《老成都·芙蓉秋梦》)原因之三,在于劝业场与成都传统商铺的不同,李劼人将其概括为"三奇":

成都的建筑,楼房本就不算正经房子,所以都造得矮而黑暗,而劝业场的楼房,则高大轩朗,一样可以做生意,栏杆内的走廊,又相当宽,可以容得三人并行,这已是一奇。其次,成都铺面,除了杂货铺，例得把所有的商品陈列出来，越是大商店，它的货物越是藏之深深。如像大绸缎铺，你只能看见装货物的推光黑漆大木柜，参茸局同金铺，更是铺面之上，只有几张铺设着有椅披垫的楠木椅子，同一列推光黑漆柜台了。而劝业场内的铺子，则大概由提倡者的指点，所有货品，全是五光十色地——陈露在玻璃架内，或配颜配色地摆在最容易看见的地方，这又是一奇。成都商家最喜欢搞的是讨价还价，明明一件价值八角的货物，他有本事向你要上一元六角到二元，假使你是内行，尽可以还他五角，然后再一分一分地添，用下水磨工夫，一面吹毛求疵，一面开着顽笑，做出一种可要可不要的姿态，那，你于七角五与八角之间，定可以买成，不过花费的时间，至少须在一点钟以上。尤其对于表面只管好看，而大家还没有使用经验的洋货，更其容易上当，而使想买的人，不敢去问价钱。劝业场则因提倡者所定的规矩，凡百货物都须把价值估定标明，不能任意增减，这于买的人是何等方便，尤其是买洋货，这更是成都商场中奇之又奇的一件事。（李劼人《暴风雨前》）

有了以上三个原因，就难怪劝业场无论何时都"人多如鲫"了。劝业场最初的目的，是为了比较工艺的优劣，谋求改良进步，从而发展本地产业。可开场以来，洋货广货所占比例很大，为了名副其实，也为了促进贸易的发展，劝业场在开场的次年改名为商业场。此名沿用至今。

劝业场的开办，不但促进了成都工商业的发展，也无形中改变了成都的社会风尚。劝业场因其货品的齐全，洋货和广货的多样，一时之间成为成都中等以上家庭女性的游玩之地和购物天堂。成都城中遂又多出一处女性活动的公共空间。结伴来游的女性也成为成都街头的一道风景。竹枝词云："姊妹偕游劝业场，翠鬓低衬海棠香。东楼观罢西楼去，软语微闻说改装。"（杨燮等著、林孔翼辑录《成都竹枝词》）对于这些打扮得花枝招展来逛劝业场的女性，郭沫若也有歌咏："蝉鬓轻松刻意修，商业场中结队游。无怪蜂狂蝶更浪，牡丹开到美人头。"(郭沫若《敝帚集与游学家书》)长篇小说《大波》中有个人物黄胖子，原是成都城内一个有过一点小名气的诗人，在失去高等学堂的教职之后，以到劝业场看女人为业。小说中这样写道：

> 自从妹夫胡雨岚死后，继任高等学堂总办不聘他，他的嗜好转变了，不再吟诗，不再作赋，而专以看女人为事。恰巧劝业场开办，风气大变，从前深处闺阃、不轻露面的上流社会妇女都开通了，排日里都有一些打扮华贵、仪态万方的老太太、太太、姨太太、小姐、少奶奶，以及什么什么的，一言蔽之，都是和尚庙里、道士观里、尼姑庵里、居士家里、巫师坛里不大看得见的坤道人家，或是偕同家人，或是携带仆妇丫头，到这儿来买东买西。纵不买东西，也要常来这儿走一遭。上流社会的妇女提倡于前，中流社会的妇女景从于后。几个女学堂的学生更象朝山进香似的，每星期天总要逛一次劝业场。黄胖子转变嗜好以来，劝业场就成为他的行馆，不论晴雨，他每天总是大半天的时候销磨在这个地方。他的品德还好，对于妇女，仅止于看而已矣，没有什么下流举动。妇女们不睬他，他多看几眼，倒是睬了他，他反而不看。(李劼人《大波》)

李劼人通过黄胖子这个人物展现了劝业场开办以来，成都社会风尚的变化。这个变化不仅仅是中等以上人家的女子从私人的闺阃走向劝业场之类公共空间，随之而来的是一系列的生活方式的微妙变化。这些女性先是到劝业场游逛，之后可以到场内生意顶好的同春茶楼去饮茶，也可以在场内的中西餐馆用餐，甚或可以到劝业场后侧的悦来茶园去听戏。这在之前的女子身上是不太可能发生的。《商业场竹枝词》对于这些变化也有所描绘：

藤舆轻小样翻新，尺幅玻窗白幔横。更静月明人散后，声声轿子唤先生。

　　珣璨宫罗晓色开，时新花样费心裁。阿侬莫负翩翩好，记否曾经走马来。

　　菜根滋味竟芳菲，不醉无归醉莫归。此日黄花人更瘦，江南新到鲍鱼肥。

　　宜风宜雅更宜春，酒后茶余一样情。座上莫谈天宝事，往还都是过来人。（杨燮等著、林孔翼辑录《成都竹枝词》）

　　作为时尚的引领者，劝业场悄悄地颠覆着上流社会女子传统的生活方式，但它琳琅满目花花绿绿的洋货和不菲的价格，却给中下层人士带来另外的感受。流沙河说："县城少年眼中，商业场我觉得够繁华了。我在这里首次'瞻仰'美国玻璃丝袜、香港赛璐珞麻将牌、上海蔻丹口红之类的奢侈品。察看标签天价，不胜骇异，乃知贫富悬殊如此。"（流沙河《老成都·芙蓉秋梦》）描写清末民初成都新气象的《锦城竹枝词百咏》在写到劝业场时，将它描绘为"纸醉金迷"。李劼人长篇小说《暴风雨前》中的革命积极分子田老兄，惊讶于劝业场同春茶楼的高价，认为劝业场一修，"首尚浮华"。

　　1911年12月8日（阴历十月十八日）已经交权的赵尔丰趁袁世凯要挟孙中山退位之机在成都发动兵变。劝业场也在此次兵变中遭劫，《辛亥（1911）十月十八日成都遭变竹枝词》对此这样描绘：

　　最是伤心"劝业场"，蜀都元气萃中央。一声霹雳齐轰破，只剩空楼倚夕阳。

　　梦醒繁华剧可怜，电灯明月两茫然。琉璃世界纷纷碎，铺向街头作地毡。

　　衣香人影斗时妆，裙屐当时热闹场。今日劫灰飞满地，六街花

柳尚流芳。(杨燮等著、林孔翼辑录《成都竹枝词》)

1917年劝业场遭遇大火,悉数被毁。原样修复后,又新辟悦来场和新集场左右二场。1933年又遭大火。到20世纪40年代,劝业场的昔日风光已难寻觅,李劼人在《天魔舞》中写道:"商业场自经几次大火,重修又重修,已经是一条不列等级的过道,早说不上什么场所。只是窄窄的街畔,两排浓阴的榆树和洋槐,枝柯交错,俨然成了一道绿洞,六月炎天,一走进去,顿然感受一种清凉。"(李劼人《天魔舞》)

如今钢筋水泥四层建筑的商业场,已经是第四座商业场了。较之先前的劝业场,流沙河言其"韵味尽失"。它的商业中心的地位也早已被后来居上的春熙路取代。

五 青羊宫花会

徐心余在《蜀游闻见录》中这样描绘青羊宫花会的发展及盛况:

> 每年就西门外二仙庵青羊宫两庙区,集合各园主,将各种花木,营运来会比赛,所以推广营业也。乡村古寺,平添无数花园。初不过争妍夺艳,点缀春光。久之各项营业,与年俱增,均得聚集此间,设市销售,遂辟成临时街道,居然成极大商场。茶楼酒馆,不下百数十家。每日往参观者,都十余万人。会址也逐年增加,宽广且十余里。车马喧阗,官商毕集。红男绿女,结队偕来。出城数武,即拥挤不堪。舟车所至,凡远在数百里外者,亦莫不联翩戾止,诚盛会也。

如此热闹繁盛的成都花会,究竟创于何时?《芙蓉话旧录》认为:"成都花会原始最早,蜀产蚕丝,三代时,每春蜀都皆有蚕丝之会,当即兹事之权舆。"通常认为,成都花会始于唐,兴于宋,盛于明清,沿袭至今。民国《华阳县志》对此有考据辨析:

> 《成都古今集记》:"成都二月花市。"《方舆胜览》则云:"二月望日鬻花木蚕器,号蚕市。"与《成都古今集记》略异。自是沿《茅亭客话》之说,不分别花市蚕市。然唐萧遘《成都》诗已有"月晓已闻花市合"(载《全蜀艺文志》卷五),宋薛田《成都书事》诗亦有"花市春风绣幕褰"之句。明言"花市春风"则当时成都二月故自有此市,不得混于蚕市矣。惟市在何处,诸家记载都未涉及。证以陆游《海棠》诗称"南市",则市必近城南。又云"家在花行西复西",盖唐宋以来成都西南皆繁华之地。今成都二月时花市犹在城西南,其所由来者远矣。

上文指出,唐诗中已出现对花市的歌咏,宋人的三部著作《成都古今集记》《方舆胜览》《茅亭客话》均论及成都花市,只是后两者将其混于蚕市。通过宋诗进一步辩证,民国《华阳县志》认为宋代成都二月已有花市,不能将其混入蚕市,并且指出古之花市地亦在城之西南。《成都城坊古迹考》则进一步确认今之花会场即古花市所在地,其文曰:"由秦汉至唐代,南市在少城之南。高骈筑罗城后,南市则位于西南方。今之青羊宫、二仙庵一带适为南市之西南隅。则今之花会场,即古花市所在地。"(四川省文史研究馆《成都城坊古迹考》)

青羊宫始建于唐代,因唐尊老子李耳为李氏始祖,初为玄中观,非常狭小,唐僖宗入蜀后,改为青羊宫,甚为壮丽。宋时,青羊宫已为游览胜地,陆游诗曰:"当年走马锦城西。曾为梅花醉似泥。二十里中香不断,青羊宫到浣花溪。"(陆游《梅花绝句》)今之青羊宫乃清康熙年间重建,后经过多次修缮。传说老子诞辰为农历二月十五,此日又为花朝节，即百花之生日。因此，民间将这一日作为花会的正始日，一直延续至三月十五左右。不过，青羊宫花会似乎并不名副其实，各种农具竹器及实用物件在花会期间的展览和交易要远远超过花卉。因此，成都人不将参观花会称为"赶花会"或者"赶庙会"，而称之为"赶青羊宫"。二仙庵与青羊宫一墙之隔，创建于康熙三十四年（1695年），奉祀吕洞宾和韩湘子二仙。每年"赶青羊宫"时，二庙之间的土墙会被挖断，游人们便从墙缺上来往。"青羊宫这面，是农具、竹器、字画、小饮食集合之所。二仙庵的旱田里，则是把小春踏平，搭上篾棚卖茶酒，种花草树木的地方，而庵里便是卖小顽意和玉器之处。"（李劼人《死水微澜》）

花会期间，四乡之人不远百里前来，为的是买农具竹器，顺便开开眼界、凑凑热闹。而城里的人，主要为的是春郊游宴，顺带捎一些小玩意、字画、玉器和花草。普通人家赶青羊宫，只需早先备好游资，届时梳妆打扮好即可。大户人家出游可没这么简单，先要看皇历、决定出行的日子，还要预定青羊宫旁马家双孝祠的座头和正兴园餐馆的包席，事先还须决定哪些人前往哪些人留守。这一切安排妥当之后，还要在前一日安排好轿子和第二日的早饭，凡此种种，不胜烦琐。

清代时，城里游客可由老西门和老南门出城，但距离会场尚有数里，主要交通工具为轿子、鸡公车和溜溜马，更多人会选择步行，也有少数人会选择乘船。李劼人的《死水微澜》记录下了那时路上的情形：

> 从南门到青羊宫的大路上，又是轿子，又是叽咕车，而走路的也不少。天气晴了两天，虽然这一天是阴阴地，没有太阳，但路上的尘土，仍是很高。春水虽在发了，还未开堰，河里的水仍是很清浅。城里人太喜欢水，也太好奇，一般船夫利用这机会，竟弄了几条小船，在柳阴街口，王爷庙前，招揽生意；许多人也居然愿意花两个小钱，跑上船去，由三个船夫，踩在水里，将船从细小的鹅卵石滩上又推又磨的，送二里多路，直泊在百花潭跟前。乘客们踏上

岸去时，心里很满足了，若有诗人，还要做几首春江泛舟的诗哩！

（李劼人《死水微澜》）

清朝末年，为方便商贾市民"赶青羊宫"，劝业道沈秉堃于老南门外锦江北岸至青羊宫东马家花园修筑马路。之后，劝业道周善培又将马路延伸至青羊宫西数里的草堂寺。与此同时，又新增加了马车、黄包车等交通工具。李劼人小说中的郝家有两次举家游花会的经历，前一次是乘轿子前往，后一次便乘轿子至柳阴街口再包马车前往了。马路修建时，青羊宫花会已由原来的民间集会改为官督民办的劝业会了（先是改为劝工会，1908年改为劝业会）。由于官方的倡扬，花会规模更大，游人也更多了。较之从前，花会还发生了两点较大的变化：

> 劝业会虽然是以前青羊宫神会的后身，但有大大不同的两点。第一点，是全省一百四十多州县，竟有八十几州县的劝工局将货品运来赛会。经沈道台和周道台的擘画，将二仙庵大门外的楠木林，用涂了绿色的木板，很整齐、很雅致的搭盖成一条弯环曲折的街道，你从入口进去，非将这八十几处小陈列店一一看完之后，找不着出口出来。而各个小陈列店确也有许多可以观赏的东西，吸引游人的眼睛。第二点，是容许女的前来了。若干多的大家闺秀，小家碧玉，在前绝对不许抛头露面的，而在劝业会上，竟可以得到警察和巡兵的弹压保护，而大胆地游玩观赏，并且只在进会场处分了一下男女，一到会场中，便不分了。（李劼人《暴风雨前》）

变化的第一点主要是花会的规模和货品的陈列形式，因此这一年青年人吴鸿、黄昌邦（李劼人小说中的人物）在前往劝业会的路上远远就看见这样的景象：

> 距劝业会小半里远处，从大路上望去，首先到眼的是左边俯临河水的百花潭的小水榭。就从那里起，只见逐处都是篾篷，很宽广的一片田野，全变成了临时街道。赶会的人一列一列的，男的沿旧大道的男宾入口，女的随着新辟的女宾入口，好像蚂蚁投穴一样，都投进了会场。（李劼人《暴风雨前》）

这一段描写正可以与前文所引《蜀游闻见录》描写青羊宫花会的段落中提到的"临时街道"、会址"宽广且十余里"相互印证。因此，《蜀游闻见录》中描绘的极盛时期的青羊宫花会应是劝业会时期的情形。事实的确如此，民国以后，劝业会停办，虽然一些商铺仍在会期来此搭棚售货，但规模终不敌劝业会时的规模。上文提到的变化的第二点关乎社会风尚。在此之前，年轻女子是不允许在公共场所抛头露面的。六年前，郝家（李劼人小说中的官绅人家郝又三家）大小姐香芸、二小姐香荃赶青羊宫时，被三个年轻的痞子追看和调戏。香芸、香荃骇得不知所措，太太、姨太太出面也无力招架，最后还是在来自天回镇的袍哥罗歪嘴和他的相好蔡大嫂的出手相助下，才得以摆脱窘境。1908年，劝业会的这一年，情形可就大不同了。不但年轻女子出现在公共场所有官方的保护，而且女子的思想也发生了很大变化。当年骇得不得了的香芸，如今说："我们那时的胆子，真个也太小了，见着痞子，就骇得不得了。如今纵然遇着痞子，就我一个人，未见得便会骇得那样。"还说："出来了，还怕人家看吗？"（李劼人《暴风雨前》）"世道"的变化由此可见一般。

民国二年（1913年），成都西南角新辟通惠门，习称新西门，城里人赶青羊宫便多了一条捷径。不过，鸡公车、溜溜马等交通工具依然得到承袭，刘师亮《成都青羊宫花市竹枝词（三十首）》歌曰：

> "通惠门"前"十二桥"，游人如鲫送春潮。与郎走过桥头去，

笑指仙都路不遥。

  车坐鸡公价不奢，周围一转布篷遮。车夫揽客殊堪笑，不喊先生喊老爷。

  郎不坐车骑马行，春风得意马蹄轻。嘱郎挂起金丝镜，免使灰尘窜眼睛。

  车如流水马如龙，拢脚刚刚十点钟。妾自下车郎下马，暂时分手又相逢。（杨燮等著、林孔翼辑录《成都竹枝词》）

  抗战后，受四川大学校长张颐的邀请，朱光潜到成都任教。在1938年的花会上，朱先生敏锐地察觉到"花会场所还是成都城市的具体而微"，他说："古董摊和书画摊是成都搬来的会府和西玉龙街，铜铁摊是成都搬来的东御街，著名的吴抄手在此有临时分店，临时茶馆菜馆面馆更简直都还是成都城里的那种气派。每个菜馆后面差不多都有个篾篷，一个大篾箱似的东西只留着一个方孔做门，门上挂着大红布帘。里面锣鼓喧阗，川戏，相声，洋琴，大鼓，杂耍，应有尽有。"（朱光潜《花会》）朱光潜的观察当然是准确的，青羊宫花会上陈列的货品不过是从城里搬到了郊外，换了一个地方，而没有质的变化。四川奇才刘师亮有竹枝词曰：

  当路茶园有"绿天"，"鹤鸣""永聚"紧相连。问他每碗茶多价？都照君平卖卜钱。

  "聚丰"餐馆设中西，布置精良食品齐。偷向玻璃窗内望，何人倚棹醉如泥？

  潘家医馆"白金膏"，四远驰名顶畅销。若是生疮呼得应，认明"丹鼎"是商标。

  古玩珠花"刘智融"，奇珍异宝斗玲珑。劝郎多买金珠带，任是何时价不松。

"亚东美"号帽鞋庄，制造精良很大方。要买下江新样式，问君何必到苏杭。（杨燮等著、林孔翼辑录《成都竹枝词》）

花会上出现的这些茶楼餐馆、古玩珠花、膏药鞋帽，无不是城中著名的搬至此处。就连商人也和城里一般狡诈，"卖货奸商硬是奸，悬天叫价黑漫天。人家不是松笆篓，就地还他个小钱"（杨燮等著、林孔翼辑录《成都竹枝词》），因为他们原本就是城里的商人。清人周询这样形容青羊宫花会："酒肉熏天，丝管沸地，俨然一五都之市矣。"这"五都之市"不同于成都其他集市之处，正在于它是成都所有街市的一个集合。（周询《芙蓉话旧录》）

虽然成都花会有些名不副实，但毕竟还是花会，会场中也是缺不了花的。成都气候温暖湿润，是一个适宜花木生长的地方。成都人也特别爱花，此传统由来已久。五代时，后蜀后主孟昶就在城墙上遍种芙蓉，之后入蜀的诗人无不歌咏成都的花木，诗人陆游这样赞颂成都人种花："蜀地名花擅古今，一枝气可压千林。"（陆游《海棠二首》）20世纪30年代入蜀的刘大杰说："从外面来的朋友，没有一个人不骂成都的天气，但没有一个不爱成都的花木。"在成都，不管什么样的人家，总少不了花木的装扮，并且他们很懂得如何装扮。"一个穷人家住的房子，院子里总有几十株花草，一年四季，不断地开着鲜艳的花。他们都懂得培植，懂得衬贴。一丛小竹的旁面，栽着几树桃。绿梅的旁面衬着红梅，蔷薇的附近，植着橙柑，这种衬贴扶持，显出调和，显出不单调。"（刘大杰《成都的春天》）因此，这样一个爱花的城市的花会，如何少得了花？朱光潜逛花会的那一年，之所以"所陈列的不过是一些普通花卉，并无名品"，原因在于政府没有提倡，"外县以及本城的名园都没有把他们的珍品送来"（朱光潜《花会》，《朱光潜全集》第9卷）。一般年份，花会上买花、卖花的并不少见。刘师亮在他1928年所作的《续青羊宫花市竹枝词（七十首）》中，就生动地描述了花木交易的情景：

看花先到"二仙庵",买得名花莫担担。喊驾包车拖起去,载将春色过城南。

花田结伴去寻春,一笑相逢旧比邻。两小无猜皆长大,看花人看看花人。

绿杨分作两家春,况与君家是比邻。让我几株归去罢,买花人劝卖花人。

买花不必买相因,种得好花香四邻。花好价廉休错过,卖花人劝买花人。

喜同足下结芳邻,家有名花分外亲。多种好花香世界,买花人劝买花人。

虽然来价不相因,难得先生过往频。减价何妨再减价,卖花人劝卖花人。(杨燮等著、林孔翼辑录《成都竹枝词》)

当然,成都花会还是有名实相符的时候的。早在唐宋时,成都花会必是以陈列和买卖花木为主,宋人赵抃在《成都古今集记》中就说:"成都二月花市,各地花农辟圃卖花,陈列百卉,蔚为香国。"还有可以查考的,就是新中国成立之后的"新成都"花会了,当然大多是在政府主导之下举办的。邓穆卿所记1982年青羊宫花会就是这样的一次花会。这次花会旨在展出花木,尤以盆景为主。"奇花异卉,盈千累万。其中君子兰、仙客来、白头翁、四川杜鹃、广州米兰、台湾海棠、南洋杉、德国松以及西双版纳特产花木等,更显出独特风姿。兰室中四川峨嵋岷山山谷中稀异之春素、雪兰竞放,冰肌玉骨,幽香袭人。盆景室内咫尺之间,巫峡峭壁、峨嵋绝顶诸胜,似待攀登。二仙庵前广场的花山,更花团锦簇,五彩缤纷。小径上,林荫下,触目皆花,步履所及,如入花海。"(邓穆卿《成都旧闻》)

青羊宫花会吸引人之处,除了花之外,另一个重要的原因应该是这里能够寄托人们俗世的愿景。青羊宫的正殿中摆着一对青铜铸的真羊大小的羊，据说是神羊。如果你身上某一部分疼痛，你只需在神羊身上的相应部分摸一摸就会好，不过要出了功果钱才灵。关于这对神羊，朱光潜这样说："单讲这两匹羊的形样，委实是值得称赞的艺术品。到花会的人少不得都要摸一摸这两匹羊。据说有病的人摸它们一摸，病就会自然痊愈。摸的地方也有讲究，头病摸头脚病摸脚，错乱不得。古往今来病头病脚以及病非头非脚的地方者大概不少，所以于今这两匹羊周身被摸得精光。"（朱光潜《花会》）传说除了治病之外，铜羊还有更大的神通——赐人子嗣，竹枝词曰："闻说铜羊独出奇，摸能治病祛巫医。求男更有新方法，热手摸他冷肚皮。"又曰："去年腊月嫁金夫，正月然何胎尚无。羊子有灵通感应，今冬带个大肚肚。"（杨燮等著、林孔翼辑录《成都竹枝词》）所以，凡来青羊宫赶花会的人，即使没病也要摸一摸这对神羊，同时捐上功果钱，以求平安。

青羊是当年老子出关时的坐骑。坐骑尚且如此神通广大，更何况老君本人。所以前来烧香的人，将所有的俗世愿景都向老君去求。求，就得爬过那高高的门槛向老君进香。"爬这高门槛的身手不同，奇态便不免百出。七八十岁的老太太须得放下拐杖，用双手伏在门槛上，然后徐徐把双脚迈过去。至于摩登小姐也有提起旗袍叉口，一大步就迈过去的。"朱光潜目睹游人各种不同的爬姿后，写下了这样美妙的语句。朱先生更从中看到了中国社会变革时期看似对立的新旧两代人之间的调和："大殿上很整秩地摆着一列又一列的棕制蒲团。跪在蒲团上捧香默祷的有乡下老，有达官富商，也有脚踏高跟皮鞋襟口挂着自来水笔的摩登小姐，如上文所云一大步就迈近门户槛的。在这里新旧两代携手言欢，各表心愿。"（朱光潜《花会》）

其实，花会最吸引人的地方在于"看人"。这样说，无疑会让人想起明代张岱《西湖七月半》中的句子，"西湖七月半，一无可看，止可看看七月半之人"。然青年宫的花会并非"一无可看"。假如你爱花，"通衢花草种花田，异卉奇花各样全"（谢耆庆《正月十六日游百病竹枝词》);假如你欢喜听戏,各地赶来的川戏、京戏班子也不会让你失望;假如你要购物,琳琅的货品在等你挑选。假如这些你都无兴趣,"只要你还保存有几分稚气",你就会发现"一个水桶的提手横木可以粗得像屋梁,一茎狗尾草可以编成口眼脚翅全具的蚱蜢或蜻蜓"。假如,你有一个好玩的小孩子,"你可注意的东西就更多,风车,泥人,木马,小花篮,以及许多形形色色的小玩具都可以使你自慰不虚此行"(朱光潜《花会》)。但是,这一切都不是成都人到花会来的最重要目的。凑热闹看人才是大多数人真正的需求,"城里人来看乡下人,乡下人来看城里人,男的来看女的,女的来看男的"(朱光潜《花会》)。带有某种狂欢性质的花会,给成都人提供了一个人性解放的空间。平日里被压抑、被束缚的欲望,在这阳春三月、热闹繁华的花会上得以释放。刘大杰把花会比作是"成都人展览会",他说:

> 这是一个成都青年男女解放的时期。……平日我们在街上不容易看到艳妆的妇女,到这时候,成都人倾城而出,买花的,卖花的,看人的,被人看的,摩肩擦背,真是拥挤得不堪。高跟鞋,花裤,桃色的衣裳,卷卷的头发,五光十色,无奇不有,与其说是花会,不如说是成都人展览会。好像是闷居了一年的成都人,都要借这个机会来发泄一下似的,醉的大醉,闹的大闹,最高兴的,还是小孩子,手里抱着风车风筝,口里嚼着糖,唱着回城去,想着古人的"无人不道看花回"的句子,真是最妥当也没有的了。(刘大杰《成都的春天》)

土生土长的成都人李劼人对此的观察和了解更加细致入微。他的笔下有这样一段叙述:

> 三清殿上,黑压压全是人。女人差不多都是来烧香磕头的,而

男子则多半是为看女人而来。女人们磕了头后,有些抽身就走,有些摇了签走……有些还要摸了铜羊才走。男子们也有同着走的,那多是同路的。若为追逐好看女人而走的,则并不多;这因为在三清殿烧香的妇女,大都比男子还丑,生怕你不看她,尚故意来挑逗着你的一般中年乡妇们。纵有一二稍可寓目的,却都有强悍不怕事的保护者随着在。城里大户人家的妇女,根本就不来烧香。所以在此地看女人的,也多半是一些不甚懂事,而倒憨不痴的男子们,老是呆立在那里,好像滩头的信天翁。(李劼人《死水微澜》)

许多文人会拿老成都和北平比,认为成都是有一些京味儿的。到过成都花会的,自然又会联想到厂甸的庙会,因为它们都是交易、宗教、游玩打成一片的。朱光潜比较了二者的不同,他认为厂甸的货品更加丰富精美,而成都花会的优势则在于在春天举行。他说:

（在成都）逛花会不尽是可以凑热闹,买玩艺儿,祈财求子,还可以趁风和日暖的时候吐一吐城市的秽浊空气,有如古人的修禊,青羊宫本身固然也不很清洁,那里人山人海中的空气也不见得清新。可是花会逛过了,沿着城西郊马路回城,或是刚出城时沿着城西郊赴花会,平畴在望,清风徐来,路右边一阵又一阵的男男女女带着希望去,左边一阵又一阵的男男女女提着风车或是竹篮回来,真所谓"无边光景一时新",你纵是老年人,也会觉得年轻十岁了。人过中年,难得常有这样少年的兴致。让我赞美这成都花会啊！(朱光潜《花会》)

第四章　茶馆、民居和小吃

一　茶馆

　　成都茶馆之多，居全国之最。据统计，清末年间仅成都城圈内就有四百五十四家茶馆。那时，成都人尚称茶馆为茶铺。李劼人在其小说中这样描写它："茶铺，这倒是成都城内的特景。全城不知道有多少，平均下来，一条街总有一家。有大有小，小的多半在铺子上摆二十来张桌子；大的或在门道内，或在庙宇内，或在人家祠堂内，或在什么公所内，桌子总在四十张以上。"（李劼人《暴风雨前》）有感于20世纪50年代以后各大城市茶馆数量的锐减，何满子这样说道："可是解放前的成都，可以毫无夸张地说，条条街上有茶馆，而且往往不止一家；每走几步，就能看到矮桌子小竹椅间茶客在休闲啜茗的街头风景线。更为想得周到的是，还有配套设备，即每一茶馆不远处，都有一间公厕，供茶客喝胀了方便之用，真可称之曰'流水作业'"（何满子《五杂侃》）。难怪成都人调侃说成都有"三多"：闲人多、茶馆多、厕所多。将成都视作自己第二故乡的何满子还说："茶馆之盛，少时以为当属江南为最；稍长，到了一次扬州，才知道更盛于江南；及至抗日战争时期到了成都，始叹天下茶馆之盛，其在西蜀乎！"（何满子《五杂侃》）同样于抗战期间来到成都的左翼作家萧军，也惊讶于这里茶馆之多，感叹道："江南十步杨柳，成都十步茶馆"。曾留学法国的吴稚晖在1939年也说："成都茶馆之多，有如巴黎的咖啡馆。"（转引自王笛《茶馆：成都的公共生活和微观世界，1900~1950》），民国期间入蜀的黄裳用"登峰造极"一词来形容成都茶馆之多，他说："成都有那么多街，几乎每条街都有两三家茶楼，楼里的人总是满满的。大些的茶楼如春熙路上玉带桥边的几家，都可以坐上几百人。开水茶壶飞来飞去，总有几十把，热闹可想。这种宏大的规模，恐怕不是别的地方可比的。"（黄裳《茶馆》）看来，成都"一市居民半茶客"的民谚并非虚言。

老成都的茶馆不仅多，而且在人们的日常生活中占有非常重要的地位。20世纪30年代薛绍铭到成都旅行，他敏锐地观察到茶馆之于成都人的意义，他说："住在成都的人家，有很多是终日不举火，他们的饮食问题，是靠饭馆、茶馆来解决。在饭馆吃罢饭，必再到茶馆去喝茶，这是成都每一个人的生活程序。饭吃得还快一点，喝茶是一坐三四个钟点。成都饭馆、茶馆之多，是中国任何城市都比不上，而且每个饭馆、茶馆，迟早都是挤得满满的。"（薛绍铭《成都印象》，曾智中、尤德彦编《文化人视野中的老成都》）20世纪40年代，张恨水流寓成都，得出了和薛绍铭类似的结论："北平任何一个十字街口，必有一家油盐杂货铺（兼菜摊），一家粮食店，一家煤电。而在成都不是这样，是一家很大的茶馆，代替了一切。我们可知蓉城人士之上茶馆，其需要有胜于油盐小菜与米和煤者。"（张恨水《蓉城杂感》，曾智中、尤德彦编《文化人视野中的老成都》）由此可见茶馆在老成都人日常生活中的重要地位。

老成都茶馆如此之多，且又如此重要，是什么原因呢？生于成都、后旅居美国的著名学者王笛这样总结：

> 作为一个文化和商业城市，成都需要有方便而舒适的公共场所作为人们的活动之地，茶馆便适应了这样的需求。成都的茶馆数量之多，也与其特殊的自然环境有关。首先，成都平原道路狭窄崎岖，运输都靠肩挑人抬。车夫、轿夫及其他苦力需要许多可喝水、

休息的歇脚之处。另外,成都井水含碱味苦,不宜冲茶,饮水多由挑夫从城外运回河水,因而成都茶馆都挂有"河水香茶"的幌子,否则"无人登门"。其三,成都平原燃料较贵,为节约柴火,百姓人家一般都到茶馆买水,清末时约二文钱一壶。(王笛《街头文化:成都公共空间、下层民众与地方政治,1870~1930》)

王笛的这段话确是方家之言。对于外省人,其中第一点和第三点非常容易理解,第二点尚需稍加阐释。老成都生活用水渠道有两个,一为井水、二为河水。井水取之方便,但含有卤质和其他有害健康的杂质,洗漱尚可,做饭已属勉强,泡茶和直接饮用就更不行了。清人周询曾说:"以之烹茶,冷后,面起薄朦,俗呼'干子'。映光视之,五色斑斓,令人作恶。"(周询《芙蓉话旧录》)河水需到城外的锦江去挑,水质远胜于井水。官府、公馆、茶铺雇有挑夫,专从城外挑水以满足生活之需;而中下层人家,没有经济能力雇人挑水,从茶馆买水或到茶馆饮茶,对于他们更加经济实惠。这是成都茶馆多的重要原因。

倘若只是为了满足喝水、休息或者出于经济的考虑,我们就无法解释张恨水看到的这种景象:"茶馆是可与古董齐看的铺,不怎么样的高的屋檐,不怎么白的夹壁,不怎么粗的柱子,若是晚间,更加上不怎么亮的灯火(电灯与油灯同),矮矮的黑木桌子(不是漆的),大大的黄旧竹椅,一切布置的情调是那样的古老。在坐惯了摩登咖啡馆的人,或者会望望然后去之。可是,我们就自绝早到晚间都看到这里椅子上坐着有人,各人面前放一盖碗茶,陶然自得,毫无倦意。有时,茶馆里坐得席无余地,好像一个很大的盛会。其实,各人也不过是对着那一盖碗茶而已。"(张恨水《蓉城杂感》,曾智中、尤德彦编《文化人视野中的老成都》)

近代以来,成都就以茶馆最多、茶客最众并在茶馆中消耗的时间最多而声名在外,这也是外省来蓉的人们最直观、印象最深刻的感受。究其原因，可以用李劼人的一句话来概括："总而言之，坐茶铺，是成都人若干年来就形成了的一种生活方式。"（李劼人《暴风雨前》）晚清时期，茶馆在成都人生活中的作用已从产生之初的休息喝茶，扩大至社会生活的方方面面。李劼人总结了三点。第一，茶馆"是各业交易的市场"。"货色并不必拿去，只买主卖主走到茶铺里，自有当经纪的来同你们做买卖，说行市；这是有一定的街道，一定的茶铺，差不多还有一定的时间。"（李劼人《暴风雨前》）据有关资料记载，安乐寺茶馆是粮油会馆的交易场所，布帮主要在下东大街的闲居茶馆完成交易，走私鸦片和武器的秘密社会则在商业场的品香茶社活动，还有南门边的一家茶馆因靠近米市，便成为米店老板和卖米者的交易场所，上东大街的留芳茶馆、城守东大街的掬春楼茶馆、春熙路南段的清和茶楼是丝绸缎业的聚会和交易场所，皮鞋业的商人一般聚集在提督街魏家祠茶社。当然，成为各业的交易所并不是茶馆的主要目的，所以这种茶铺的数目并不太多。但一般的茶馆里也有商品买卖的行为，英籍华裔女作家韩素音在其回忆录中曾这样写道："'来碗茶'是茶馆中最常听到的吆喝……这也是洽谈生意的开端，对长辈的尊敬，对亲情的需求，或者地产和商品的买卖，诸如此类的活动都在茶馆或餐馆里进行。"（韩素音《韩素音自传——残树》）

第二，茶馆"是集会和评理的场所"。关于集会，李劼人说："不管是固定的神会、善会，或是几个人几十个人要商量什么好事或歹事的临时约会，大抵都约在一家茶铺里，可以彰明较著地讨论、商议乃至争执；要说秘密话，只管用内行术语或者切口，也没人来过问。"（李劼人《暴风雨前》）民国时期，全城武师在督院街口的茶馆会聚，中山公园的茶馆是富顺县旅省同乡会、屏山县旅省同乡会等的集会之处。少城公园的鹤鸣茶社、商业场昌福馆的一家茶楼是文人雅集之地。茶馆的集会功能一直延续至今，大慈寺的茶社就是流沙河等川籍文人聚会畅谈之所。关于评理的场所，李劼人有这样一段非常有趣的叙述：

假使你与人有了口角是非，必要分个曲直，争个面子，而又不喜欢打官司，或是作为打官司的初步，那你尽可邀约些人，自然如韩信点兵，多多益善，——你的对方自然也一样的。——相约到茶铺来。如其有一方势力大点，一方势力弱点，这理很好评，也很好解决，大家声势汹汹地吵一阵，由所谓中间人两面敷衍一阵，再把弱势的一方数说一阵，就算他的理输了。输了，也用不着赔礼道歉，只将两方几桌或十几桌的茶钱一并开销了事。如其两方势均力敌，而都不愿认输，则中间人便也不说话，让你们吵，吵到不能下台，让你们打，打的武器，先之以茶碗，继之以板凳，必待见了血，必待惊动了街坊怕打出人命，受拖累，而后街差啦，总爷啦，保正啦，才跑了来，才恨住吃亏的一方，先赔茶铺损失。这于是堂倌便忙了，架在楼上的破板凳，也赶快偷搬下来了，藏在柜房桶里的陈年破烂茶碗，也赶快偷拿出来了，如数照赔。（李劼人《暴风雨前》）

清末，周善培实行新政、开办警察局，此类事情便很少在茶馆中发生了。上述某些茶馆因此也失去了顺便揩油的机会，而起矛盾的双方，"必要如此评理的，也大感动辄被挡往警察局去之寂寞无聊"。看来，茶馆的功能也随着政策的改变和社会的发展而变化。

第三，茶馆"是普遍地作为中等以下人家的客厅与休息室"。会友，休闲，这应该是成都茶馆最重要的功能，李劼人说："下等人家无所谓会客与休息地方，需要茶铺，也不必说。中等人家，纵然有堂屋，堂屋之中，有桌椅，或者竟有所谓客厅书房，家里也有茶壶茶碗，也有泡茶送茶的什么人；但是都习惯了，客来，顶多说几句话，假使认为是朋友，就必要约你去吃茶。"茶馆之所以能够成为中等以下人家的会客厅的一个很重要的原因，就是这里自由自在的氛围要比在人家家里舒服得多。在这里，茶客不必拘泥于礼节，也不必约束自己的举止，大可以完全放松了自己、半躺在竹椅中，更可以无拘无束地畅谈，"不管你说的是家常话，要紧话，或是骂人，或是谈故事，你尽可不必顾忌旁人，旁人也断断不顾忌你"（李劼人《暴风雨前》）。

为什么成都人爱在茶馆中度过休闲时光？这还得从成都的天气说起。关于成都的天气，朱光潜有一个非常绝妙的比喻。他说："成都整年难得见太阳，全城里的人天天都埋在阴霾里，像古井阑的苔藓。"（朱光潜《花会》）因着天气的缘故，成都人习惯生活于"户外"。他们在家里待不住，走出家门，便很习惯地坐进茶馆里。在这里，可以喝茶、晒太阳，可以和相识不相识的茶客摆龙门阵，还可以租报纸看。何满子曾把可以租报纸看这一点称作成都茶馆的"良风美俗"之一。民国时"（小贩子）拿着本市当天的日报：《新新新闻》、《华西日报》、《中央日报》、《新中国报》等等，一应俱全。茶客只消出几分钱，就可以接过一份报来看，看了这份换那份"（何满子《五杂侃》）。如今的一些茶馆中依然有这项业务。如果你对以上晒太阳、看报纸之类都不感兴趣，或者你实在无事可做，"尽可抱着膝头去听隔座人谈论，较之无聊赖地呆坐家中，既可以消遣辰光，又可以听新闻，广见识，而所谓吃茶，只不过存名而已"（李劼人《暴风雨前》）。

对于工作之余的人们来说，茶馆更是一个绝好的休息场所，陈善英在其1946年所作的《茶馆赞》一文中，就倡议从工作房走出的人到茶馆里去喝一会儿茶：

> 这的确是一个非常好的地方，如果当你从工作房出来，而感到有些微倦意的话，那么，我一定建议你不忙回家，到茶馆里去喝一会儿茶再说吧！首先，当你一跨进茶馆的大门，你便会感到有说不出的轻松和解脱，像是去拜访一处名胜似的，心胸颇觉得开阔起来，把一天的累，从身上、心上、像尘埃似的拂去了。你可以看到一堆堆的人，老的、少的，散布在不同的地方，喝着茶，谈着天，

小贩们，堂倌们，算命的老头，擦皮鞋的小孩子……穿梭似的，川流不息似的，将整个茶馆织成了一幅花团锦簇的图案。这时你也许会碰到朋友，加入桌上谈话……阔别多年的友人，畅谈一通……但是，如果疲倦了，或觉得无必要，找一个干净的角落闭眼喝茶，这时会有一个擦皮鞋的小孩敲着他的箱子，向你兜生意，你不妨伸出脚去，让他打扫一番，几分钟后，你的破皮鞋便会一改前观，很亮很亮了……听吧！在另一边的桌上，又有几个人在那儿大谈生意经，他们说黄金又上涨了，他们这招棋下对了……电灯亮了，茶馆的人越来越多，茶馆也倍加热闹了，一些人开始散去，脸上闪动着愉快的光辉，像饱吮了露珠的花朵。（陈善英《茶馆赞》，《新新新闻》1946年6月19日，转引自王笛《茶馆：成都的公共生活和微观世界，1900~1950》）

除了上述李劼人所言三点之外，茶馆还有另外一个功能——娱乐。在成都，几乎所有的民间演出都可以在茶馆找到踪影，比如川剧、相声、金钱板、评书、清音、杂耍、口技等等。不过除川剧外，其他演出形式一般出现在中等以下的茶馆中。上等人士如果痴迷于相声或者评书等曲艺形式，也不得不屈尊前往普通茶馆。民国时，清代遗老"五老七贤"中的方旭、徐子林、尹仲锡就经常光顾棉花街茶社的书场，因为那里有成都著名评书艺人张锡九的专场。成都的茶馆和艺人形成了一种相互依存的关系，前者为后者提供表演的场地，后者则为前者争取更多的客源。玉带桥街的茶楼"陆羽楼"享誉成都，因为扬琴名艺人李德才经常在那里演唱。东城根的锦春楼则因竹琴艺人贾树三而闻名。还有一些艺人则辗转于多家茶馆演出。茶客在这些茶馆里听书看演出，一般并不需额外加钱，较之于其他场所，这里的娱乐很是便宜，所以很受欢迎。川剧早先并没有固定的演出场所，清末周善培改良戏曲，始建可园、悦来茶园、万春茶园、第一茶园等有专门演出舞台和相对固定戏班的茶园。这些茶园比一般的茶馆要高档，但收费也比专门的戏园要便宜。此外,这些茶园还专门设置女席,供中等以上人家的女子享用。

成都茶馆中的这些娱乐活动也多次出现在外省文人的笔下。张恨水在《蓉城杂感》中说,20世纪40年代成都的少数茶馆里"也添有说书或弹唱之类的杂技"(张恨水《蓉城杂感》,曾智中、尤德彦《文化人视野中的老成都》);黄裳则说他居住的旅馆对面的茶楼,"里面坐满了茶客,还有着急促的弦管的声音",茶客们"一面品茗一面听歌"甚是悠闲(黄裳《音尘集》)。新中国成立初期,黄裳还看到成都茶馆里"有唱各种小调的艺人,一面打着木板,一面在唱郑成功的故事"(黄裳《闲》,曾智中、尤德彦编《文化人视野中的老成都》)。对于川人巴波来说,茶馆里的娱乐活动则是他文化生活的开始:

> 我坐茶馆,是从听评书开始的。那是二十年代,我才十来岁。一天晚饭后,有个长辈领着我第一次进茶馆。展现在我面前的是,在油灯的昏黯光线之下,茶客满座,烟味和汗味刺鼻。交谈的声音,喊堂倌泡茶的声音,堂倌把茶船扔在桌上的声音,茶客叫喊"这是茶钱"的声音,堂倌高叫某某把"茶钱汇了"(付了的意思)的声音,使得茶馆嗡嗡然。茶馆也就成了闹市,显得红火。一直等说书人把惊堂木往桌上一拍,茶馆这才静下来。我第一次接触的文化生活就此开始了。(巴波《坐茶馆》,彭国梁主编《百人闲说:茶之趣》)

上述茶馆的四个功能是对于茶客来讲的。对于那些民间艺人和小商小贩来说,茶馆则是他们谋生的场所。上文中提及的在茶馆演出的民间艺人,算命的老头,擦皮鞋的小孩子,租报纸的小贩,此外,还有那些掏耳朵的,卖香烟瓜子的,修皮鞋的,这些人都在茶馆中讨生活。黄裳曾在成都的茶馆中看到这样的景象:

> ……卖香烟的妇女,手里拿着四五尺长的竹烟管,随时出租给

茶客，还义务替租用者点火，因为烟管实在太长，自己点火是不可能的。卖瓜子花生的人走来走去，修皮鞋的人手里拿着缀满了铁钉样品的纸板，在宣传，劝说，终于说服了一个穿布鞋的人也在鞋底钉满了钉子。出租连环图画的摊子上业务兴隆。打着三角小红旗，独奏南胡，演唱"流行时调歌曲"的歌者唱出了悠徐的歌声……（黄裳《闲》，曾智中、尤德彦编《文化人视野中的老成都》）

这些民间艺人和小商小贩不但用最低廉的价格和最友好的态度给茶客提供各种服务，他们还有各自的绝活。掏耳朵的师傅可以让茶客舒服得像做梦一样流出口水。卖瓜子的小贩中的技术优秀者，可以一把抓出茶客说出的粒数，其中最厉害的可以连续三次抓出买者指定的数目……

旧时的成都，是一个农商社会，并没有工作时间和休息时间的严格分野，再加上成都人自古就乐天知足，许多成都人一日中竟有大半时间是在茶馆中度过的。民国教育家舒新城曾言："此地人民生活的特别休闲。""他们大概在生活上是不生什么问题的……于是乃以茶馆为其消磨岁月之地。"（舒新城《蜀游心影》）张恨水在把成都茶馆与苏州茶馆相比之后，发出这样的感叹："在这里，我对于成都市上之时间充裕，我极端的敬佩与欣慕。苏州茶馆也多，似乎仍有小巫大巫之别。而况苏州人还要加上一个吃点心，与五香豆糖果之类，其情况就不同了。一寸光阴一寸金，有时也许会作个例外。"（张恨水《蓉城杂感》，曾智中、尤德彦编《文化人视野中的老成都》）成都人李璜曾说："成都茶馆特别多，而好友聚谈其中，辄历三小时不倦。"（李璜《李劼人小传》）

成都人之所以愿意把自己的大把休闲时间在茶馆中度过，原因主要有三个。首先，成都的茶馆充满着市井的气息，是一个贤愚一体的所在。不管你是士绅官商，还是车夫小贩，大可以比邻而座，互不干涉。深谙茶道的何满子曾对这一点大加赞叹，他说：

> 别处城市的茶馆，茶客层次等级的区别相当分明，我少年时，就没有勇气进入街头茶馆，与所谓"引车卖浆者流"掺和在一起。成都茶馆的"良风美俗"之一就是相对来说很平等，公爷们和下力的都在一家茶馆里泡，你扯你的山海经，我摆我的龙门阵，彼此无所介意，熙熙恬恬，不亦乐乎！（何满子《五杂侃》）

在和其他城市的茶馆相比较中，黄裳也对成都茶馆发表了类似的评价：

> 四川的茶馆，实在是不平凡的地方。普通讲到茶馆，似乎并不觉得怎样希奇，上海，苏州，北平的中山公园……就都有的。然而这些如果与四川的茶馆相比，总不免有小巫之感。而且茶客的流品也很有区别。坐在北平中山公园的大槐树下吃茶，总非雅人如钱玄同先生不可罢？我们很难想象短装的朋友坐在精致的藤椅上品茗。苏州的茶馆呢，里边差不多全是手提鸟笼，头戴瓜皮小帽的茶客，在丰子恺先生的漫画中，就曾经出现过这种人物。总之，他们差不多全是有闲阶级，以茶馆为消闲遣日的所在地。四川则不然。在茶馆里可以找到社会上各色的人物。警察与挑夫同座，而隔壁则是西服革履的朋友。大学生借这里做自修室，生意人借这儿做交易所，真是，其为用也，不亦大乎！（黄裳《茶馆》，彭国梁主编《百人闲说：茶之趣》）

其次，成都人爱到茶馆中来，相对低廉的收费也是重要的原因。据周询《芙蓉话旧录》言，清末成都茶馆茶的售价为：

> 毛茶每碗售钱三文，细毛茶俗呼"白毫"，与普洱茶同售四文，碗皆有盖，惟碗底少有托船耳，且任客久坐，故市人多饮于社者。

烧柴之家不能终日举火，遇需沸水时，以钱二文，就社购取，可得一壶，贫家亦甚便之。光、宣之际，生活增高，然茶社所售之价，亦不过较前加倍而已。（周询《芙蓉话旧录》）

李劼人的描述与此大致不差："雨前毛尖每碗制钱三文，春茶雀舌每碗制钱四文，还可以搭用毛钱。并且没有时间限制，先吃两道，可以将茶碗移在桌子中间，向堂倌招呼一声：'留着！'隔一二小时，你仍可去吃。只要你灌得，一壶两壶水满可以的，并且是道道圆。"（李劼人《暴风雨前》）近代以来，虽然茶钱不断上涨，但比较之下还是非常便宜的。此外，茶馆还允许乞丐和路人喝茶客留下的剩茶，堂倌还会免费为他们加水。临街的茶铺也允许人们站在铺外免费观看铺内的演出。茶馆里的这些免费项目，一方面方便了下层民众，颇具人情味，另一方面也招揽了人气。

最后，茶馆的竹椅也适合于久坐。起先，成都茶馆里摆放的都是方桌和板凳，坐起来并不舒服。后来，渐改良为矮矮的桌子和竹椅。李劼人这样形容20世纪40年代成都大部分茶馆的情形：

> 矮矮的桌子，矮矮的竹椅——虽不一定是竹椅，总多半是竹椅变化而来的，矮而有靠背，可以半躺半坐的坐具——地面不必十分干净，而桌面总可以邋遢点而不嫌打脏衣服，如此一下坐下来，身心泰然，所差者，只是长长一声感叹。（曾智中、尤德彦编《李劼人说成都》）

黄裳在其一篇名为《闲》的文章中，对成都人之悠闲、生活节奏之慢进行了客气的批评。他认为这和成都的茶馆有关："只要在这样的茶馆里一坐，是就会自然而然地习惯了成都的风格和生活基调的。……这里是那么热闹，那么拥挤，那么嘈杂，可是没有一个人个不是悠然的。"

（黄裳《闲》）近代以来，成都人坐茶馆的习惯也多次被具有现代意识的地方精英和知识精英批评，这样的生活方式被认为是落后的、无价值的。但成都的茶馆和成都人坐茶馆的习惯并没有因此受到太大的影响。近年来，著名学者唐小兵提出了成都茶馆是"抵抗现代化的桥头堡"的观点。他说："规划时间，创造价值，以至于今人的'时间就是金钱'的观念，其实质是将时间视为一种生产性的资本。这种时间感无疑是钟表发明以及现代工业城市生活兴起后的一种共同性感受，它导致了现代社会的个体最基本的情感方式之一，那就是普遍性的焦虑。茶馆生活恰恰是反焦虑的，它所提供的是一种'悠闲生活'。"他还说："这种反现代性的时间感与生活的幸福感有一种隐秘的正相关性，结果就是成都数次被公众评价为当代中国生活最具有幸福感的城市之一，而宣称'城市，让生活更美好'的摩登上海则只能沦落为最不具有幸福感的城市之列。"（唐小兵《成都茶馆：抵抗现代化的桥头堡》）

　　成都的茶馆生活在某种程度上有着陈思和所言的"民间性"，精华与糟粕共存。不过，虽然它并不仅仅只有美好的一面，但它呈现的生活方式，对于那些被现代化和城市化浪潮挟裹而行的人们，有着莫大的吸引力。舒新城写于20世纪20年代的这段话，或许会让今天的我们深有同感：

> 我看得他们这种休闲的生活情形，又回忆到工商业社会上男男女女那种穿衣吃饭都如赶贼般的忙碌生活，更想到我这为生活而奔波四方的无谓的生活，对于他们真是视若天仙，求之不得！倘若中国在时间上还能退回数十以至百余年，所谓欧风美雨都不会沾染我们的神州，更无所谓赛因斯（Science）者逼迫我们向二十世纪走，我们要为羲皇上人，当然有全权的自由。然而，现在非其时矣！一切的一切，都得受世界潮流底支配，成都式的悠闲生活，恐怕也要为川汉铁路或成渝汽车路而破坏，我深幸能于此时得见这种章士钊

所谓农国的生活，更深愿四川的朋友善享这农国的生活。(舒新城《蜀游心影》)

二 公馆

清末至民初，成都最具地方特色的民居要数公馆和铺面了。铺面俗呼"吊脚楼"，是两层木质结构的临街建筑，楼下多为店铺，楼上才是居所，非常湫隘，也有在楼下铺面之后建房居住的，不过，那须主人拥有较大的地皮方可。公馆一般为深宅大院，主人即使不是有身份和地位的人，也应是经济实力雄厚之人。所以，铺面是平民的，公馆是富人的。

关于老成都公馆的结构布局，周询在《芙蓉话旧录》中这样描述：

> 公馆构造，几乎千篇一律，大门外左右八字墙，墙多作灰白色，以墨线画作方砖形。大门对面，如有空地而属房主者，且多筑照墙，特不似官署照墙之彩绘耳。大门左右，有贴桃符之门枋，亦有以木制联者。门上多绘神荼、郁垒像，金碧灿然。大门内数步即门，其间左为侧门，右为司阍室，中门常闭，非过车马及送迎不启，寻常出入皆由侧门。中门内，中为天井，上为大厅，宽者三间，狭者一间，虚其外面。后设门六扇或四扇，亦有侧门，其中门亦非肩舆出入不启。厅之左、右为置本宅肩舆地。厅下左、右厢房，宽者各三间，窄者一、二间，以住仆役。厅上左、右室，则为客堂。大厅后复一天井，上为正房，最多者七间，次或五间、三间。左、右厢房，多则各五间，少则三间或一、二间，皆内室也。正房后，宽者尚有围房一进，规模与正院同而稍简狭。再后则庖厨。再有隙地，则为园亭。公馆之最大者，大厅左、右尚有独院，

另为正厢，特无大厅耳。小者则无围房，再小者并无大厅。中门以内，正厢一院而已。

确如周询所描绘的那样，近代成都公馆的构造"几乎千篇一律"，缺少变化和创造性。这种构造一方面是受到材料和技术条件的限制，另一方面也与川人保守、折中的思想风气有关。近代成都公馆的平面结构为四合院式，建筑材料主要为传统的青砖和木材，房屋的结构则为"三柱一""五柱二""十一柱五"的穿斗式，宅院四面一律为具有防御功能的高高的砖墙。

当代著名历史学者唐振常出生于成都一个世家大族。其祖父是光绪三年（1877年）丙子进士，历官知县，颇有学问，状元骆成骧、著名学者赵熙都是他的学生。他的故居是一座典型的四川公馆，我们可以从唐振常的回忆文字中了解其概貌：

故居是四进大宅，大小房屋不下六十余间。入大门，左右两个门房。天井内各有左右门，右门内是马房，左门通花园。二门内的天井有六棵树，四株为桂花，两株为玉兰。每到中秋，桂花盛开，香溢四处。大厅颇大，可摆席十余桌，日常，除了两张方桌，再无长物。始终不明白这两张方桌作何用，儿时我们弟兄姊妹，每以这两张方桌用来打乒乓球。厅的上方悬一匾，写着祖父的堂名。厅右是书房，由内向外，隔着一个堆煤的小院，是一厅二室的小小居处，叔父逝时停灵在此，后来租给了人家。由外向内，则与西厢房相连。厅左是个小客厅，其下，是进花园的圆门，又下，是大书房，要从花园出入了。花园内，四个大花坛，所种皆为海棠，那是成都最多的花树，陆游所谓"锦城海棠九千株"是也。杂置花木，事实上乏人经营，并无花木之胜。所谓大花厅，是园中巨构，原为看花而设，空空一巨厅，了无陈设。记忆中这个大花厅的用场，只在供我们称为太老师的理学、佛学大师刘洙源（复礼）先生讲佛经之用。太老师每讲经，蒲团上坐满来听讲的父母辈的世交，虔诚之相，今犹在忆。以后，我们这一房所住的后花园租了人，我们便住在大花园内，大花厅隔成了三间房间，不足用，又住了大小书房。与大花厅遥遥相对，是一个称为四面厅的大室，外面就是靠马路的围墙了。（唐振常《半拙斋古今谈》）

这样一座四进的深宅大院，的确可以称得上豪宅了。它是成都著名的大公馆，位于成都城南文庙后街，与城北的李公馆（巴金府上）并称为"南唐北李"，清末民初曾盛极一时。

李劼人笔下的郝达三，客籍游宦入川，捐了个候补同知，家有良田若干、商铺若干，算是富裕的官绅人家。其公馆和唐家公馆构造类似，只是规模略小：

郝公馆里到处都是房子，四面全是几丈高的风火砖墙；算来只有从二门到轿厅一个天井，有两株不大的玉兰花树；从轿厅近来到堂屋，有一个大院坝，地下全铺的大方石板，不说没一株树，连一根草也不长，只摆了八个大花盆，种了些当令的梅花、寿星橘、万年红、兰草。从堂屋的倒坐厅到后面围房，也只一个光天井，没有草而有青苔。左厢客厅后，有点空地，种了些枝柯弱细的可怜树子；当窗一排花台，栽了些花；靠墙砌了些假山，盘了些藤萝；假山脚下有一个二尺来宽，丈把长，弯弯曲曲的水池，居然养了些鱼，这就叫小花园。右厢是老爷的书房，后窗外倒有一片草坝，当中一株大白果树，四周有些京竹、观音竹、冬青、槐树、春海棠、梧桐、腊梅等；别有两大间房子，是胡老师教大小姐、大少爷读书的学堂。这里叫大花园。（李劼人《死水微澜》）

在来自乡下被卖进郝家作丫环的招娣看来，郝公馆了无趣味，因为"全公馆只有这几处天，只有这么几十株树，有能够跑、跳、打滚的草地没有？有能够戽水捉鱼的野塘没有？不说比不上乡下，似乎连下莲池都不如"！（李劼人《死水微澜》）招娣在乡下过惯了自由自在、大天大地的生活，一下被关进这样的封闭院子，而且处处都要讲规矩，自然不甚喜欢。但对于今人来讲，类似的公馆却是"室雅境幽，居处宜人"。流沙河这样描述昔日步后街的熊公馆：

  馆宅高墙临街，墙上嵌拴马石。黑漆双扇大门，门内为窨合子（日本人所谓的玄关），壁绘贴金麒麟，五蝠绕之。宅凡五进，木构平房，样式中西合璧。大宅包含七座小院，两个花园。园有假山、山亭、水塘、水榭、花厅。各小院内，奇花异树点缀，又有合抱楠木一株。室雅境幽，居处宜人。至今思之，如一场梦，醒来片瓦不存，令人喟叹。（流沙河《老成都·芙蓉秋梦》）

公馆构造虽然千篇一律、缺乏变化，但每一个具体的公馆也都有其独具匠心之处。位于西御街的黄澜生公馆就有其可取之处：

  下午三点钟已敲过了。从云隙间时不时漏下来的太阳，已斜斜地射到小客厅对面的那座假山顶上。假山不高，也不大，也不厚，刚好把背后的风火墙遮着。远远看去，比如说站在小客厅的檐阶上，或是从过厅耳门进来的那道短游廊上看去，仿佛是一道天然的青郁郁屏风。屏风脚下有一片弯弯曲曲、小得可怜的金鱼池。但你循着小方砖铺成的、从桂树、紫薇树和几株怪柳的树根下走到金鱼池边仔细一看，你方看得出：啊！原来在藤萝苔藓之中，那假山还多么玲珑呀！上下左右不特有孔、有穴、有窍，而且还有洞。假使你身体不十分魁梧，尽可以从北洞口侧身而入，稍稍转一个弯，摸

着窄得仅能容脚的石阶级登上去，不过十步，你便到了山顶。（李劼人《大波》）

站在"山顶"，可以看一下黄公馆的全貌，还可以看看公馆外面的菜园、菜园里的草房、水井，以及远处的金河。

老成都几乎每个公馆都有花园，大公馆甚至有小花园、花厅、后花园等几个花园。前述唐公馆就是这样的一个大公馆。位于五岳宫街的马家公馆也是这样一所深宅大院。马家后花园占地160平方米，中有竹林两处、小池塘一个，内养有金鱼，还种植有数十种奇花异草。李劼人小说中提到的著名公馆花园除了黄家花园之外，还有小福建营巷龚家花园、东珠市巷李家花园等。这些大小不等、形态各异的花园成为县里乡绅们羡慕和模仿的对象。楚用（李劼人笔下的人物）的外公侯保斋就曾模仿成都公馆派头，在自家厢房侧面修了一个花园。结果搞得不伦不类，毫无景致可言。他在空地中间挖了一个两丈来深大坑作池塘，挖起来的土堆成假山。由于不懂构建和修饰，假山像坟堆，池塘成了臭水沟。而黄公馆的小花园里，不仅有着玲珑的假山，引来活水的金鱼池，还种着名贵的花木；梅花有铁干朱砂、绿萼和大红宫春，初春时节，梅花盛开，满院清香；还有三株金桂，金秋八月，满院子也是香馥馥的。造成这种差别的原因，应该在于主人的胸中是否有丘壑吧。

前文所述的唐公馆因为宅子极大，所以花园、花厅、后花园一应俱全。唐振常童年时，他这一房人口便住在那极大的后花园中。后花园广阔的天地给予儿时的唐振常许多乐趣。多年之后，谈及自己的故居，他这样描写自家的后花园：

我家后花园极大，由前花园有长长的廊道相通，前花园尽处，有围墙与后花园相隔，数株大树，矗立后园的庭院之中，长廊的东侧即是隔邻刘家，后园西侧办有围墙，有一小门，通本宅的最后一进房屋。父亲弟兄三人，1905年由他们的家庭塾师吴虞（又陵）先生携往日本游学。父亲慕西化，于西方物质文明有浓厚的兴趣，他在成都最早装电灯，专程去上海买来浴室的西式设备。这个后花园，由他开造为半中半西。房屋是平房三合式，有几间房子的门窗改为西式。园中既有戏台、假山、水池，富中国园林之胜，复有西方园林的开阔的大草地。我们一房住在这个大花园里，住房宽舒之极，活动的天地极为广阔，有山可登，有洞可入，有水可涉，花木丛中鸟语花香，自然感到快乐。最能满足我们童心的，是夏天风雨交加之时，弟兄姐妹，各拿脸盆去几株胡桃树下捡拾风雨打落的胡桃，剥皮取仁，用最好的酱油蘸食新鲜胡桃，其味之佳，无与伦比。我们双手都被胡桃壳汁染得变色，整个夏天都难于洗掉。儿时之乐，未有甚于此者。唯一不快的事，是在书房读书，太老师刘洙源先生严厉太过，动辄打骂。（唐振常《半拙斋古今谈》）

据唐振常讲，他们家的这个后花园曾经因经济的原因两度出租。一次租给了成都大学作女生宿舍，以至于两位女大学生和唐振常的一个姐姐成为终身好友。另一次是租给了美国人满秀实，办作进益产科学校，兼业产科医院，著名的英籍华裔女作家韩素音当时曾就读于这所产科学校。后花园出租，令儿时的唐振常最为不快的是，不能再去捡拾胡桃了。

上述公馆多为传统合院式的川西民居。它们不同于北京的四合院，也不同于江南的园林式建筑，而是具有浓郁四川地方特色的建筑形态。但随着时代的发展、西方文化的入侵，上述老式公馆已经慢慢地开始具有西方元素。比如，郝公馆里已经添置了精铜架子、五色玻璃坠的大保险洋灯、八音琴、留声机等新奇的玩意儿。唐振常的父亲已经把自家后花园改造成有西式浴室、门窗以及开阔草坪的中西合璧式居所。公馆的这些变化与时代的发展带来的西方文化入侵有关。民国以来，成都涌现出了许多新的建筑形态：银行、学校、教堂、工厂、戏院、劝业场等等，这些西方建筑悄悄地影响和改变了成都的民居建筑。此外，一些新型建筑材料如机制瓦、彩色玻璃、洋砖、水泥等开始被使用。还有，成都也出现了一些专门的建筑机构，营造水平也逐步提高。在这样的建筑文化的影响下，成都开始出现具有西方建筑元素的中西合璧式的公馆，以及西化程度较高的花园别墅式公馆。

著名辛亥革命人士夏之时居住成都时曾置办过两所宅院：一为东胜街大院，是一座四进的豪华公馆，后卖给杨森的部下；一为将军街宅院，这所宅院在夏之时重建后成为一所奢华的中西合璧式公馆。夏之时的第二任夫人董竹君在其回忆录中对之有详细的描述：

> 从将军街进大门左边是大轿厅、传达室，厅隔壁是园门，一般会客厅及雇工住房。左行沿花径登阶石前进是一幢富丽堂皇的大客厅。精制的西式落地窗门、壁炉、钢琴、红木家具、朱红茶几，环厅金漆色的方圆各式木椅、丝绸垫褥、沙发、羊毛地毯、四墙挂有古今名人字画、古董摆设、花木盆景，在厅内相互辉映，光彩夺目，别有格调。此客厅后院，有直径一米多形状如伞的白兰花树一株，清香扑鼻，我很爱它。
>
> 大客厅左侧相连是一间书房兼客房，大客厅右侧相连便是饭厅。出饭厅向北几步就是坐北朝南纯柏木结构盖建的一排二层四开间正房，上下都有宽敞的走廊。楼上中间一室是起坐室，右侧是我和丈夫的寝室。这室用具异常讲究，一对铜床，罗衾锦被，全套红木家具，鲜花点缀，布置、陈设脱俗别致。其余是孩子卧室。
>
> 楼下正中是堂屋，供奉祖宗神龛，这室都是采取糊纸老式细致的雕花格窗门。堂屋右侧是丈夫的书房，名"榕山馆"，左侧是我的书房，名"竹节斋"，都刻成绿色横匾装置在门额上。"榕山馆"用具精致讲究，书案上放置笔墨纸张、信笺上印着"益州都督用笺"

和图章。书柜、桌椅等等都是红木、紫檀木制成。式样新颖、色彩调和,加上古董字画、花草点缀,别有风格。"竹节斋"隔壁一大间是孩子们的读书室。此室向西北转弯向东是厨房、日本式浴室,浴室门前一块空地中,有白兰花树一株,树北面是三匹战马的马厩和雇工睡房。(董竹君《我的一个世纪》)

将军街的夏公馆显然有别于传统的公馆。它有着鲜明的现代元素:西式的落地窗门和壁炉,带有宽敞走廊的二层四开间楼房等等。同时,它还兼具传统特色,整个公馆的平面布局与老公馆相差无几,糊纸的老式雕花格窗门以及供奉祖宗神龛的堂屋,无疑也是传统的。这样的建筑风格在民国时期的成都公馆中颇具代表性。不过,还有另外一种完全西式的公馆,至今尚存的位于西珠市街的刘公馆就是其中的一座。刘公馆是曾经做过四川督军的刘存厚的故宅,修建于德国驻成都领事馆的基础之上,占地三十余亩,可称得上是大公馆了。不过,花园占去了绝大部分的面积,主体建筑——一座西式的二层楼房,只占有整个公馆的一角。无疑,这座公馆的平面布局和主体建筑,都迥异于传统的合院式公馆。

20世纪二三十年代,中国军阀混战,成都却偏安一隅。因此,各地的军阀、权贵、富商纷纷在成都建造公馆。这是成都公馆建造最多、发展最迅速的一个时期。前述中西合璧式公馆以及花园洋房式公馆多建于这一时期。清末年间,成都的深宅大院多集中于南城和北城,至20世纪二三十年代,则多建在将军街、仁厚街、暑袜街、金河街、文庙街、华西坝、陕西街等。新中国成立后,这些公馆多收为公有,一些成为政府机关,比如布后街的四川首任督军熊克武公馆就成了省文联机关,文庙后街的唐公馆则成为四川省公安厅;还有一些分给几户平民合住,《民国时期的老成都》一书的作者王鹤儿时所住的院子就是一处老公馆,他说:

我童年的家在文庙西街的一座院落里。走进挺气派的黑漆大门，右边有一口井，住着一户人家，位置就像门房的住所。进门一条直直的巷道，右侧就是两个可以相通的四合院。第一个院子里有一株粗大的一人合抱的紫薇，房屋青砖灰瓦，"四合"中的一排房屋地势抬高，像是正房，正中是空出来的，类似过厅。它们和两侧的厢房、与正房相对的一排房屋圈成一个院子。第二个院子房屋略差些，木柱泥壁，厕所也安置在这个院子里。给人的感觉仿佛是第一个院子住的是屋主，第二个是仆人。巷道的尽头，是荒草丛生的"百草园"。据说这就是从前的公馆。（王泽华、王鹤《民国时期的老成都》）

　　王鹤少时石室中学的同学们所居住的院子，也会在某一处透露出不寻常来，比如说五色磨花玻璃。作者说："在那个粗砺的年代里，这玻璃上的花纹显得那么细致，颜色是那么晶莹鲜亮，不由神往：精致到这样的细节上，该是什么样的生活？"而同学的回答则是："知道吗，这是原来的公馆，某某军阀住的。看这玻璃，多奢侈！"（王泽华、王鹤《民国时期的老成都》）

　　如今，这些带有历史印记的公馆已经所剩无几，它们中的大多数已经在历史的尘埃中消失得无影无踪。

三　会馆

　　清代时，成都建有许多会馆。同治《成都县志》详列了彼时成都所有的会馆，分别为：1. 陕西会馆（在陕西街，"与三官庙同建……于乾隆五十二年"）。2. 河南会馆。3. 山西会馆（建于乾隆二十一年[1756年]）。4. 三邑会馆（地缘不详）。5. 川东会馆（同治二年[1863年]建）。6. 陕甘公所（道光二十七年[1847年]陕甘同乡捐资公建）。7. 安徽公所。

8."万寿宫"（即江西会馆，有二：一建于乾隆二十七年 [1762 年]；一建于嘉庆七年 [1802 年]）。9."南华宫"（即广东会馆，创建最早，盖乾隆三年 [1738 年] 已重修。另成都城外尚有"南华宫"若干所）10."天上宫"（即福建会馆，道光十六年 [1836 年] 建）。11."楚南宫"（即湖南会馆，乾隆五十八年 [1797 年] 建）。12."楚武宫"（即湖北会馆，乾隆三十三年 [1768 年] 建）。13."黔南宫"（即贵州会馆，乾隆三十三年 [1768年] 建）。14."帝王宫"（即湖北黄州会馆，嘉庆二十年 [1815年] 建）。

1909 年，四川简阳人傅崇矩通过实地调查，写成《成都通览》一书，其中所列会馆、公所较之同治时期又增加许多：1. 会馆，均在城内，其中最大者为福建馆、浙江馆，最小者为布后街之河南会馆。计有：贵州会馆（贵州馆街）、河南会馆（两所，一在布后街，一在磨子街）、广东会馆（糠市街）、泾县会馆（中东大街）、广西会馆（三道会馆街）、浙江会馆（三道会馆街）、湖广会馆（总府街）、福建会馆（总府街）、山西会馆（中市街）、陕西会馆（陕西街）、吉水会馆（北打金街）、江西会馆（棉花街）、川北会馆（卧龙桥）、石阳会馆（棉花街）、云南会馆。2. 公所，城内外均有，以燕鲁公所、两湖公所为最大。计有：黔南公所（贵州馆侧）、西江公所（布后街）、燕鲁公所（即旗奉直东会馆也）、黄陂公所（北纱帽街）、两湖公所（东丁字街）、陕甘公所（太平街）、安徽公所（两所，一在灶君庙街，一在东门外）、川东公所（西御街）、两广公所（东桂街）、浙江公所（南门外）等。

同治《成都县志》和清末《成都通览》中所列上述会馆、公所，均为同乡移民所立，旨在联谊乡情。关于两者之间的差异，有说是会馆规模较大，公所规模较小；还有说两者名异实同。准确来讲，两者还是有差异的，会馆一般为商建或官商合建，而公所则是官建。李劼人长篇小说《大波》中有一段关于湖广会馆和两湖公所的叙述，可以印证这一点：

（东丁字街）这条街倒不算怎么冷僻。街中还有一院大房屋，是湖北、湖南两省在四川作官的人，因嫌湖广会馆陈旧了，而且首事们大都是已在四川落了业的小绅士、小商人，做起会来，一同起居时，和他们的身份不相称，于是在湖广会馆之外，另自集资修建了一所堂皇富丽的两湖公所，用作他们聚会游谯地方。里面布置有一个"音樽候教"即是说请客坐席看戏的座落，黄澜生曾经应他湖南同寅之请，来坐过席，看过戏。

清时成都为什么会有如此多的同乡会馆公所？曾任华阳知县的周询在《芙蓉话旧录》中这样解释："省城为官商云集之地，昔时异籍而仕，凡宦川者，皆为外省人士，又萃居于省城，故各省会馆皆备，借以联乡情也。"实际上，这样的解释并不全面，它仅仅指出朝廷任用官员的制度造成了四川官员皆为外省人，而忽略了集资修建会馆的大量客商和客民。这些外省人之所以入川，是因为康熙年间朝廷的"湖广填四川"的移民政策。魏源在《古微堂外集》卷六《湖广水利论》中曾述及："当明之季世，张（献忠）贼屠蜀民殆尽，楚次之，而江西少受其害。事定之后，江西人入楚，楚人入蜀。故当时有'江西填湖广，湖广填四川'之谣。"

上文谈及的张献忠屠城，是老成都历史上三次大屠杀中的一次。第一次大屠杀指的是西晋东晋之交的李特大屠杀，第二次为宋元之交的元人屠城，第三次即明清之交的张献忠屠城。第三次屠杀最为残酷。据载，1644年张献忠攻陷成都后，下令屠城三天，称"大西国"后，为巩固统治每日杀人一二百，清兵打来时则实行杀光、烧光政策，"先杀市民百姓，次杀军队家属，再杀自己的湖北兵，又再杀自己的四川兵。成都所有民房，早就给军队拆作柴烧了，不留一柱一椽。最后烧蜀王府，片瓦不存。然后率领败兵数十万逃出城，一路杀往西充。逃跑前大屠杀，死男女数十万，剐之割之，制成腌肉，以充军队口粮。"（流沙河《老成都·芙蓉秋梦》）这样的屠杀，真真令人毛骨悚然，流沙河评论说:"并非杀人快意,实乃冷静计算。盖自明末大乱以来,蜀中田地荒芜日久,早就颗粒无收,仓廪无存,锅釜无粮,不得不吃人也。"(流沙河《老成都·芙蓉秋梦》)张献忠的这次大屠杀使成都遭受了灭顶之灾,《荒书》这样记载成都城遭劫受难后的情形:"成都空,残民无主,强者为盗,聚众掠男女,屠为脯。继以大疫,人又死。是后虎出为害,渡水登楼,州县皆虎,凡五六年乃定。"《四川通志》则曰:"蜀自汉唐以来,生齿颇繁,烟火相望。及明末兵燹之后,丁口稀若晨星。"

明末清初的战乱、灾荒以及随之而来的瘟疫使得四川残破荒凉、人丁稀少,因此在四川巡抚张德地的奏请下,朝廷下令从湖南湖北等地大举向四川移民。青神县人余本为躲避明末战乱逃亡至扬州,康熙初年返回成都,他的诗作《蜀都行》记录了成都移民初期的境况:

> 自我之成都,十日九日雨。浣花草堂益萧瑟,青羊石犀但环堵。生民百万同时尽,眼前者旧存无几。访问难禁泣泪流,故官荒废连禾黍。万里桥边阳气微,锦官城中野雉飞。经商半是秦人集,四郊廓落农人稀。整顿凋残岂无术,日积月累成可期。但得夫耕妇织无所扰,桑麻树畜随所宜。数十年后看生聚,庶几天命有转移。
> (转引自流沙河《老成都·芙蓉秋梦》)

流沙河祖籍扬州,其祖上也是随着湖广填四川的移民队伍来到四川的。在《老成都·芙蓉秋梦》一书中,流沙河详述了这一过程:

> 此后不久,另一位姓余名良,生于1631年的小武吏,那时已有三十几岁,带着一妻四子,离开扬州府泰州县大圣村军旺庄老家,随着湖广填四川的移民队伍,从湘西入川来。余良农家子,文化低,怀揣"调动手续",到成都来任武吏职,亦为糊口养家而已。见成都竟如此残破,仕途便灰心了,辞职,迁去资阳县,那里也比

成都好。资阳住几年,又迁去彭县隆丰场,住家化成院侧。余良的第三子余允信,康熙三十六年(1697年)二十四岁,迁来金堂县外北甘泉乡大小寺附近,插占荒地百亩。又娶本地黄姓女子为妻,下田共作。

当时地广人稀,平畴荒芜,荆榛遍野。官方任人插占耕种,免税五年。像余允信这样的省外移民,遍布成都四郊,日日劳作田野。雄鸡晨啼,炊烟暮起,这小小平原上逐年恢复生机。毕竟水好气候好,农夫易致丰穰,城市恢复也快。不到五十年,成都又热闹起来,大城修缮完备,满城也筑好了。……

金堂县外北甘泉乡大小寺的移民农夫余允信,耕耘一生,只活到五十岁,卒于康熙六十一年(1722年)腊月初七。此时雍正已继位了。甘泉乡,今之大同镇,属成都市青白江区。大小寺余家老院子至今尚在。余允信的子孙蕃衍不绝,三百年间,迄今已有十四代,代代都有读书人。第八代有一个读书人,刚写完这一本《老成都·芙蓉秋梦》。

经过数十年的移民和休养生息,成都逐渐恢复生机。而随着大量移民在这里安家落户,成都也已成为一个五方杂处的城市。对此,竹枝词有着生动的描述。吴好山《成都竹枝词》:

湖北荆州拨火烟,成都旗众胜于前。康熙六十升平日,自楚移来在是年。

清杨燮《锦城竹枝词》:

大姨嫁陕二姨苏,大嫂江西二嫂湖。戚友初逢问原籍,现无十世老成都。

门额恭迎圣驾题,九皇斋吃自江西。重阳后是开斋日,特特烹鱼又杀鸡。

多半祠堂是粤东,周钟邱叶白刘冯。杨曾廖赖家家有,冬至起来拜祖公。

定晋岩樵叟《成都竹枝词》:

磁器店皆湖州老,银钱铺尽江西人。本城只织天孙锦,老陕亏他旧改新。(以上引自杨燮等著、林孔翼辑录《成都竹枝词》)

确如上述竹枝词中歌咏的那样,接纳各方移民之后的成都,五方杂处。擅长做生意的江西人、广东人、陕西人把他们各自的风俗习惯也带到了成都,一个大家庭内姨、嫂、婶、娘的省籍也有可能互不相同。据《成都通览》统计,清末之成都人,原籍皆外省也。外省人以湖广占其多数,约为25%;陕西人次之,约为10%,"余皆从军入川,及游幕、游宦入川,置田宅而为土著者"(傅崇矩《成都通览》)。这些来自不同省份的移民经过艰苦的努力和奋斗在成都安家立业,其中的一些成为稍有成就的商人,也有一些在郊县置办田产并捐了官成为士绅,其余没有发达的也无返乡的念头。于是,为了怀念故土,联络乡谊,互通声息,扶持乡友,共御外乡人的侵扰,相同省籍的人纷纷集资修建会馆。竹枝词"争修会馆斗奢华,不惜金银亿万花。新样翻来嫌旧样,落成时节付僧家"歌咏的即是当年的境况(杨燮等著、林孔翼辑录《成都竹枝词》)。

这些会馆或商建,或官商合建,或官建;就规模而言,福建会馆最为壮阔,河南会馆最为狭小;就基金多寡而言,福建、山西、浙江、陕西较为富有。经过多年的积累,大部分会馆都拥有一定的不动产。不动产的租金会作为会馆运行的基金。据成都市档案馆馆藏资料《各种旅蓉同乡会》显示，湖广会馆曾拥有以下产业：1. 湖广馆铺房五间，会馆一座；2. 福兴街铺房约十七八间，公馆一院；3. 藩库街公馆一院；4. 纱帽街铺房一大间；5. 鼓楼街铺房四间，公馆一院；6. 德盛街公馆一院；7. 东校场昭忠寺一院；8. 北门观音堂菜园地一段；9. 南门外大桥头当铺一院；10. 南台寺田约十亩；11. 东门外化成寺田约四十亩；12. 北门外回龙寺山田约九十亩；13. 东门外沙河铺田约数亩。由此可见这些会馆的实力。

会馆的建筑与寺庙有些类似，一般坐北朝南。大殿作为会馆的主体建筑，是客民祀奉各自祖神的地方。湖广会馆的大殿称"禹王宫"，大禹王是他们的祖神；福建馆则称"天后宫"，识气象，帮助渔民出海的福建莆田林氏女被福建籍人视为保护神，并封其为天后；广东会馆称"南华宫"，供奉南华老祖。大殿之后，有内殿或偏殿。大殿的前面，必有戏楼，高约二三米，与大殿隔院坝遥相呼应。戏楼左右有侧楼与大殿相连，中间为露天院坝。大殿是祀神的场所，戏楼又称乐楼，是娱神的场所，每逢会日这里都会有戏剧演出。民间竹枝词为我们记下了清初以来成都各会馆的热闹情形。

其一：

> 戏班最怕"陕西馆"，纸爆三声要出台。算学京都戏园子，迎台吹罢两通来。

其二：

> 会馆虽多数陕西，秦腔梆子响高低。观场人多坐板凳，炮响酬神散一齐。

其三：

元宵处处耍龙灯，舞爪张牙却也能。鞭炮连声灯烛亮，"黄州会馆"果堪称。

其四：

石狮称为"石马巷"，"江南馆"住宁波人。背绳尽是无聊辈，挣得钱来不顾身。

其五：

秦人会馆铁桅竿，福建山西少者般。更有堂哉难及处，千余台戏一年看。（杨燮等著、林孔翼辑录《成都竹枝词》）

关于会馆，竹枝词中歌咏最多的是其中的戏剧演出，这也是老成都人对于会馆最深的印象，恐怕也可以算作是老成都的特色之一。李劼人小说中的人物邓幺姑（后来的蔡大嫂）是一个爱做梦的乡下姑娘，邻居韩二奶奶是成都省里一个大户人家的姑娘，从她的口中邓幺姑知道了很多关于成都的事情，并对之充满向往："……她知道有很多的大会馆，每个会馆里，单是戏台，就有三四处，都是金碧辉煌的；江南馆顶阔绰了，一年要唱五六百台整本大戏，一天总是两三个戏台在唱。……"（李劼人《死水微澜》）李劼人的小说以写实著称，他笔下的这段话，并非虚言，《芙蓉话旧录》云："凡由商建者，会戏特多，如福建、湖广、山西、陕西等馆，在太平全盛时，无日不演剧，且有一馆数台同日皆演者。"（周询：《芙蓉话旧录》）

清时，成都并没有戏楼、戏院等专门的戏曲演出场所，各地会馆纷纷兴建后，外省入川的戏班，便可以先在本省会馆演出，再辗转流动至其他会馆。因为会馆的戏楼均搭建有戏台，有的还不止一个，这为各省戏班在成都的生存提供了便利。同时，各省戏班在成都共存的局面也为川剧的产生提供了土壤。川剧是中国戏曲中十分罕见的集昆、高、胡、弹、灯等五种声腔为一体的剧种，其中昆曲源于江苏昆腔，高腔源于江西弋阳腔，胡琴出自徽调、汉调，弹戏出自梆子，只有灯调来自四川。这种被誉为"五腔同台，五腔一体"的川剧，显然是各地戏曲在四川融合与发展的结果，它的产生与清初的移民和移民会馆的建立有着不可分割的联系。之后的很长一段时间，会馆也是川剧演出的重要舞台。清末民初，专设戏台的茶楼出现，这种状况也逐渐改变。

清末，随着移民间政治经济文化交流的增多以及移民的本土化，会馆的地位渐渐削弱。民国以后，许多军阀用武力与会馆执事相勾结，倒卖了许多会馆，使之私有化，还有一些会馆变卖成为它用。迨至中华人民共和国成立前夕，仅存少数会馆。

四 小吃

成都人的饮食是精细而小巧的。相较于上得了台面的大菜品，他们似乎更喜爱那些特别有风味的民间小吃。据傅崇矩所编《成都通览》记载，晚清成都有名的小吃及食品有：抗饺子、大森隆包子、麻婆豆腐、开开香蛋黄糕、钟汤圆包子、嚼芬坞油堤面、澹香斋茶食、三巷子米酥、德昌号冬菜、王包子瓢肠腌肉、山西馆豆花、科甲巷肥肠、广益号豆腐干、厚义园席面、王道正直酥锅魁、青石桥观音阁水粉、便宜坊烧鸭等数十种。四川省文史研究馆所著《成都城坊古迹考》一书，据《成都通览》记载，又加上该馆馆员采访所得，将成都小吃分为两类，一类为大块蒸肉、碗蒸饭与东桂街之烧腊摊，另一类为小食摊店。并将上述小吃名单增加了许多：

总统街口之赖汤圆，锦江桥街东端广兴店之金丝切面及牛肉肺片，提督街西口之夫妻肺片，暑袜南街东口喜胖子之五香卤肚及砂仁炖肘子，东大街夜市之涮羊血，青石桥北口东端之嘉定棒棒鸡，荔枝巷钟姓水饺，梓潼桥南街西端之式式轩包子，华兴正街之龙抄手，三桥南街之吴抄手，暑袜街之矮子抄手，梓潼桥街稷雪之牛肉面点，提督街大可楼之海式包子，总统府冠生园之各种点心与卤鸽，同街畅和轩之风鸡风肉，华兴街盘飧市之葱烧鸡，守经街南端之包子，骡马市街之厨子抄手，长顺中街治德号之粉蒸牛肉，红庙子街张阿喜之烧鸭子，提督东街福禄轩（门窄类鼠穴，蜀人呼鼠为耗子，故人称之曰耗子洞）之烧仔鹅，皇城坝各清真馆之卤羊尾，东西御街之两家王胖鸭，东玉龙街金玉轩之糍粑醪糟，粪草湖街之沙胡豆，盐道街蜜桂芳之花生精，顺城街司胖子之花生米，铁箍井朱姓之米花糖均负盛名。糖果点心铺驰名者仅有商业场之味虞轩，总府街之老稻香村，冻青树街之协盛隆等家。（四川省文史研究馆《成都城坊古迹考》）

由此可见旧时成都小吃种类之繁多，成都人对风味小吃之偏爱。

旧时成都小吃最集中的地方要数花会、灯会等各种会场。或者也可以说，在因吃而闻名的成都，只要人多、热闹的场所，就会有小吃的存在。老成都的皇城曾是贡院，废除科举后一度是多所新式学堂所在地。在此期间，一般百姓是无缘进入其中的。1911年辛亥革命中，大汉四川军政府成立，为了与民同乐，特开放皇城，允许普通百姓入内参观。一时间，皇城内热闹非凡，俨然成了一个会场，各种小吃也充斥其间。来看李劼人的这段描写：

会场便有会场的成例。要是没有凉粉担子、夜面担子、抄手担子、蒸蒸糕担子、豆腐酪担子、鸡丝油花担子、马蹄糕担子、素面甜水面担子（这些担子，还不是一根两根，而是相当多的）；要是没有茶汤摊子、鸡酒摊子、油茶摊子、烧腊卤菜摊子、蒜羊血摊子、虾羹汤摊子、鸡丝豆花摊子、牛舌酥锅块摊子（这些摊子，限于条件，虽然数量不如担子之多，但排场不小，占地也大；每个摊子，几乎都竖有一把硕大无朋的大油纸伞）；要是没有更多活动的、在人丛中串来串去的卖瓜子花生的篮子、卖糖酥核桃的篮子、卖橘子青果的篮子、卖糖炒板栗的篮子、卖黄豆米酥芝麻糕的篮子、卖白糖蒸馍的篮子、卖三河场姜糖的篮子、卖红柿子和柿饼的篮子、卖熟油辣子大头菜和红油莴笋片的篮子；尤其重要的，要是没有散布在各个角落的装水烟的简州娃，和一些带赌博性的糖饼摊子，以及用三颗骰子掷糖人、糖狮、糖象的摊子，那就不合乎成例，也便不成其为会场。而且没有这一片又嘈杂、又烦嚣，刺得人耳疼的叫卖声音，又怎么显示出会场的热闹来呢？（李劼人《大波》）

由各色人等、各色小吃组成的世俗生活场景，完全冲淡了重大历史事件的严肃性。这正是民间藏污纳垢又生生不息的力量所在。而难登大雅之堂的小吃，区别于大餐之处正在于它的民间性。

李劼人描绘的皇城的热闹景象并非历史的常态，能够称得上成都最大最热闹的会场的，要数每年持续月余的青羊宫花会了。清至民国时期，成都花会的规模和影响都非常大。此间的每个会期，成都乃至四川的小吃都会在这里汇集。《成都城坊古迹考》言花会上小吃中最负盛誉者为酥锅魁、荞凉粉与"一炮三响"（今名"三大炮"）糍粑：

曰一炮者，谓摊贩从锅内抓取糍粑一团向竹簸力掷。三响者，则谓糍粑团先落入第一簸内，碰触有声，此为第一响；借簸之弹力跃入邻簸，得第二响；再借此簸弹力，跃入簸侧碟内，触蝶有声，得第三响。簸中固盛有芝麻、熟黄豆末、白糖等物，糍粑入碟前调

料咸备矣。顾客不仅品其味，更喜聆其声。非有绝技者，不敢售此物。（四川省文史研究馆《成都城坊古迹考》）

锅魁是一种和"一炮三响"糍粑有着类似魅力的小吃。它吸引人之处不仅在于味，还在于声。就味道来讲，锅魁有白面、混糖、夹糖、椒盐、油酥、葱油等不同种类，其中烤得好的油酥锅魁，外黄内酥，极为香脆。此外，花会上打锅魁的师傅仿佛一位艺术家，用声响和节奏制造气氛招揽顾客。他"头缠青纱帕，腰系蓝色家机布围腰，大襟大袖衣装，脚穿线耳子草鞋"（车幅《川菜杂谈》），左手捏面团，右手拍打，捏匀称时，擀面杖便在案板上啪啪叭叭打出长短间歇的节奏。据美食家车辐讲，这种类似川剧锣鼓以及金钱板的打法，使美学家王朝闻悟出了许多有关美学上的问题："不要小看擀面杖的节奏，它是打击乐里的一个分章——案桌上的音乐节奏，它对制造现场气氛，在色香味之外平添音响效果乃至于情趣、地方情调特色等等，应该说是合于美学原则的；一旦没有了，艺术上的完整性也被破坏了，何况音乐又最能惹起人的过往情趣！"（车幅《川菜杂谈》）王朝闻后来到成都，见到了久违的锅魁，连忙买了来，却总觉得缺少了点什么，原来是没有了打锅魁的声音。在美学家的心目中，"美"的完整性已经被破坏了。这不能不说是一种遗憾，因此，当王朝闻离开成都时，那块锅魁依然原封不动地躺在宾馆的抽屉里。车幅说："那沉默的锅魁却将往昔五光十色的一切一笔勾销了。"（车幅《川菜杂谈》）

花会上最负盛誉的锅魁是和最负盛誉的凉粉配在一起吃的。车辐这样说道："一长串的凉粉摊，加上配套营业打锅魁鞭炮似的声音，你的肚子有些饿了，来赶花会与灯会，你荷包里也准备有花上几文的小吃的零用钱，由拍打不断的声音，使你想到才出炉子热腾腾的锅魁夹凉粉，那味道是如何诱惑人！何况花钱不多，你的唾液涌出了。"（车辐《川菜杂谈》）花会上以"洞子口"凉粉最为著名，凉粉摊上一律放着一排江西瓷蓝花的大品碗，里面满盛着用川西菜油制成的辣红油，还放有几个油浸的大核桃。切得薄薄的荞、白两种凉粉，盛在中间略带拱形的蓝花碟子上。荞凉粉为深绛色，配着白而发亮的白凉粉，颇能勾起人的食欲。再配以红酱油、熟油红海椒、花椒等佐料，真是色、香、味俱全。作家艾芜笔下的新繁"豆粉儿"摊子可与成都花会上的凉粉摊子媲美：

> 那担子拭得十分干净，摆的青花碗红花碗，亮亮的，晃人的眼睛。中间安置一个圆圆的铜锅，隔成三格，一格是糖水，一格是肉汤，一格是酱油和各种东西煮的香料。锅侧边有一列小小的木架子，放碗红油辣椒和一小块油浸的核桃，一碗和辣椒炒熟的牛肉臊子，一碟切得碎碎的大头菜，一碟切得细细的葱花，另外是一小竹筒胡椒粉子。这一切，看起来实在是悦目，再经江风微微一吹，散在空气里面真是香味扑鼻。（艾芜《童年的故事·江》）

花会中的凉粉之负盛名，还在于摊主带点喊堂的吼声："来客二位靠左（坐），端上去，得罪了！"以及"得罪呐！谢谢呐！"以及由此营造的买卖之间平等、亲近的和气态度。因此，凉粉摊成为赶青羊宫花会的人们必到之处。车辐说："过去我们一年总要赶几次花会，总得自然而然地要向洞子口凉粉摊子上去过嘴瘾，经济实惠且不说，那使人接近的人情味、地方风味，难忘啊！"（车辐《川菜杂谈》）

热腾腾的锅魁夹凉粉能够勾起赶花会的人的食欲，冷食凉拌摊子的兔肉夹锅魁也颇受人欢迎。"兔肉用手撕成丝子，外切细葱丝，调和有豆豉、熟油辣子、花椒、味精、香油，凉拌好夹入锅魁中。兔肉本身带有它的肉香味，加上均匀的调和，加工又较细致，赶花会的人一手执五色纸做的风车，车在春风中荡漾，一面吃着味道鲜美的兔肉夹锅魁，看花看人品味……"（车辐《川菜杂谈》）如今，这样美好的成都小吃已经难觅踪影了。花会上使人难忘、今天已经消失的小吃还有溜煮炮红苕（红薯），具体做法为"选红心子南瑞苕，大小匀称，每根四五寸，去皮排列于大铁锅中，溜以红糖、糖清、清油，使其满锅红苕色彩红润发亮，如玛瑙排列；入口细嫩而甜，似冰糖肉泥一般，当是所有红苕做法中最高级的一种"（车辐《川菜杂谈》）。除此之外，花会上受欢迎的地方小吃还有青羊宫山门前的小笼蒸牛肉，儿童最喜欢的巴掌大的"小春饼"，用糯米做的糖熘糍粑、糖油果子，外县来的油炸焦粑，以及甜水面、红油素面、担担面、豆花撒子面等等。

旧时的贡院街也是成都小吃较为集中的地方。贡院街俗称为皇城坝，是一个类似于老北京天桥的地方。这里有卖艺说唱的，有看相算命的，也有饭馆和各种小吃，十分热闹。因为这里是回民聚集区，所以店铺都出售牛羊肉。车辐当年每次去到皇城坝周围的几条街，远远的便闻到牛羊肉烧出的香味。后来享有盛名的川菜"牛肺片"便是由此处的回民大众小吃演变而来。对于这种著名小吃，李劼人有着十分细致生动的描述：

> 这种用五香卤水煮好，又用熟油辣汁和调料拌得红彤彤的牛脑壳皮，每片有半个巴掌大，薄得像明角灯片，半透明的胶质体也很像；吃在口里，又辣、又麻、又香、又有味，不用说了，而且咬得脆砰砰地极为有趣。这是成都皇城坝回民特制的一种有名的小吃，正经名叫盆盆肉，诨名叫两头望，后世易称为牛肺片的便是。（李劼人《大波》）

之所以称为"盆盆肉"，是因为盛在盆子里；至于称为"两头望"，是因为"肺片"原为下层大众小吃，有身份的人禁不住美味的诱惑也时而食之，吃时又怕熟人看见，便现出两头张望的样子。后世称之为牛肺片，是有些名实不符的，因为它是由牛肉和牛头皮等部位的"下脚料"做成的，其中并没有肺片。也有说"肺片"原为"废片"之讹，由他人丢弃不用的"废片"加工而成，遂叫作"废片"，后世又演变为"肺片"。此说似有一定道理。

皇城贡院街的小吃也吸引了20世纪40年代在成都读中学的流沙河。省立成都中学收费较低，膳食水准不高，大多数情况下仅仅够吃，不足的时候便靠自己想办法解决。流沙河每逢周日便拿自备的红陶罐到皇城贡院街去切牛肚片，此物既便宜又味美，穷学生可借此解馋。贡院街虽然破败肮脏，但因其全卖下层大众小吃，所以给穷学生们提供了一个廉价食府：

> 星期日和同学转了少城公园出来，祠堂街逛书店，只看不买。中午饿了，经西御街而左拐，便入贡院街南口，牛羊肉的香味扑鼻而来。如果迫不及待，就来一碗牛羊肉汤，多洒芫荽，下白面锅魁饼，还可添汤。天冷喝汤，周身暖和。嫌未饱，隔壁有油糕、马蹄糕、珍珠圆子，都很便宜。若往北去，还有更好吃的三种。一是宴乐春的牛肉煎饼，姜葱椒盐味，面粉先烫熟，然后油炸，鲜嫩辛香，却比走马街的牛肉煎饼便宜多了，不吃可惜。二是鑫记饭馆旁边的牛肉抄手，回民叫做包面，也比别处猪肉抄手便宜，牛肉馅细，都剔了筋，原汤又熬得浓，那当然好吃啦。三是锅魁饼夹蒸牛肉，摆在西鹅市巷附近的街沿上，大锅大笼，旋蒸旋卖，安有条桌，可坐着慢慢吃。顾客全系下层平民，拉街车的尤多……（流沙河《老成都·芙蓉秋梦》）

皇城坝的小吃还让马宗融教授魂牵梦绕。20世纪20年代，马宗融在法国留校任教，"九一八"事变后他回到中国，先后任教于上海复旦大学和广西大学。期间，只要他到成都就会到皇城坝大吃一顿。由于他是回民，便对"肺片"情有独钟。对皇城坝的牛肉水饺、红酥甜水面、笼笼蒸牛肉等，他也能如数家珍。他说他在国外时常梦到成都的小吃。他在吃"肺片"时甚至还记得早年成都市民中的口谚："辣乎儿辣乎儿又辣乎，嘴上辣个红圈圈儿。"（车辐《川菜杂谈》）

上文所述各种小吃均为会场、皇城坝等热闹场所常见之小吃。另外还有许多散见于各条街巷的著名小吃摊铺，上文所引《成都城坊古迹考》中所列小吃即是。其中最为著名者，恐怕要数老成都北门外万福桥南岸陈麻婆老店的麻婆豆腐了。清代冯家吉有竹枝词，云："麻婆陈氏尚传名，豆腐烘来味最精。'万福桥'边帘影动，合沽春酒醉先生。"（成都市文联、成都市诗词学会编《历代诗人咏成都》）陈麻婆老店为一家纯乡村型的小饭店，本名"陈兴盛饭铺"，老板娘姓陈，既老且丑，遂被人称为陈麻婆。这家小吃店主要为过往行人及推叽咕车的车夫供应饭食。乡村饭店的下饭菜，除家常咸菜外只有豆腐。谈到麻婆豆腐的发明，李劼人这样推测：

> 大概某一回吃饭时，劳动家中的一位忽然动了念头，想奢华一下，要在白水豆腐、油煎豆腐、炒豆腐等等素食外，加斤把菜油进去。同时又想辣一辣，使胃口更为好些。于是老板娘便发明了作法：将就油篓内的菜油在锅里大大的煎熟一勺，而后一大把辣椒末放在滚油里，接着便是猪肉片，豆腐块，自然还有常备的葱啦、蒜苗啦，随手放了一些，一脍，一炒，加盐加水，稍稍一煮，于是辣子红油盖着了菜面，几大土碗盛到桌上，临吃时再放一把花椒末。劳动家们一吃到口里，那真窜呀！（窜是土语，即美味之意。有写作爨字的，恐太弯曲了。）肉与豆腐既嫩且滑，同时味大油重，满够刺激，而又不像用猪油作出那们腻人。于是陈麻婆豆腐自此发明，直到陈麻婆老死后，其公子小姐承继衣钵，再传到孙辈外孙辈，犹家风未变。（李劼人《漫谈中国人之衣食住行》）

麻婆豆腐的发明是出于李劼人所言的偶然，还是主厨者精心研制的结果，我们已不得而知。有一点可以确定的是，自从清末麻婆豆腐发明以来，便香飘四方，吸引了众多的食客，乃至成为川菜的代表。清人周询对麻婆豆腐也有详细的记载，其文曰："又北门外有陈麻婆者，善治豆腐，连调和物料及烹饪工资一并加入豆腐价内，每碗售钱八文，兼售酒饭，若须加猪、牛肉，则或食客自携以往；或代客往割，均可。其牌号人多不知，但言陈麻婆，则无不知者。其地距城四五里，往食者均不惮远。"（周询《芙蓉话旧录》）车辐在20世纪20年代常和同学一起往东门外吃麻婆豆腐，他的回忆也部分地印证了周询的记载：

>　　我什么时候认识他（陈麻婆饭店薛祥顺，笔者注），已记不确切了，但有一点还记得起来：是20年代下半期，我有几个好吃同学，经常一起去吃陈麻婆"打平合"。我们是从新东门出城，沿护城河，过猛追湾，经过一些乱墓坟的荒地，秋天芦苇成林，藕荷色的芦花像掸帚子一样随风飘动，沿着高大的城墙，那时是很完整的城墙，再经几弯儿转，到了大南海，北门大桥的十八梯，向西沿木厂就到了万福桥陈麻婆豆腐店了。
>
>　　于是我们分头去割黄牛肉（成都人不吃水牛），打清油、打酒、买油米子花生。牛肉、清油直接交到厨上，在牛肉里加上老姜，切碎。向薛祥顺师傅说明几个人吃好多豆腐，他就按你的吩咐做他红锅上的安排。（车辐《川菜杂谈》）

车辐因为常去吃麻婆豆腐，久而久之便与当年的主厨薛祥顺师傅相熟，后来竟成为患难相交的朋友。车辐既是一个美食家，又擅长烹饪，因此对薛师傅烹制麻婆豆腐的过程极为留心，许多年后他依然能对整个程序清楚记忆：

他将清油倒入锅内煎熟（不是熟透），然后下牛肉，待到干烂酥时，下豆豉。当初成都口同嗜豆豉最好，但他没有用，陈麻婆是私人饭馆，没有那么讲究；下的辣椒面，也是买的粗放制作那一种，连辣椒面把子一起舂在里面，——只放辣椒面，不放豆瓣，这是他用料的特点。……

然后下豆腐：摊在手上，切成方块，倒入油煎肉滚、热气腾腾的锅内，微微用铲子铲几下调匀，掺少许汤水，最后用那个油浸气熏的竹编锅盖盖着，在岚炭烈火下熘熟后，揭开锅盖，看火候定局：或再熘一下，或铲几下就起锅，一份四远驰名的麻婆豆腐就端上桌子了。（车辐《川菜杂谈》）

车辐曾经数次按如上程序如法炮制，但都不及薛师傅制作之味美。究其原因，车辐总结为火候二字。这恐怕是中国菜的精华和最难掌握的地方吧。

散见于各条街巷的著名小吃许多流传至今，并成为成都小吃的代表，比如赖汤圆、钟水饺等。但何满子认为最能代表成都地方特色的要数成都的素面，比如著名吴抄手、叶抄手，荔枝巷的素挑面，红庙子的甜水面，飞龙巷的素椒面，皇城坝的红油面等。这些都是"小小馆子而大大的声名，一只只的都是草窝里的凤凰"。何满子说："钟水饺并不能超过扬州饺子，赖汤圆也并不及宁波汤圆，而这些素面却没有他处的面条所能比拟，即便是山西出名的拉面、削面、拨鱼子也相形见绌。"（何满子《五杂侃》）因为成都的素面只用青尖，全靠调料提味，不比别处的面全靠浇头。

清末民初，成都小吃种类十分之多，有许多是挑担子流动叫卖的。其中疙瘩肥肠汤冒饭是许多人喜欢的，何满子这样说："懒得烧饭时，盛一碗冷饭，来个疙瘩肥肠汤冒饭，菜既有了，饭又是热通通的，妙不可言。"（何满子《五杂侃》）唐振常对童年时兄弟相携而食炒豌豆疙瘩肠汤的情形记忆犹新：

> 儿时居成都文庙后街祖宅，黎明醒来，必听见马路上小贩的叫卖声，"炒豌豆啊炒胡豆（蚕豆，勉强类似上海的发芽豆而不知高明多少）……"其声抑扬不绝，穿过围墙和重门传入耳鼓，诱人之至。黄昏以后，一副热火担子，停在我家大门外，担子一头放未烧的疙瘩肠和作料，碗筷等，一头是烧着的炉子，上置锅，里面是烧好了的五香味道的疙瘩肠。弟兄等相偕而食，乐甚。（唐振常《吾友一食家》）

这些挑担子流动叫卖的小吃既给成都人提供了方便，又具有浓浓的温情。而更具有人情味儿的，要数从打二更时（相当于晚上10点）才开始出现在街头巷尾的流动小饮食，成都人呼之为"鬼饮食"，如提篮而卖的鸡翅膀、鸡脑壳等，还有烤叶儿粑的、卖卤帽结子、肥肠头夹锅魁、马蹄糕、酒米粑的等等。这些小吃是为看戏归来的客人、夜间的瘾君子以及街巷的夜行人准备的。如今，那夜间小贩低低的叫卖声，飘散在空气中的诱人的香味，以及冬夜里热腾腾的冒饭和椒盐粽子，已成为许多老成都人记忆深处的温暖场景……

拥有如此多诱人的小吃，成都人确是有口福的。钟爱小吃的成都人也应该是最讲人情味儿的吧。

第五章　学府、作家故居与文化沙龙

一　石室中学

成都市文庙前街，有一所中学，名石室中学。它的悠久历史与赫赫声名，恐怕还没有学堂可以比得上。如果向前追溯，今石室中学所在地可是两千多年前汉代文翁石室的旧址。

文翁石室是汉景帝末年蜀郡守文翁创办的。在此之前，四川乃至全国尚无地方兴办的官办教育机构。文翁任蜀郡守后，有感于蜀地的僻陋荒蛮，先是从属吏中选拔十余名优秀者亲自授业，继而将他们送至京师，跟随博士学习儒家经典律令，之后又在成都修建学官，招收平民子弟，并由此创办了中国历史上第一个地方官办教育机构。《汉书》中记载有文翁兴学的事迹，其文曰：

> 文翁，庐江舒人也。少好学，通《春秋》，以郡县吏察举。景帝末，为蜀郡守，仁爱好教化。见蜀地僻陋，有蛮夷风，文翁欲诱进之，乃选郡县小吏开敏有材者张叔等十余人亲自饬厉，遣诣京师，受业博士，或学律令。减省少府用度，买刀布蜀物，赍计吏以遗博士。数岁，蜀生皆成就还归，文翁以为右职，用次察举，官有至郡守刺史者。
>
> 又修起学官于成都市中，招下县子弟以为学官弟子，为除更繇，高者以补郡县吏，次为孝弟力田。常选学官僮子，使在便坐受事。每

出行县，益从学官诸生明经饬行者与俱，使传教令，出入闺阁。县邑吏民见而荣之，数年，争欲为学官弟子，富人至出钱以求之。繇是大化，蜀地学于京师者比齐鲁焉。（班固《汉书·循吏列传·文翁传》）

文翁兴办地方学校的举措得到了朝廷的肯定，至汉武帝时，便令天下郡国皆立学校官。文翁也受到蜀地人民的长期爱戴，《汉书》云："文翁终于蜀，吏民为立祠堂，岁时祭祀不绝。至今巴蜀好文雅，文翁之化也。"后人更是给予文翁石室极高的评价，唐代裴铏认为石室是中国学校教育的典范，其《题文翁石室》一诗曰：

文翁石室有仪型，庠序千秋播德馨。古柏尚留今日翠，高岷犹蔼旧时青。人心未肯抛膻蚁，弟子依前学聚萤。更羡沱江无限水，争流只愿到沧溟。（成都市文联、成都市诗词学会编《历代诗人咏成都》）

唐代卢照邻更是将文翁石室和孟子讲学的稷下相提并论，其诗曰：

锦里淹中馆，岷山稷下亭。空梁无燕雀，古壁有丹青。槐落犹疑市，苔深不辨铭。良哉二千石，江汉表遗灵。（成都市文联、成都市诗词学会编《历代诗人咏成都》）

文翁建校时以石为屋，后人遂称之为"石室"，又名玉堂。东汉灵帝中平年间，学校失火焚毁，难石室尚存，史料记曰："烈火飞炎，一都之舍，官民寺室，同日一朝合为灰炭，独留文翁石室庙门之两观。"（汉《周公礼殿柱记》）献帝时，蜀郡太守高朕重建石室，并筑礼殿以祀周公。礼殿为木质结构，低檐方柱，柱体上小下大，为典型的汉代建筑款式。此殿元代时曾毁圮，后又重建。于唐初改祀孔子，更名为"大成殿"，并建文庙，即孔庙。清顺治二年（1645年），文庙毁于火，康熙二年（1663年）重建。文庙旧址在今文庙前街石室中学校内。

文翁石室自西汉初年创建以来，历两汉、三国、魏晋南北朝、唐、宋、元、明、清数代，一直为成都的文化教育中心：东汉到唐代为益州州学，宋代为成都府学，元代为石室书院和成都府学，明代为成都府学，清代先后为锦江书院和成都府师范学堂。像这样一个历时两千余年一直弦歌不绝的地方，在历史上实属罕见。因此，与之一脉相传的石室中学便有了傲世的悠久办学历史。

虽然文翁石室的办学历史非常之悠久，但其成为中学，却是近代以来的事。清光绪二十八年（1902年）石室改为成都府师范学堂，光绪三十年（1904年）改为成都府中学堂。这是文翁石室成为中学之始。成都府中学堂是四川近代教育兴起的产物。光绪二十八年（1902年）11月，川督岑春煊设立川省学务处，督办全川学堂的各项事宜，四川近代学堂自此开始兴办。成都府中学堂成立之时，四川已有八所中学。民国二年（1912年）高等学堂分设中学并入该校，原在高等学堂分设中学读书的郭沫若、王光祈、李劼人等也随之转入该校。之后成都府中学堂因为废府、经费等问题，校名历经变迁，先后为：成都联合县立中学校、成属共立中学校、成属联立中学校、石室中学校等。（以下统称为石室中学）

民国年间，石室中学是四川数一数二的中学。作为一所名校，它的招生也是有名的严格。民国十一年（1922年），时任校长张铮在《成都联合县立中学第三十班同学录·序》中就提到了石室中学的录取比例："自小学毕业而来试入学者，年二次，次或数百人，试而入校多不过五十、六十，中更流转，力或弗逮，迄至毕业，乃或不及十人或十数二十人而已耳。夫由数百人以选，而成就仅此十人或二十人，如是而可谓成乎？"（成都市石室中学编《成都市石室中学》）十分之一的录取比例，让今天的我们依然能够依稀感觉到当年石室学子的骄傲。当然，这也是文翁石室长久以来的传统。文翁开办石室之初，虽然蜀中僻陋荒蛮，但他依然秉承"敏而有材"的选拔标准。清时，在文翁石室旧址建起的锦江书院选拔的也是全省中的优秀者，有记载曰："康熙四十三年，按察使刘德芳修复之，建锦江书院。六十年，学使方觐增讲堂学舍三十余间，拔通省士之优者，延师教之，一时文物称盛。"(《四川通志·舆地志》)《四川通志·学校志·成都府》也有相关的记载："成都府儒学在府治南汉文翁讲堂故址。……学额进二十名，廪生四十名，增生四十名，一年一贡。嘉庆四年奉部议准各省驻防旗人，另设学额，就近考试，学政按照人数计，应试童生五、六人，得取进一名。如佳卷不敷，宁缺勿滥。……"(转引自徐敦忠《文翁石室的办学特色及其对后世的影响》，《教育研究》1995 年第 9 期)

此外，我们从这一份民国二十八年春（1939 年）石室中学（当时该中学名为"成属联立中学校"）的高中入学考试《国文》试题中，也能对其招生之严格感知一二：

1. 作文题
　①保天下者匹夫之贱与有责焉说　　顾亭林《日知录》
　②忧劳可以兴国逸豫可以亡身说　　欧阳修《伶官传论》
2. 解答下列各问：
　①何谓四史，能举出作者姓名否？
　②柳宗元何时人，试举所读柳文之篇名。
　③何谓四声，创于何时？
　④述清代古文学家之派别。
　⑤词与曲何代所创能举出一二著名作者否？
3. 译左下列一文为语体文
　天津桥者叠石为之直力泷其怒而纳之洪下皆大石底与水争喷薄成霜雪声闻数十里予于穷冬月夜登是亭听落水声久之觉清冽入肌骨不可留乃去

注意：①作文题任择其一，解答，翻译全做

②题文须抄

③不得问字

④限两小时交卷（成都市石室中学编《成都市石室中学》）

虽然这一份高中国文试题略显成都教育之保守，但它既考察学生的文史知识、语言基本功，又兼及学生的见地及胸怀，其录取标准实在不低。

作为一所名校，当然不能缺少名师。谈到石室的名师，首先得说说它的校长。石室的第一任校长是"仁爱好教化"的文翁。他博学、方正，擅长使学生将理论与实践相结合，教学方法灵活多样，是一个当之无愧的教育家。清时，文翁石室旧址一度为锦江书院，书院共历经二十一任院长，其中十八人为进士出身，剩余的三位也是举人。这些院长不仅学问精深，而且多身任朝廷要职，政绩卓著，品德端方，为民所爱戴。清代宋在诗在《锦江春院示诸生》一诗中写道："文翁遗胜迹，石室锦江湄。士萃一乡善，书藏四库奇。春风凭汝坐，大道待人仔。此地多先哲，不才无足师。"（四川省成都石室中学编印《石室校志》）

石室的这个优秀传统也被民国时代的石室中学所继承。张铮是民国时期石室中学校长中任期最长的一个。他毕业于日本东京帝国大学法律系，接受过系统的现代高等教育训练。任石室校长期间，他将习得的东京帝国大学的教育制度和教育方法用之于石室中学，从严治校。石室中学因此而成为四川名噪一时的王牌中学。张铮任校长期间，还多方筹措资金，大力改善石室中学的办学条件，先后兴建讲堂三座、斋舍一栋、图书馆一座、教员院一所，并建西式浴室八间、西式舆所一通、西式厕所两座。史料对1920年兴建的斋舍有详细的记载："1920年学校新建一楼一底青砖房楼，上下64间，每间宽一丈四尺，全长二十二丈四尺，前壁至后壁六丈。中设通道宽八尺，室内深二十四尺,屋顶高四丈四尺,屋檐高二丈九尺。楼上为学生自习室,楼下为学生寝室。另建浴室一通长一十八丈,新建校舍共费银一万三千三百六十五元,在当时条件下,建成这样规模的校舍,也实在不易。"(谭明礼、朱之彦《解放前石室中学见闻点滴》,《少城文史资料》第 11 辑)除张铮之外,民国期间先后任石室中学校长的文澄、刘刚甫、刘世楷、唐世芳等人也都是饱学之士,且都从严治校,维护和促进了石室中学的声誉和发展。

这些校长在任期间,一个很重要的工作就是延请名师。这些名师中有一些是成都响当当的名牌教师,有一些是大学教授,还有一些是日本、美国、英国、加拿大的洋教师。李飈生(名开绵)就是一位在石室中学任教三十年的名师。为了纪念他,1938 年,学校曾为其建碑一座。这块碑至今依然保存在石室中学校内,碑文曰:

先生历任联中(石室)学监,教员及训育主任。垂三十年,俱为教育鞠躬尽瘁,学生均敬而爱之。训育学生以品性道德为先,人所其栽成者,皆感先生教诲。属以换任厚禄相推挽,迄不就。经辛亥革命及罗、戴、田、刘诸军阀巷战,迫眉睫,势促,当着俱退,推先生坐镇,阖校赖保全。先生不避难,勇也;却莫,智也;循循善诱不感于利,仁也。智、仁、勇三者,天下之达德也。联校得此良师,岂不兴乎,校誉日隆名冠蜀中矣!(王人泽《我所知道的李开绵先生的生平事迹》,《绵竹文史资料选辑》第 20 辑)

碑文中所述军阀巷战中李先生保护学生和学校之事,石室学子也有回忆文字:

先生当时家住南大街。一日战火激烈,先生由南大街气喘吁吁地跑来学校(文庙前街), 看学校门口和对门李家钰将军的门前均被二十八军的部队架设为迫击炮阵地。该军士兵越墙入校,企图抢劫学生财物并拉学生去当挑夫。先生见此情景,大义凛然地叫道:"这是学校重地,你们要干啥子?"士兵用刺刀指着先生胸前威胁。先生同时言道:"你们二十八军军长的二公子正在校读书,要不要我打电话通知邓锡侯。"士兵听先生这样一说只好悻悻退去,嗣后,迫击炮也相继撤走,至此,学校得免于难,先生遂住校不归。(王人泽《我所知道的李开绵先生的生平事迹》)

从这件事中可以看出,前述碑文中对李飚生智、仁、勇的评价并非溢美之词。李先生是一个真心热爱教育事业的人,一生心向教育,淡泊名利。他的学生白驹曾请他到自己的三师师部作高级顾问,被他以"我离不开我教的学生"而拒绝。李先生对待教学更是一丝不苟。他的外孙这样评价他:

先生在石室任教凡三十年中,不管任学监或训育主任或讲坛授课,无不尽职尽力,事必躬亲,即教学所用一般标本,亦亲手采集,决不假手于人;教学教法,必走正道,宁甘清苦,勿入宦门。先生除喜心课堂教学外,还常常组织学生外游了解社会。如一次参观外东兵工厂(即望江楼对门原成城中学),后旋游望江楼。先生口占一诗曰:"滚滚江水急,萧萧木落寒。青霜瞻武库,红袖拜诗坛。古井波澄碧,楼高影漾丹。偕游集少长,面目镜中看。"先生在教书育人的过程中,时时处处无不以教育学生从多渠道上去审视社会,认识人生,看清自己为要求。(王人泽《我所知道的李开绵先生的生平事迹》)

何其芳则是石室中学办学历史上的另一类名师。他把新文学带到了石室的课堂上,把新文化融进了石室的校园文化中。1936年春,时任石室中学校长的叶德生，应学生要求聘请何其芳等来校教高中国文。在此之前，石室的国文老师主要以教授传统经典为主，采用的教材为学校选定的曾国藩编的《经史百家杂钞》或姚姬传编的《古文辞类纂》；何其芳的到来改变了这一点，他选用自编的活页文选作教材，并第一次将新文学带入了石室的课堂。对此，当年的石室学子苟清泉这样回忆：

> 我们当时在高、初中学习的国文教材比较深，主要是古典文学，教材是《经史百家杂钞》，比较难接受。另外高中还要加授文字学，初中加授《说文解字》。我记忆中授课教师有李雅南、陶亮生、赵少咸等有名的老师。长期只学古典文学，同学们不满意，到高三时向学校请求改换教师，请刚回四川不久的何其芳先生来教新文学。果然学校尊重了学生的要求，请来了何其芳先生来教国文，讲授自编活页文选，开篇即鲁迅作品《娜拉走后怎样》，首次将新文学带上了石室的讲堂，很受学生们的欢迎。（苟清泉《我在石室中学学习生活的回忆》，见成都市石室中学编《成都市石室中学》）

何其芳选用新鲜的具有时代气息的白话文作为授课的主要内容，并鼓励学生参与课堂讨论，学生的学习积极性被充分调动，向来沉闷的课堂气氛为之一变。陈见昕这样描述何其芳的国文课堂："每发下一篇，我们在课前都已反复诵读，上课时便一扫从前那种昏昏说教、味同嚼蜡的闷气；也不再是'先生讲，学生听'，而是他说我们也说，有时甚至是我们抢着说，然后由他补充、归纳和分析、提高，从而出现了任何课堂所没有的活跃气氛。每周一次的作文，我们也从生硬拼凑'今夫天下之人'一类的空洞文言文的苦恼中解放出来，大胆地用白话文写作了。"（陈见昕《何其芳在成都成属联中》，见成都市石室中学编《成都市石室中学》）

何其芳虽然只在石室中学任教两年，但对学生的影响可不小。在他的支持下，学生还办起了文艺刊物《学生文艺》，后来这份刊物成为整个成都中学生的文艺刊物。谈到何其芳对自己文学爱好的影响，后来成为著名物理学家的李荫远这样说道："成都中学生一直由讲求训诂的教师从《古文辞类纂》里选文章来念；何其芳改用自己编印的新文学活页教材，其第一篇是鲁迅的演讲《娜拉走后怎样》，新诗只占一课，选了他的新作《声音》。这两篇东西是我终生不会忘的。"（李荫远《何其芳教师与我的文学爱好》，《诗探索》2004年Z2期）

民国时期，石室中学的校长和学生还积极聘请大学教授来校任教。当年在石室中学任教的四川大学教授庞石帚，就是学生请来的。事情的经过是这样的：起初，学生向校方推荐庞先生，学校邀请未果。学生并没有气馁，自己派代表前往礼请。结果，庞先生被学生的盛情感动，遂应邀任教。四川大学教授文百川也曾在石室中学执教国文，在他的作文课上，学生可以在自己的文章中自由地表达自己的观点，甚至对命题持异议。有一次，有个学生写作文时与题意相左，文百川披阅时竟撰文与之辩论，师生两人的文章几乎占完了一本作文本。还有一些从大学聘来的英文、历史老师，也给石室的课堂带来了不一样的东西，他们甚至把大学学生的教材或学习内容搬来教石室中学的学生。由此可见当时石室中学的学生们所接受的教育，那可是既有高度又有深度，且提前领略了大学的自由之风。

此外，民国时的石室中学还聘请了一大批外籍教师。这与当时官方的倡导有很大的关系，"川省当局认为，聘用外人讲学，与留学他国'无异'，省费而见效快，还可免除西方'异说'之虞，因而聘请了相当数量的洋教习入川。川省学务处规定：聘用外国教习'须查明某人系在某国某校出身，有无卒业文凭，现由何人介绍，拟订明功课若何，期限若何，奉给若何，各项权限逐一声明。'因而所聘洋教习多是实有所学者。"（隗瀛涛《四川近代史稿》）石室中学聘请的外籍教师有来自美国、日本、英国、加拿大的，主要教授英文、史地、理化、博物等课程。用今天的眼光来看，那时的中学教学已实现了与"国际接轨"。通过外籍教师的授课，学生应该初步具备了国际视野。这一点，今天的中学名校与之相比，也会稍显逊色。石室学子罗青，许多年后对当年一位美国女教师的授课情形依然记忆犹新：

> 大约在初中三年级，学校请来了一位华西大学的美国女老师贝女士，她教我们英语会话。学生从一个字一个字读音学起，开始听得懂一点口语，大家都高兴。1928年美国国会民主党和共和党竞选总统，教师把两党竞争选举搬到成都课堂里来了。记得那次共和党的竞选人是胡佛，贝教员大概是、或许同情共和党人。有一次上会话课，可能正要选举了，于是她在课堂教课中，不断大声宣讲："I prefer Hoover!""I prefer Hoover!""我赞成胡佛！"仿佛她正在美国参加选举一样，课堂选举气氛十分动人，至今记忆犹新！（罗清《回忆成都联合县立中学——学习与爱国》，见成都市石室中学编《成都市石室中学》）

有着良好的传统、严格的入学选拔，又有着众多名师的引领，近代石室中学培养出了几位可以永远引以为骄傲的学生：郭沫若、李劼人、王光祈、周太玄、魏时珍、蒙文通等。如今的文庙前街石室中学，包括了文翁石室旧址和文庙旧址，在一片现代化建筑的包围中，显得格外古色古香和卓尔不群。虽然历经两千余年，这里依然弦歌不绝。

二　华西坝

民间文化学者岱峻在《风过华西坝》一文中这样形容民国以降的华西坝：

> 以华西协和大学为核心的周边区域华西坝，已为西洋文明传至中国西部的聚散中心，其对成都的意义，犹如大学城牛津、剑桥之于伦敦。民国文人称华西坝为"坝上"，就像称上海为"海上"、"沪上"，管杭州叫"湖上"。以"坝上"指代成都，既亲切又有一种文人"范儿"。（岱峻《风过华西坝》，《四川文学》2012年第9期）

把华西坝之于成都的意义，比作牛津、剑桥之于伦敦，虽然略显夸大，但华西坝在近代成都乃至中国西部教育和文化史上的地位，确实不容小觑。清末，基督教教会已在四川陆续开办数十所小学及四所中学。1905年，华西各差会鉴于"各教会之分道扬镳，各学校之规划不一"，决意联合各教会，创办一所规模宏大、学科完备的高等学府。因为是英国、美国和加拿大三国的五个差会（美以美会、浸礼会、英美会、公谊会和圣公会）联合办学，所以名之为华西协和大学。1907年，华西协和大学临时管理部在成都南门外二里许，锦江之滨，古南台寺之西，购得一百五十余亩地作为校址。1909年在该地开办华西协和中学，作为华西协和大学的预备学校。次年华西协和大学正式开学。由于华西协和大学的兴建，这片位于城南的平坦宽阔的地方被成都人称为"华西坝"。

华西大学开办之初，只有一些简易的临时建筑，后来的永久性建筑是在第一任校长毕启多方募集之下陆续修建的。为了筹措建校经费，从1913年到1942年三十年间，毕启曾先后十五次往返于美国与中国之间，共募集到了四百万美金及大量的办学物资。与此同时，他还广泛结交中国政要与资本家，游说他们向学校注入资金。四川都督胡景伊、省长陈廷杰曾分别捐过银元两千元，袁世凯曾捐过四千元。川江航运大亨卢作孚曾与毕启"合作督造桥梁，以两夜一天功夫造成，又计划与华西大学合作建立一个动物博物馆、一个植物博物馆"（张丽萍、郭勇《融合中西文化 增进人民殷富——记华西协和大学创办人毕启》，《文史杂志》

2013年第6期）。在毕启的努力下，华西大学用捐款，共修建了办公、教学、宿舍楼等三十九幢，如怀德堂（行政楼，1915—1919年捐建）、合德堂（赫斐院，1915—1920年捐建）、万德堂（1920年捐建）、嘉德堂（生物楼，1924年捐建）、懋德堂（图书馆，含历史博物馆，1926年捐建）、教育学院（1928年捐建）、药剂楼（1942年捐建）等。

主要由毕启募集兴建的华西协和大学，采用的是英国著名建筑家费烈特·荣杜易的设计。校园以钟楼为原点，向南向北延伸为中轴线，大学的主要建筑平衡对称地排列在这条中轴线左右。整体建筑呈现出中西合璧的风格：青砖黑瓦、歇山式大屋顶是中式建筑的显著特点，而玻璃门窗、拱廊、楼基、墙柱、浮雕则有着鲜明的西式建筑风格。据说华西大学之所以采用这样的设计，是因为民间的抗教运动引发的教案中，不断有民众捣毁教会建筑的事情发生。在传教士们看来，建造这样一所具有中式风格的大学，民众会比较易于接受。

华西协和大学的开拓者们除了兴建校舍，还十分重视道路的修筑、树木的种植以及草坪的培植。因此，校园风景十分美丽。至20个世纪三四十年代，初建时仅有一百多亩的校园已扩大至近千亩，华西坝也已成为成都著名的风光胜地。1927年受聘任华西协合大学教授、国学研究所所长的林思进（字山腴），曾作《中园竹枝辞》十首吟咏华西坝，现录八首如下：

> 冶春故事记中园，梨苑梅龙迹尽繁。不到遨头春未了，竞排银牓拥朱轓。
> 芊绵芳草绿连村，乍可湔裙岸石温。认得合江园去路，新南门是小南门。
> 御营坝敞对南台，罨画重将丽景开。一队游人齐障袖，道旁知有电车来。
> 朱栏碧瓦家家映，柳绿桃红院院多。斗草方看连袂出，隔花忽

奏履弦歌。

　　侧帽临风几少年，白藤书笈态翩翩。不知梦醒秦楼后，可有东归沈下贤。

　　华言生涩小欧娘，争及兜离姊妹行。行过花丛闻好语，一般清脆似莺簧。

　　繁华十里艳城南，二月春游春正酣。锦缆朝牵同庆阁，画桡夕驻百花潭。

　　锦城如锦事凄迷，何处家山不鼓鼙。南信已惊鸿雁断，北人休怅杜鹃啼。（林思进《清寂堂集》）

　　在林思进的竹枝词中，华西坝已是春游的胜地。之所以将华西坝称为"中园"，是因为此地乃古代名苑"中园"的旧址。五代时这里叫"梅苑"，有百年老梅伏地如龙，称"梅龙"，是王建的蜀宫别苑。所以林思进会有"梨苑梅龙迹尽繁"这样的诗句。林思进还有一首题为《春晴闲步华西校村落间》的七律，以人间仙境歌赞春日华西坝的美景，诗曰"李花雪白柳鹅黄，绿水环村引兴长。渐喜华言变兜鞈，却疑人境似仙乡。楼台历历涵春影，阡陌茸茸送碧芳。惆怅城头一衣带，暮天吹角尚苍茫。"（林思进《清寂堂集》）陈寅恪也有咏叹华西坝的美景的诗句，如"浅草方场广陌通，小渠高柳思无穷"，又如"渺渺钟声出远方，依依林影万鸦藏"（陈寅恪《陈寅恪集　诗集附唐筼诗存》）。战时到华西坝任教的吴宓在日记中这样描写坝上的景致："细雨蒙蒙，高柳鸣蝉，绿草清溪。"面对这样的美景，他赞曰："神州文化系，颐养好园林。"（吴学昭整理《吴宓日记》）如果说林思进先生的诗句中用典太多，增加了那些对华西坝历史了解不多的人们理解的难度，陈寅恪和吴宓的文字又太过于凝练，那么，曾在华西坝读过书的唐振常描写华西坝美景的这段文字就非常直观了：

华西坝占地极大，在错落有致的校园内，一幢幢宫殿式的非高层建筑，庄严壮丽，缀以片片如茵绿草，四达小径，风景堪称绝佳。有一个地方叫"对牛弹琴"。那是一座琴房，它的旁边，是奶牛场。叮咚琴声传来，响应之者，只是哞哞牛鸣。不知哪位促狭的人，给起了这么一个谑而不虐的怪名字。国内大学校园和华西坝相比，水木清华，不及其壮；燕园风光，亦当让其秀。（唐振常《川行杂忆》，《上海文学》1981年第2期）

唐振常文中提到的"对牛弹琴"是华西坝十大美景之一，其余的还有"钟楼映月""三台点兵""孤岛天堂""柳塘压雪""晚钟荷影"等。校友殷荫康曾写多首诗吟咏华西的美景"晚钟荷影"，因为这里是他和夫人初次相约之地。六十年后，他重访故地，作《校园荷塘赋》一首，并题曰："余少时就读大学于锦里华西坝，校园荷塘傍钟楼，拥篁筱，景色清丽。校中淑女英少，常于月白风清之夕，聚而弦歌。韵事多传。'晚钟荷影'之景因以名世。余曾首约友人于是地，后卒成相知。六十年过，友人已古。睹荷思旧，遂赋斯文。"其文曰：

翠发波底，秀挺池涟，纤浓不妖，素华自妍。骨清而容腴，表柔而实坚。妆不假粉施黛染，名何借蜂媒蝶传。邀赏无别于贵贱，问津一任乎愚贤。献姿供艳，无目奚识权贵，呈质奉香，有心尽随凤缘。

若夫烟雨骤至，莹莹带水，花摇韵于袅袅；晶晶转圆，叶婆娑以翩翩。出淤泥而呈洁，怀清芬而弗眩。是以冰玉难比其高逸之神，水月难招其灵秀之魂。当挟松梅以伯仲，邀兰竹以芳邻。行吟骚客，结缘幽人。

余每于心累难剪之时，乘微阳清阴之分，绕旧池，步故径，窥其风骨，恋其色馨。品深情容与之味，养入神化定之心。归而临案，笔墨若醺。尽纵笔之一快，醉口夕之浮生。是以余尝喟然独

语："若无此花相伴，争教过得黄昏。"（《中华辞赋》2014 年第 5 期）

2012 年当代作家肖复兴踏访华西坝，这里已成为四川大学华西校区，虽然新中国成立后修建的人民南路已将原来的校园一分为二，但校园依然很美，肖复兴不由地感叹道："没有到华西坝，不会想到成都还有这样一块美丽的地方。"并且这里依然是成都人的游玩之处，尤其是在成都少有的晴日里。关于华西坝的校园和建筑，肖复兴这样写道：

> 阳光的照射下，青砖黑瓦、绿窗红门的校园建筑整体风格，分外地醒目，让人想起清华园。尽管建筑风格中融有明显的中国西南风，但平地起高楼，尤其是连成浩浩荡荡一片，外加大片大片绿色的草坪和足球场，这样的西式之风，连如今的我都为之眼睛一亮，在一个世纪前，对于成都人肯定是件惊天动地的大事，毕竟这是整个中国西部的第一所现代意义的大学。坦率地讲，这里比川大的校园要漂亮。（肖复兴《蓉城十八拍》）

华西协和大学筹办之时，为了解决各教会与学校的关系，决定仿照牛津大学和剑桥大学的体制，采用"学舍制"，"即每个差会建立和资助自己的学院，管理自己的基金和设备；学校则提出教学大纲，制定录取、考试标准"（李雷、张刚《钟楼晓月应知否——华西协和大学》，《科学中国人》2008 年第 10 期）华西协和大学最初仅设文、理科，之后陆续设立医科、牙科、教育科、药学、农艺科等。学校于 1924 年开始招收女生，率先在中国西部高校实现了男女合校。华西协和大学选拔、聘用教师的标准也是很高的。外籍教师是从美国、欧洲的大学中选拔的优秀人才，如牙科的创办者启尔德、启希贤、莫尔思、林则、唐茂森、吉士道等，包括其他科的创办人都是在国外取得博士学位的。川籍教师则从四川的中国文化的代表中选拔，如廖平、刘豫波、林思进、程芝轩、龚向农、钟稚琚、祝屺怀、李培甫、庞石帚、闻在宥以及"五老七贤"等均为学问大家。华西协和大学虽然是教会大学,由西人创办,但它的创建者并不排斥中国文化,而是尊重中国文化,聘用大量能够代表中国文化的学者文人。从一开始,华西协和大学就是中西兼容的。

华西协和大学的这种兼容和它基督教的博爱精神应该不无关系。发生在英籍教师苏道璞身上的事情或许可以印证这一点。苏道璞,原籍新西兰,后移居英格兰。系新西兰大学文学硕士、利物浦大学化学博士,1913年受英国天主教公谊会的派遣到成都华西协和大学任教,曾任华西协和大学化学系主任、理科科长、副校长。1930年5月30日晚,当苏道璞骑着自行车经过学校的赫斐院回家时,一个劫匪冲过来,用扁担击中了他的头,又对他连刺数刀,抢了自行车逃之夭夭。由于伤势过重,苏道璞没有能够抢救过来。临终前,他留下了这样的遗言:"代我要求学校转告中国政府,不要因我受重伤而引起中英两国关系恶化。"还有:"不让英国政府出面干预,请你转告,这是我诚恳的要求。"以及:"政府不要处死凶手,以免他们的妻子成为寡妇。"(雷文景《1930年洋人苏道璞之死》,白朗主编《成都掌故》)抗战时期,由华西坝"四大学"合资修建的化学楼被命名为"苏道璞纪念堂"。时至今日,它依旧矗立在华西坝。华西协和大学是由传教士创立的,他的创建者十分尊重中国文化,应该是这所学校之所以中西兼容的重要原因。

抗日战争期间,北京、上海、江苏、浙江等省的高校纷纷内迁。同属教会学堂的金陵大学、齐鲁大学、金陵女子文理学院、燕京大学前后迁至华西坝,加上华西协和大学一共五所大学。这一时期被称为华西坝史上最辉煌的"五大学"时期。五大学采取联合办学的方针,在校舍、教学设备上,实行合用共享的原则;在课程教学上,实行自由选课、联合教学;在教学行政管理上,实行联席会议制。由于五大学的汇集,此时的华西坝有文、法、理、医、农五类专业,六七十个系及一些专修科;许多顶级学者也汇聚于此,如陈寅恪、顾颉刚、钱穆、张东荪、许寿裳、蒙文通、徐中舒、吕叔湘、冯汉骥、周如松等，德国学者傅吾康，瑞典学者马悦然、西华门等也前来合作研究。

虽然战时物资短缺、物价飞涨，学者们的生活颇多艰难，但华西坝还是给了他们相对较好的生活和研究条件。钱穆当年住在华西坝最大的一所教授洋楼里，还把四川省立图书馆的一部分图书移借于宅中。晚年忆及此，钱穆这样叙述：

> 忠恕（即罗忠恕，时任华西协和大学文学院院长）来邀余，余提唯一条件，余谓闻华西各教授宿舍均在华西坝四围附近，惟校长住宅乃在华西坝校园内。华西坝内南端有洋楼四五宅，乃西籍教授所在，中西教授宿舍显有高下不同。倘适坝内南端洋楼有空，余愿住去，俾开中西教授平等待遇之先例。忠恕商之校长，竟允所请。亦适华西坝内南端最左一所洋楼空出，此楼乃各楼中之最大者，而余则惟一身，遂召齐鲁研究所研究员五六人随余同居。时老友蒙文通任四川省立图书馆馆长，兼华西教授，由其移借一部分图书寄放坝南余宅，供余及同居五六人研读之用。（钱穆《八十忆双亲 师友杂忆》）

后来因一位西籍教授带有多名眷属，钱穆将洋楼让出，搬至一幢两层楼房的二楼，但住宿条件也不坏。陈寅恪到华西坝后，一家居住在广益学舍45号，虽不及钱穆的那幢三层楼房，但也是他们一家抗战内迁之后最好的居所了。陈寅恪的女儿在多年以后依然对广益学舍的居住环境记忆深刻：

> 我们在华西坝的新居是一座两层楼房的底层，由于地基较高，不觉潮湿。环境幽静，院门外树木葱茏，东边竖立着高大的银杏树，秋日金黄叶片枝头摇曳，别具特色；西边几株大槐树，春天白花飘香，夏季绿荫送爽。前院有一棵大樟树，后院虽然杂草丛生，

也有些花木，如茶花、腊梅、迎春、百合及母亲喜爱的姜花等，居住条件得到改善，成为我们逃难以来最好的一处住宅。（陈流求、陈小彭、陈美延《也同欢乐也同愁：忆父亲陈寅恪与母亲唐篔》）

当然，并不是所有到华西坝的学者们都有较好的居住条件，但相较于战时的其他地方来讲，这里已是"天堂"。当时在中国后方教育中心有"三坝"之说，重庆沙坪坝、成都华西坝和汉中鼓楼坝。重庆沙坪坝被称为"人间"，汉中鼓楼坝环境恶劣被称为"地狱"，成都华西坝环境最为适宜被戏称为"天堂"。顾颉刚曾这样形容："在前方枪炮的声音惊天动地，到了重庆是上天下地，来到华西坝使人欢天喜地。"（曾炳衡《抗战时期的华西坝》，吕重九、张肇达编《世纪华西——纪念华西医科大学建校九十周年》）

这些学者虽然为华西五校某校所聘，却为五校学子所共享，因为自由选课、互认学分是华西坝五所大学联合办学的原则。这些云集的学者为学生们开出了众多的主修课和选修课，其中陈寅恪开设的"元、白诗"很受学生欢迎：

> 陈寅恪是著名史学家，通晓十多国语言文字，学术造诣极深。他是以特约教授身份来坝上讲学的，1944年春在燕大，对高年级学生开了"元、白诗"这门选修课程。选读这门课的学生非常之多。不但本系的人选读，旁系的人也选；不但本校学生选，别校的同学也选。开讲之时，整个教室挤满不说，连窗外也站着不少听众。不选课的人也要来听，甚至有几位别校的教师也经常来旁听。陈老师当时正患眼疾，视网膜下落几不能视物。老先生人极瘦削，身着一袭蓝布长衫，腋下夹着一个厚厚的蓝布包袱，踱进教室，从容打开包袱，里面尽是讲课所需的书籍、笔记，随即开讲。"元、白诗"课程内容是对元稹、白居易的诗作，进行研究、考证、探微。陈

先生一登讲台便双目微阖（目疾使然），一边讲解，一边在黑板上疾书，密密麻麻要板书好几次，资料极为丰富，旁征博引，内容精辟、见解深邃。他讲课很有条理，课堂记下的笔记不需整理，便是一篇文章。这门课两个学分，每周二课时，着重讲了《长恨歌》《琵琶行》和《会真记》等篇。可惜，这门极受欢迎的选修课却因是年冬陈先生目疾加剧而停开了。（杨瑞生《华西坝上五大学杂忆》，冯至诚编《市民记忆中的老成都》）

陈寅恪的课之所以如此受欢迎，是因为"他不像有些教师那样口若悬河，以口才取胜，而是以讲课内容的精辟深刻吸引着学生。他每次讲课必有新内容、新见解，而这些新解又都是以确凿的史实和周密的考证作基础"（石泉、李涵《一代宗师 风范永存——深切怀念陈寅恪师》，《燕京大学复校五十周年纪念刊》）。

陈寅恪的课专业性强，却如此受欢迎，说明了华西坝五校的学生对教师的要求并不低。如果讲课的老师并没有提供新的知识，是会让学生失望的。金陵大学社会学系的谢韬（原名谢道炉）对冯友兰的一次讲演就表达过类似的失望：

> 下午冯友兰讲"中国儒家哲学的精神"，来看人与凑热闹的人不少。华西大学事务所礼堂挤得满满的，门外都站满人。他一进场的时候给了我一个鲜明的印象，就是大有儒家学者之风，硬像个讲中国哲学的。他穿一件灰绸的长袍，头发顶上已可以看见红红的肉，蓄着长到胸的黑胡子，一面讲演，一面慢慢地挥着扇子，他声音并不怎样亮洪，但当人都安静了的时候，是字字都听得清楚的。今天所讲的并没有什么特别精彩的地方，主要的就是讲他所提出的境界问题。其内容也就是在《思想与时代》上发表的那篇文章，而今天讲演更通俗化了，这对于讲演我是很失望的。关于他提出的所

谓人生的境界问题，我拟写一篇专门批评的论文。(谢韬《1943：一盆红红的火：谢韬日记选编》)

谢韬在其日记中，对华西大学的其他老师提出过更加不留情面的批评："去旁听华西大学罗忠恕的'西洋哲学史'，不意还在讲希腊柏拉图，而罗忠恕的本领实在低能，下一点钟不去了。"

1945年7月8日，华西坝五大学在赫斐院联合举行了隆重的毕业典礼。五大学的校长们陪同四川省主席张群、川康绥靖公署主任邓锡侯以及四川省教育厅厅长郭有守在主席台就座。毕业生一律男生白色西服、女生白色旗袍坐于台下前面。后面坐的是教师、家长与观礼来宾。整个礼堂座无虚席，盛况空前。之后不久，抗战胜利，即将返迁的四大学合拟了一篇纪念碑碑文，以铭记这段历史。文曰：

成都自古为西南名郡，文物之盛，资源之富，风土之美，冠于全国。故中原有警，而西南转为人文荟萃之区，此征之既往而已然者也。民国肇兴，华西协和大学于焉成立，规模宏伟，设备完善，而校园清旷，草色如茵，花光似锦，不仅为成都名胜，亦西南学府、四方人士心向往之。而蜀道艰难，未遑身临其境也。

抗战军兴，全国移动，华西协和大学校长张凌高博士，虑敌摧残我教育，奴化我青年，因驰书基督教各友校迁蓉，毋使弦歌中辍。其卓识宏谋，固已超出寻常，使人感激而景仰之矣。既而金陵女子文理学院、金陵齐鲁两大学均先后莅止，而燕京大学亦于太平洋战起被迫解散，旋即复校成都，于是有华西坝五大学之称。而华西协和大学之校舍、图书馆及一切科学设备亦无不与四大学共之，甚至事无大小，均由五大学会议公决，而不以主客悬殊，强人就我。即学术研究，亦公诸同人，而不以自秘，此尤人所难能。若持之以恒，八年如一日，则难之又难者也。

诚以所得之效果言之，远方之人得身临天府之国，一览其名胜，又不废其学业，斯亦足以心满而意足矣。然此猷其小焉者也。夫全国基督教大学十有三而各处一隅，无由合作，今则五大学齐集于坝上，其名称虽有不同，而精神实已一致。教会大学之合作即以五大学发其端，此则前所未有之创举，而今乃见之于颠沛流离之际，岂不盛哉！行见五大学维此，而益谋密切之合作，即其他各校亦皆闻风而兴起，则其成就之大，又不可以道里计矣。

兹值胜利复员，四大学东归在即，咸谋所以，寄其感激欣慰之意者，爰作斯文，铸之吉金，以垂不朽。

金陵大学　金陵女子文理学院　齐鲁大学　燕京大学

中华民国三十四年六月三十日（罗中枢主编《四川大学：历史·精神·使命》）

新中国成立后，人民政府接管了华西协和大学，外籍教职员纷纷离境。经过重新组建，原校改建为四川医学院。20世纪80年代改成华西医科大学，2000年并入四川大学。如今的华西坝已是四川大学的华西校区。不过，那所曾经的中国西部的第一所现代化意义的大学，在今日的坝上还能找到它昔日的鸿影爪痕。

三　正通顺街李公馆：巴金故居

1904年11月25日，巴金（原名李尧棠，字芾甘）出生于成都北门正通顺街的李公馆。李家是当地的世族大家，远祖李介庵原籍浙江嘉兴，以儒生的身份入川在官府充当幕僚。巴金的曾祖父李璠做过几任县官，祖父李镛做过多年州官，卸任后广置田产，买下了五进三重的李公馆。李公馆乃清末民初成都赫赫有名的大公馆。当时的成都有"南唐北李"之说。"北李"即位于正通顺街的李家官宅——著名作家巴金的故居；

"南唐"则是位于文庙街的唐家宅院——著名学者唐振常的故居。巴金家的这所五进三重的大宅子,坐北向南,东侧带有花园。据调查考证,公馆南北长约七十七米,东西宽约四十米,占地面积约三千平方米,是一座融合了南北公馆民居风格的建筑。

在李家这所深宅大院里,巴金一共生活了十七个春秋,其中快乐的时光似乎并不多。五岁之前,公馆并没有在年幼的巴金心中留下深刻的印象。五岁之后,他就随母亲到了父亲任职的川北广元县。两年后,他们又回到了成都的公馆,度过了一段相对愉快的日子。可是,两年半以后,巴金的母亲去世,时隔三年,父亲又去世。在此期间,巴金的二姐、十妹也先后去世。亲人的死亡给巴金带来了莫大的痛苦,大家庭的倾轧和斗争的真实面目的显露,更加剧了这种痛苦。随着年龄的增长,渴望自由发展的巴金愈加感到封建家庭对青年的束缚和压制,反抗的念想遂之滋长。

与反抗的念想同样滋长的还有对下层民众的同情。巴金说,在那个大家庭里他是生活在二三十个"上人"和二三十个"下人"之中。这二三十个"下人"构成了巴金在公馆中的另一个生活环境。巴金说:

> 在公馆里我有两个环境,我一部分时间跟所谓"上人"在一起生活,另一部分时间又跟所谓"下人"在一起生活。
>
> 我常常爱管闲事,我常常在门房、马房、厨房里面和仆人、马夫们一起玩,常常向他们问这问那,因此他们都叫我做"稽查"。
>
> 有时候轿夫们在马房里煮饭,我就替他们烧火,把一些柴和枯叶送进那个柴灶里去。他们打纸牌时,我也在旁边看,常常给那个每赌必输的老唐帮忙。有时候他们也诚恳地对我倾吐他们的痛苦,或者坦白地批评主人们的好坏。他们对我什么事都不隐瞒。他们把我当作一个同情他们的小朋友。我需要他们帮忙的时候,他们也毫不吝惜。

> 我生活在仆人、轿夫的中间，我看见他们怎样怀着原始的正义的信仰过那种受苦的生活，我知道他们的欢乐和痛苦，我看见他们怎样跟贫苦挣扎而屈服、而死亡。六十岁的老书僮赵升病死在门房里。抽大烟的仆人周贵偷了祖父的字画被赶出去，后来做了乞丐，死在街头。一个老轿夫离开我们家，到斜对面一个亲戚的公馆里当看门人，不知道怎样竟然用一根裤带吊死在大门里面。这一类的悲剧以及那些活着的"下人"的沉重的生活负担，如果我一一叙述出来，一定会使最温和的人也无法制止他的愤怒。
>
> 我在污秽寒冷的马房里听那些老轿夫在烟灯旁叙述他们的痛苦的经历，或者在门房里黯淡的灯光下听到仆人发出绝望的叹息的时候，我眼里含着泪珠，心里起了火一般的反抗的思想。我宣誓要做一个站在他们这一边、帮助他们的人。（巴金《家庭的环境》）

公馆里的这两种环境给予了巴金这样的影响：对封建家庭及一切不合理制度的批判，对劳动阶层的同情。这一点成为巴金思想的底色。

1923年，十九岁的巴金和他的三哥走出了这个充满压迫感的家。对于这个家庭，巴金似乎并没有多少留恋。他说："我离开旧家庭不过像甩掉一个可怕的阴影。"（巴金《家庭的环境》）之后的巴金，真正地成为封建旧家庭的批判者。他用手中的那支笔对封建旧家庭的堕落、腐朽和不合理之处，进行了批判和控诉。然而，正像巴金自己所痛恨的那样，他的思想里也充满着矛盾。对于这个家庭的人、事、物，他的情感又是复杂的，而不是他自己所希望的那样爱憎分明。在《谈〈憩园〉》一文中，他有一长段叙述自己在1940年代以后四次回到成都，寻看那所已不属于李家的宅院的经历，其中不无伤感与怀想：

> 我走过我离开了十八年的故居。街道的面貌有了改变，房屋的面貌也有了改变。但是它们在我眼里仍然十分亲切。我认识它们，

就像见到旧雨故知一样。石板道变成了马路，巍峨的门墙赶走了那一对背脊光滑的石狮子，包铁皮、钉铜钉的门槛也给人锯掉了。我再也找不到矮矮的台阶下、门前路旁那两个盛满水的长方形大石缸。我八九岁的时候常常拿"国恩家庆、人寿年丰"木板对联下面的石狮子做我的坐骑。黄昏时分我和堂弟兄们常常站在石缸旁边闲谈，或者吃着刚刚买来的水果或糖炒板栗。我们称石缸为"太平缸"。……我对太平缸并无感情，可是我倒希望能在原处见到那一对石狮子。我不觉暗笑自己这种孩子气的梦想，我明明知道石狮子早在我离家不太久、成都街道改修马路的时候给人搬走了。那是第一次的改变。我见过一张照片，还是在我二叔去世后不久摄的。门面焕然一新了。但有人在门口烧纸钱、冥器，看起来教人不愉快。其实门面的设计不中不西，既不朴素，又不大方，花花绿绿，不像住宅。"国恩家庆、人寿年丰"的对联没有了，连门框也变了样，换了西装。门楣题上"怡庐"二字，颇似上等茶馆。大门两边的高墙也不见了，代替它们的是两排出租的铺面。听说我们家一位大师傅还在这里开过饭馆。这一天我来到门前，看到的不知道是第几次的改变。有人对我讲起，这所公馆曾经是某某中学的校舍。我一个侄女在那里上过学，我的姑母也曾进去参观，还对着花园里的茶花和桂树垂过泪。可是我看见的不再是"怡庐"，却变成"藜阁"了。门前还有武装的兵在守卫。铺面都没有了，仍然是高不可攀的砖墙。新主人是保安处处长，他想用自己的名字来确定他的所有权。他的卫兵也用凶恶的眼光注视每个走近的行人。我无法在门前多站片刻，我来回看了两次。大门开了，我看见原来的照壁，壁上仍然有那四个篆体的图案字："长宜子孙"。完全是我十八年前见过的那个样子。它们唤起了我的回忆。我用留恋的眼光注意地多看了照壁一眼，我昂起头走了。对门楣上的那两个字，我不感兴趣。我相信下一次再来这里，我一定会看到另一个人名。过了一年多，我第二次来到这里,门楣上依然是那两个字。过了将近十六年,我又到这里,"藜阁"依然,而那个作威作福的主人已经完蛋了。我终于得到了进去参观的机会。又过四年我再到这条街,不但"藜阁"二字无影无踪,连那个花花绿绿的门面和有彩色玻璃窗的门也都拆掉了。又干净、又简单、又大方的西式大门使我有一种新鲜的感觉。门墙上钉着"战旗文工团"的牌子。……(巴金《谈〈憩园〉》)

1923年,巴金走出家门、离开成都。1927年,李公馆就已经改换了主人,由田颂尧二十九军的一个名叫罗度能的军需处长买了去。抗日战争期间,有一段时间这所院子是一所中学的所在地。1939年,罗度能把这所院子易手给了时任四川省保卫处处长的刘兆藜。中华人民共和国成立后,这里成为成都军区战旗歌舞团的一部分。巴金故居的这些变迁在他的上述叙述中都有所反映。正如巴金所叙写的那样,伴随着公馆主人的易改,巴金故居的面貌也在发生不断的变化。先是1924年杨森修路,临街的院墙改为铺面,大门改为砖门,巴金屡次提到的门前的石狮子和太平缸被搬走。再是刘兆藜搬入后将铺面改为院墙,并改建大门,在门楣上题上"藜阁"二字。为了能开进汽车,刘兆藜还拆除了二门内前天井的左右厢房、花园和客厅。接下来是新中国成立后成都军区战旗歌舞团对巴金故居的改建。战旗歌舞团所在的东院原是广汉县首富张晓溪的儿子张尔嘉的宅子,西院是巴金故居。战旗歌舞团将东、西院的院墙拆除,改修了"藜阁"的大门,挂上了"战旗文工团"的牌子,并陆续将巴金故居保留下来的大厅、堂屋和桂堂改建为楼房。如今,巴金故居已经荡然无存。

虽然故居已经不在了,但是热爱巴金作品的人们还是会到正通顺街去寻觅故居的遗踪。1980年池田正雄跟随旅游团到成都访问巴金故居遗址,他拍了一组关于故居的照片,回国后发表在日本的《野草》杂志上。1983年9月,以水上勉为团长的日本作家代表团到成都访问了巴金故居遗址。水上勉是巴金的老友,经上海回国时,巴金在寓中接待了他。水上勉将自己的成都之行告诉了巴金。他说他只看见一株枯树和空荡荡的庭院(据临时担任讲解的张耀棠讲,此处应为桂树,可能是翻译听错或者误将其译为枯树——笔者注)。他轻轻地抚摩着粗糙的树皮,想象过去发生过的事情。回国后,水上勉前后写了两篇关于巴金故居的文章。一篇题为《寻访巴金故居》,另一篇题为《寻访故居》。成都画家贺德华作过一幅油画《巴金故居》,巴金还把印有这幅油画的《富春江画报》送给了水上勉。不过,据张耀棠考证,画中的银杏树为根据误传所画,画中的平房不是故居,而是20世纪80年代张家院子残存的那片平房。看来,不但故居已经不存,就连故居所在的位置,大部分成都人也已经无法准确地指出了。

　　巴金童年、青年时代熟悉的正通顺街,是一条非常清静的用石板铺成的街道。与李公馆相邻的人家都是公馆,门前也都有一对石狮子。如今,这些公馆早已经消失,街道也不能用"清静"来形容了。成都作家赖武常常在黄昏时分前往正通顺街,他目睹了这条街数年间的变迁。对于老街的改变,他这样感慨:"巴金的祖屋早就不存了。如今,连祖屋所在的老街也已旧貌换新颜,老街坊们都散去无踪,谁还能在这个城市的这条街站在一个准确的位置上传达一个家族、家庭、家人真实而生动的历史信息?"(赖武《巴金与成都正通顺街》,《青年作家》2006年第7期)正通顺街现在仅存的故迹就是双眼井了。这口井据说为宋代所建,距今已有一千多年的历史。井口很大,井上盖着一块厚实的红沙石石板,石板上雕凿有两个圆洞,因而名之为双眼井。1987年,巴金回成都老家,专门去看了双眼井。他说:"只要双眼井在,我就可以找到童年的足迹。"对此,赖武说:"当老街拆尽之时,所有对这条街的追逝都以双眼井的存在作为延伸历史记忆的起点。如果没有双眼井,巴金以及老住户,谁还能指出自己过去生活在这条街上的痕迹在哪里?"(赖武《巴金与成都正通顺街》)的确,假使这条街上的旧宅子旧院落还在的话,人们是不会把一条街的记忆甚或整个童年的记忆,积压在这口已经干枯的井上的。

然而,我们也不用对此感到十分遗憾。因为,这条街包括巴金故居,作为实体虽然已经在时代的变迁中消失改变,但作为形象,它们依然在巴金的作品中存在,甚至葆有历史鲜活的细节。比如,风雪之后的夜里,正通顺街是这样的:"墙头和屋顶上都积了很厚的雪,在灰暗的暮色里闪闪地发亮。几家灯烛辉煌的店铺夹杂在黑漆大门的公馆中间,点缀了这条寂寞的街道,在这寒冷的冬日的傍晚,多少散布了一点温暖与光明。"此时正通顺街上的公馆则是这样的:

> 有着黑漆大门的公馆静寂地并排立在寒风里。两个永远沉默的石狮子蹲在门口。门开着,好象一只怪兽的大口。里面是一个黑洞,这里面有什么东西,谁也望不见。每个公馆都经历了相当长的年代,或是更换了几个姓。每一个公馆都有它自己的秘密。大门上的黑漆脱落了,又涂上新的,虽然经过了这些改变,可是它们的秘密依旧不让外面的人知道。(巴金《家》)

这些有着黑漆大门的公馆中最大的就是巴金家的李公馆,在巴金的小说中它被叫做高公馆。高公馆中最能体现旧家族制度的要算堂屋了,我们可以借由巴金的这段文字来想象它的堂皇与庄严:

> 天黑了。在高家,堂屋里除了一盏刚刚换上一百支烛光灯泡的电灯外,还有一盏悬在中梁上的燃清油的长明灯,一盏煤油大挂灯,和四个绘上人物的玻璃宫灯。各样颜色的灯光,不仅把壁上的画屏和神龛上穿戴清代朝服的高家历代祖先的画像照得非常明亮,连方块砖铺砌的土地的接痕也看得很清楚。(巴金《家》)

高家每年的年夜饭都在这里进行：

> 正是吃年饭的时候。两张大圆桌摆在堂屋中间，桌上整齐地放着象牙筷子，和银制的杯匙、碟子。每个碟子下面压着一张红纸条，写上各人的称呼，如"老太爷""陈姨太"之类。每张桌子旁边各站三个仆人：两个斟酒，一个上菜。各房的女佣、丫头等等也都在旁边伺候。一道菜来，从厨房端到堂屋外面左上房的窗下，放在那张摆着一盏明角灯（又叫做琉璃灯）的方桌上，然后由年纪较大的女佣端进去，递给仆人苏福和赵升，端上桌去。
>
> 八碟冷菜和两碟瓜子、杏仁摆上桌子以后，主人们大大小小集在堂屋里面，由高老太爷领头，说声入座，各人找到了自己的座位，很快地就坐齐了。（巴金《家》）

从巴金的小说中，我们不仅可以看到昔日李公馆的样子，还可以看到这个家族中人们的生活状态，以及它的"秘密"：仇恨的倾轧和争斗、内部的腐朽和堕落以及新生的反抗和叛逆。我们知道，诗是可以证史的，小说也可以证史，而且小说中的历史往往比史书和历史档案中的历史更加形象和鲜活。成都作家李劼人和巴金的作品就是例证。

就巴金故居而言，巴金作品中的许多描写就是历史真实，而非仅仅是反映了时代风貌的"典型"的真实。我们这么说，并非是推测。巴金曾对日本朋友樋口进先生说过这样的话："您不用在成都寻访我的故居，您把《激流》里的住房同《憩园》里的花园拼在一起，那就是我的老家。"在《我的老家》一文中，巴金还这样说道：

> "激流三部曲"中的高公馆就是照我的老家描绘的，连大门上两位"手执大刀顶天立地的彩色门神"也是我们家原有的。……一九三一年我开始写《激流》，当初并没有大的计划。我想一点写

> 一点,不知不觉地把高公馆写成我们家那个样子,而且是我看惯了的大门翻修以前的我们的家。从大门进去,走出门洞,下了天井;进二门,再过天井,上大厅,弯进拐门;又过内天井,上堂屋,进上房;顺着左边厢房走进过道,经过觉新的房门口,转进里面,一边是花园,一边是仆婢室和厨房,然后是克明的住房;顺着三房住房的窗下,走进一道小门,便是桂堂。竹林就在桂堂后面。这一切全是如实的描写。(巴金《我的老家》)

在《谈〈憩园〉》一文中,巴金说:"不单是这个入口,连整个花园,上花厅,下花厅,以及从'长宜子孙'的照壁到大厅上一排金色的门,那一切都是照我十九岁离家时看见的原样描写的。"

因此,在现实中已经荡然无存的巴金故居依然活在巴金的小说中。原成都军区战旗歌舞团团长张耀棠根据巴金作品中的描写,同时走访了十五位知情的老人,其中有战旗歌舞团所在的三个公馆当年的厨师、司机、佣人,还有曾在三个公馆附近居住过的人,历经数年考证出了巴金故居的确切位置和布局,并绘制出了《巴金故居复原图》。由于巴金及其作品的巨大影响,四川省曾先后两次决定恢复巴金故居,都被巴金拒绝了。他对侄子李致说:"不要恢复故居,如果将来要搞点纪念,可以在旧址钉一个牌子,上面写:'作家巴金诞生在这里,并在这里度过了他的童年和少年。'"巴金这样做是基于这样的想法:"我的一切都不值得宣传、表扬。只有极少数几本作品还可以流传一段时期,我的作品存在,我心里的火就不会熄灭。这就够了。我不愿意让人记住我的名字,只要有时重印一两本我的作品,我就满意了。"以及:"我必须用最后的言行证明我不是欺世盗名的骗子。"(李致《不做欺世盗名的骗子》,《文学自由谈》2004年第1期)

四 菱窠：李劼人故居

1938 年 7 月，为了躲避日本飞机的轰炸，李劼人从老友谢昌璃手中买下了成都东郊沙河堡菱角堰旁的两亩土地，修建了几间茅屋，名之为"菱窠"。在其《自传》中，李劼人这样评价这几间土墙草顶的陋室：

> 这茅屋是一九三九年春日本飞机开始轰炸成都前夕赶修的所谓"疏散房子"，但在我李家，却是破天荒的一件事。因为自我八世祖由湖北黄陂县逃荒，一路贩卖布匹和行医，入川定居以来，到我修建了这几间茅屋，才算有了自己的住宅。今后可以不再随时耽心搬家，数十年来所制备的几千本中国书（现已达二万多本）和报纸、杂志，也不致再像以前那样散失了（书籍的散失不及报纸、杂志，前者只是百分之三四，后者则是百分之百）。我住宅所在面临菱角堰，为了邮差投递方便，才在门楣上自题"菱窠"二字，意若因此菱角堰之窠巢也。（《李劼人自传》）

清初，李劼人祖上随着"湖广填四川"的队伍逃荒入川，定居成都。之后的两三百年间，李家均没有置办田产。直到 1938 年李劼人修建"菱窠"时，他们才算有了自家的宅子。这一年，李劼人已经四十七岁。在此之前的四十多年间，李劼人大多居住在状元街（旧名磨子街）的杨家大院。这里曾是李劼人外公的私宅，院子很大，有宽敞的院坝，还有戏台。据《成都：近五十年的私人记忆》一书的作者张先德推测，这所宅子很可能就是明代正德年间的宰相杨廷和在成都的府第。幼年时，李劼人随母亲居住杨家大院，并以此为家。中间除了跟随捐了候补小官的父亲到江西六年、到法国留学勤工俭学四年零六个月之外，李劼人一直居住在磨子街杨家大院。1930 年，他还利用杨家大院在旁边指挥街开的侧门，开设了著名的"小雅"餐馆。直到 1936 年 6 月，李劼人应邀赴重庆任重庆民生机械厂厂长，妻儿随他搬出杨家大院，迁至重庆江北。两年后因与厂方发生矛盾，举家回到成都后，才开始在斌升街租房居住。因此，要说李劼人故居，磨子街杨家大院应该算作一处。可惜的是，杨家大院早已不存在了。

1939年李劼人举家搬至东门外沙河堡菱角堰的"菱窠"，躲避日军的空袭。自此以后，"菱窠"便成为李劼人后半生的主要居所。初建时，"菱窠"非常简陋，为土墙草顶、坐北朝南的三间房，东为客厅，西为卧室，中间是书房。抗战胜利后，李劼人将草屋改建成两层楼房，并添了厢房。后来，用铁蒺藜蔓上竹子编成了篱笆墙，并加以柴门，院内还开辟了菜园，种上了柳树、桃树、竹子和花卉。1960年，李劼人又对"菱窠"进行了一次大的改造。原来的土墙改为砖墙，茅草屋顶铺上了小青瓦，篱笆墙也改为红砖墙。简陋的"菱窠"终于改造成为一所院宅。李劼人在给楼适夷的信中记述了这次改造工程的忙乱："……菱窠改建工程，紧张浩大，材料人工，时时吊缺，四月四日动工，必到五月十七日，方能竣事。现全家逼处一室，一日起居于鸡埘鸭栏间……"（《李劼人全集》第10卷）李劼人花光数年的积蓄，仅完成了这次改建工程的一半，剩下的一半是靠他的稿费完成的。他在给作家出版社总编辑楼适夷的信中曾表达过自己的困难以及希望增加自己作品的印数以补缺空的愿望。原文曰：

《大波》一二卷印得确乎少了一点，既有种种困难，只好听阁下安排。连同《死》《暴》二书在内，希望今年内或者明年再印一次，则写作起来，庶不致感到沮丧，而于生活之资亦稍有保障，因改修住宅，数年积蓄一扫而空，现仅改造一半，下年还有一半工程。伏维垂注是幸！（《李劼人全集》第10卷）

许多人以为，自李劼人移居"菱窠"后，就一直在这里居住。张义奇在《菱窠里的笔底波澜》中曾表达过类似的观点，他说："从1939年春举家搬入后，到1962年逝世，李劼人一直在这里生活、创作。"（《成都日报》2004年10月20日）其实不然，新中国成立后，除了"菱窠"，李劼人在成都城中还有寓所。成都红墙巷11号小院即是一处，这里是市政府的宿舍。1951年，李劼人被任命为成都市第二副市长，1952年举家迁至这里。1957年他还在成都西马棚街成都市政府为三位副市长修建的公寓小院内居住过三个月。李劼人在1960年给林仲铉的信中这样说道："愚自一九五四年秋，由城移住原来茅舍（即信封上地址）。以前，尚时时住在城寓。自一九五八年一月起，退去城寓，即一直乡居。"在致周晓和的信中也说："弟自一九五八年初，全家迁回菱窠，城寓退佃后，除会议办公，绝少进城。"（《李劼人全集》第10卷）当然，这些寓所中只有"菱窠"可以被李劼人称为家。

有位李劼人的敬仰者，名唤高虹，这样说："川籍文学大家中，郭沫若的才华令人叹为观止，巴金的品格我辈高山仰止，惟李劼人这位前辈，还令人心生欢喜，觉得可亲可近。"（高虹《看望李劼人》，《四川文学》2007年第8期）之所以这么说，很大的原因应该在于他对于世俗生活的描写与热爱。刘大杰回忆李劼人时，这么说："到劼人家去喝酒，是理想的乐园：菜好酒好环境好。开始是浅斟低酌，续而是高谈狂饮，终而至于大醉。这时候，他无所不谈，无所不说，惊人妙论，层出不穷，对于政府社会的腐败黑暗，攻击得痛快淋漓，在朋友中，谈锋无人比得上他。酒酣耳热时，脱光上衣，打着赤膊，手执蒲扇，雄辩滔滔，尽情的显露出他那种天真浪漫的面目。"（刘大杰《忆李劼人——旧友回忆录》）"卖文得钱即沽酒，酒酣议论波滔滔"的李劼人的确让人觉得可亲可爱。李劼人热情好客，又善厨艺，他的家宴总是让人难忘。虽然时隔四十余年，白峡依然记得当年第一次到"菱窠"作客的情形：

那是1954年的初冬，先生邀省文联《四川文艺》编辑部的部分同志到"菱窠"度周末。那天他备了便餐,也可以说是佳肴。菜全部由他亲手烹制。佳肴中有烟熏兔肉、炒滑肉、炒腰花、粉蒸苕菜、酒煮盐鸡、肚丝炒绿豆芽、黄花猪肝汤、夹江豆腐乳汁蒸鸡蛋等多道菜肴,真是琳琅满目、芳香四溢的一桌可口美餐。我们当时就感觉菜的制法是有些与众不同:人家烟熏兔是挂炉烤,他却燃起花生壳用"文火"熏,这样使让花生壳的芳香"丝丝地"进入兔肉内;人家炒滑肉配佐料只用一般的辣椒,先生却选用白酒泡过的红辣椒。这样的菜做出来味道自然爽口,且有浓郁的清香。真是巧手配精料,堪称先生的一绝。(白峡《游"窠菱"忆李劼人家宴》,《四川烹饪》1997 年 3 期)

据白峡回忆,这次家宴,李劼人还拿出了封坛珍藏多年的绍兴好酒,又亲手烧制了两道具有湖北风味的家乡菜。酒过几巡,一位老编辑和李劼人都不由地吟起了杜甫和李白的诗句。这次聚会真是印证了刘大杰所说的"菜好酒好环境好"。

1962 年,李劼人在请老友蒙文通到"菱窠"做客的信中这样写道:"十一月十八日星期日,请尊驾来菱窠吹谈小酌。不管是日天气如何,希望在正午十二点前,到达菱窠。先吃家常素面过午,而后放肆吹谈,而后吃成都餐厅作的几样好菜(由我私人秘书折零回来的),伴以状元红绍兴酒。如此聚会,数年来未有,今忽有之,断不可失!同时共吹、共吃、共饮者,只老魏夫妇,并无他人。……"(《李劼人全集》第 10 卷)一个可爱的老头的形象跃然纸上。

李劼人的"菱窠"不但是他经常接待友人的地方,还是一些朋友的避难所。1946 年 5 月,陈翔鹤为躲避国民党特务追捕,在"菱窠"隐避一星期。这一年,共产党员、进步人士洪钟、赵铭彝也曾先后到"菱窠"避难。李劼人是民主人士,能够接纳进步人士和中共党员到家里避难,说明了他的政治倾向,也表现了他的热血侠肠和硬气。李劼人的这种性格特征在其他事件上也有表现。1937年卢作孚请李劼人办建设厅的《建设周讯》，李劼人提出了近乎苛刻的条件，如"不穿中山服、不做纪念周、不受委任状、不画到画退、不受干预"等，卢作孚统统答应后，他始才允诺。新中国成立后，李劼人任成都市副市长，从东郊"菱窠"到市人民政府办公地址皇城明远楼，路途遥远，他便坐私人黄包车上班。当时在四川公安总队成都市中队十五连当战士的康明生，负责皇城城门洞的警卫，几乎每天都能见到这位李副市长。李劼人的文人做派让他印象深刻：

> ……清晨时分，我总能在城门洞口老远地望见一辆熟悉的私家黄包车。
>
> 这车最先跃入眼帘的地点是在东御街与皇城坝的交汇处，继而再由南至北、由远渐近向皇城跑过来。乘车人是时任成都市副市长的李劼人（1891—1962年，著名作家、文学翻译家）。在我的记忆中，黄包车厢较宽敞，坐垫及靠背好像内衬有弹簧，车厢两边的护泥板处各置一灯，有玻璃罩罩着，里面装有鱼烛用以照明。踏脚板上铺了一块毛毡，下面安装了一只直径约15厘米的脚踏大铜铃。行驶途中，若遇前方有人挡住道路，乘车人踏铃，叮当一响，几十米开外都可听见。一对车把也是漆黑发亮，向上翘起，连接在踏脚板两侧……
>
> 坐在车上的李劼人，身材虽说不上魁伟，但他着装很是奇特，足以让我眼前一亮：一身中式长袍，脚穿一双青直贡呢小圆口布鞋——这副装束与建国初期机关干部普遍着灰布制服、蓝布制服显然大不相同，与现今领导人西装革履相比，更是两个世界。久而久之，我和我的战友们都戏称他为"长袍市长"。（康明生口述、姚锡伦整理《李劼人坐三轮车进皇城》，《龙门阵》2010年2期）

有一次，新换的洞门警卫怎么也不肯相信这位坐黄包车、穿长袍的人就是副市长。于是，李劼人便下了车，步行至明远楼，车夫拉着空车尾随其后。在这位认真的警卫的意识中，似乎只有旧社会的地主老财才坐黄包车。此后，李劼人副市长的黄包车便换成了三轮车。据说这辆三轮车也是新中国成立后的成都的第一辆。

"菱窠"所在的沙河堡，地处偏僻，居住环境并不好，李劼人的短篇小说《天要亮了》中的腰店小场即以此地为原型。抗战期间，大批疏散至此的成都人很快形成了袍哥和小商小贩共存的小社会，鸦片烟馆、赌博场充斥其间。新中国成立前夕，这里更加混乱，"公路上汽车和军队来来往往，天空中也一样，各式各样的飞机，几乎是日日夜夜地轰鸣。那不是为了练习，也不是为了侦察，更不是为了轰炸、作战。谁也知道，那是载运逃亡的人——从蒋介石、阎锡山这般恶魔到为他们甘心作恶的大大小小特务，和被他们劫持而去的少量队伍"（李劼人《天要亮了》）。1959年，这个腰店小场发生了很大的变化，"场上已没有一家私营商店，也没有一个抄着手不做事的闲人、空人"。场上已经有了一家规模不算小的百货商店、三家性质不同的食堂、一家出售日用品和农具的分销店、一家出售副食品的合作分社，以及缝纫店、照相馆、菜市场、茶铺等等，甚至还有了一家耐火材料厂。用李劼人的话说："它也在总路线的光辉照耀下跃进哩。"（李劼人《天要亮了》）但在1961年，这里治安并不好，盗风甚烈，居民家里频频被盗，李劼人家在二十日内就两次被盗。第一次被窃去母鸡四只、大母兔一只、竹编大背篓一个、锑铁面盆一个。第二次贼只偷去大公鸡一只，但李劼人在给女儿、儿子李眉和李远岑的信中却称这是一"惊人之事"，因为自己与盗贼"大大搏斗了一场"。李劼人在信中还说，此事若细细写来，可以成一篇有趣特写。因为没有时间，就只给女儿讲个大概。虽说只是大概，却也颇为生动有趣。引述如下：

当三月二十七日晨三时，吴嫂忽然大呼"有贼把鸡鸭偷走了！"……我与尔母、尔九舅母等，即刻穿好衣服，走到室外，前后阶檐上电灯已为吴嫂打开。当同去查看，鸡笼门大开，所钉铁扣及铜锁俱在……只将铁环扭去，笼内但剩黑母鸡一只……而公鸡已失，下面鸭六只尚全在。即因鸭子不断呷呷作声，吴嫂乃起，打开灶房电灯，方见鸡笼门大启。是贼仅得一公鸡而不甘心，再偷鸭子，鸭子始出声呷呷也。吴嫂力言，贼娃子没有走。我等初之不信，吆喝巡视一遭，仍与三月七日晨同样，不见盗口。即巡查到第二遍，我等刚走到茅房门前，忽然一个二十多岁小伙子从男茅房门后冲出。我正与之对面，来不及回避，手上只执电筒一个，不能作为武器，但我极为镇静，掷去电筒，顺手抓住偷儿衣领……极力一摔，居然将其摔在地上……我遂力扼其项，吴嫂力抱其两脚，设此时再有一有力之人，本可将其缚住，即不然亦可用砖头柴块将其打伤，乃尔母与九舅母只能拼力呼援……尔母且力挽我臂，予我以极大妨碍，不过一二分钟，此贼竟将吴嫂蹬开，一跃而起。我则一因只有一般之力，稍久即气力不佳，二因相持至一二分钟，我已气喘不住，以致不能再与之搏。吴嫂手执木叉……追至大门，贼仓猝不能开门，乃翻过门旁竹篱而出……（《李劼人全集》第10卷）

李劼人家的两次失窃与"菱窠"周遭的治安不好有关系，与1959年至1961年三年困难时期国内物资短缺或许关系更大。李劼人时任副市长，且又有较为丰厚的稿费收入，情况较一般人要好很多，但也在想办法解决生活所需，尤其是吃的问题。"菱窠"占地二亩多，庭院内外俱开为菜地，连同屋侧原来的菜地算在内，共有一亩多，仅种菜就要占用一个劳动力。此外，他家还养有鸡、鸭和猪。其中猪是每年一头，养成宰杀后，肉送人一部分，剩余大部分做成腊肉。1961年李劼人在给女儿、朋友的信中多次提及这一年所养的那头猪。在给友人张颐的信中，他这样说道:"猪已宰了,大而不肥,原因是没有精饲料。……实在喂不起了,只好杀之了事。得肉一百四十斤,得板油不足七斤,油自得,肉除做了一些馕肠外,送人之余,自家享受不过一半。然而即此已是神仙中人了。翁不羡我不可也。"(《李劼人全集》第10卷)

即便有着作为副市长的特殊照顾,稿费的补贴,以及自己的苦心经营,李劼人依然要为全家的吃饭问题劳心,而他自己营养也不大够,一连写作几天,必须休息几天才能恢复体力。因此,他对那些"不大懂事的朋友"的微词就不难让人理解了。因为1961年他在给儿子李远岑的一封信中,曾这样说:

> 当此粮食紧张之际,尔母为了吃饭问题,所费精神之巨,绝非尔等脱离实际,光说空话者所能想象……至于客来吃饭,凡属亲戚,都带有粮票、搭伙证或生米前来,不特未揩我们的油,甚至还有多余。只有一些不大懂事的朋友,才诚心来揩油,例如元旦那天,沙汀夫妇约同巴金、张秀熟来大吃一顿,他们不带粮票与米来,难道我们便不招待不成?(沙汀夫妇、巴金等,在三个月内,已吃过我三次了……)(《李劼人全集》第10卷)

当初李劼人修建"菱窠",是为了躲避日军的空袭。后来长时期的居住,多半是为了写作。他对房子的大修、翻盖也是为了安居,以便更静心地写作。然而,《大波》第四部还未完成的时候,他竟因病与世长辞了。那一天是1962年12月24日。他一生干过实业,开过饭馆,当过大学教授、副市长,但他兴趣所在依然是写作,写作计划的不能完成是他人生的最大遗憾。

李劼人去世后,他的亲属将"菱窠"连同李劼人收藏的四万多册中外书籍、千余幅字画,全部献给了国家。1987年6月,经过整修、占地面积达4.95亩的"菱窠"正式对外开放。2011年,一位名叫余小林的游人，在访问李劼人故居后，写下了下面这首诗：

> 阳光下，菱窠依旧静静地遗弃在陌生的郊外
> 游人稀少，是那条细长的小路
> 把我再次引向一个思想者栖息的源地
> 池塘的残叶漂浮着破败的景致
> 不见了，文化人的踪影
> 不明白，故居健在而灵魂消隐的道理
> 《死水微澜》、《大波》再也掀不起历史的巨浪
> 一片残阳，让塑像久久凝思
> 一声叹息，让记忆成为心灵的墓碑……
> 花园里，仅有绿色能证明你的清白
> 思想里，惟有残存的良知还在抚慰那盏泛着微光的灯……
> 别了，劼人
> 别了，东方沉睡的左拉
> 自然背景下释放的氤氲
> 让我无法丈量过去和现在的距离……（余小林《访李劼人故里》，《星星诗刊》2011年第8期）

五　翟永明的白夜酒吧

由当代著名女诗人翟永明和她的朋友开办的白夜酒吧，位于成都市玉林西路85号。1998年5月8日，这家只有五六十平米的酒吧开业了。当时的玉林路仅有"白夜"和"小酒馆"两家酒吧。然而，不过两三年的光景，这里已成为成都最早的酒吧一条街。与此同时，"白夜"也成为成都著名的文化沙龙。

翟永明曾说过："对我来说，一个自由、散漫、无拘无束，能挣点生活费又不影响写作的职业，是我一直向往的。"（翟永明《白夜谭》）这应该是翟永明开这家酒吧的深层动因。但是，这并不意味着，很久以来翟永明已经认定了开酒吧就是自己向往的理想的职业。据她讲，她做这个决定只用了短短的一分钟的时间：

> 1998年的一天上午，我路过离家很近的玉林西路，在路口一家未开门的服装店门口，我看到了一则招租广告。
>
> 这是一个扇形的店门，从风水学上说，它位于非常好的一个路口（我对风水有一种直觉）。坐北朝南、门面宽阔，正对一个丁字路口。前面是通畅的玉林西路，右边是一条小街。我大约只考虑了一分钟，就从卷帘门上揭下来了这则广告。从那一刻到现在，我的生活发生了重大的改变。
>
> 1998年的冬天寒冷无比，风好像格外有耐心，吹得我骨冷心寒。但是，我那许久才迸发一次的灵感告诉我：就这样了，把这家服装店盘下来，开成酒吧。接近元旦的前一天，我说服了多年好友戴红，与我一起做这件事。（翟永明《白夜谭》）

凭借灵感来做某件事情或者做某个决定，恐怕是诗人的特质。因为，正是凭借灵感，他们才会有诗情的迸发，才会对现实的某一面有深刻的洞见，所以，他们会迷信于自己在某个时刻突然降临的灵感。我们不必对此感到奇怪。

谈及自己最初对于白夜的设想，翟永明这样说道："我对白夜的设想，一开始就是咖啡屋的模式。有酒、有书、有咖啡的香味、有埋头可以写作的桌椅、有满壁的画图、有醉人的音乐、有微暗的烛光和暧昧的眼神，也有深入人心的交谈和心不在焉的呆坐。"（翟永明《白夜谭》）如果说翟永明对白夜的这番描述不够全面的话，白夜的设计者、著名建筑设计师刘家琨的这番话可以作为补充：

> 这个酒吧的策划服务对象并不针对作为翟永明周边的群体，甚至也不针对似乎应该是理所当然的对象——诗歌圈子或画家、文学青年，这里完全没有平常那种以朋友为资源的错误经营意图。这个通体白色，一览无余，明朗纤巧的酒吧，与翟永明的诗歌取向相去甚远。飘逸闪烁的装修材料，悬挂的书架，使这个酒吧介于时装店和书屋之间。其假设的顾客对象其实是白领丽人——流行生活中的时尚风景。阳光、午后，在橱窗般的大玻璃后边一边呷饮、一边翻阅的城市女郎，这才是这个酒吧最理想最贴切的场景。(刘家琨《翟永明和她的白夜酒吧》，《作家》2000年1月)

相较于翟永明描述性的文字，学建筑出身的刘家琨对白夜的叙述更加清晰和具象。或许在白夜的设计中，翟永明这位青梅竹马的好朋友也加入了自己的理解和想法，也或许是在他的建议和提醒中，白夜的定位才更加清晰和确定。

由刘家琨设计的白夜酒吧"像一个舞台，也像一个戏剧空间"，夜幕低垂后，过往行人可以透过一整面落地玻璃墙看到酒吧里一幕活生生的成都夜生活。玻璃墙下面，是一排隐藏起来的蓝色荧光灯，夜里发出一种冷光，使白夜显得"神秘和诡异"（翟永明《为白夜设计》）。酒吧的内部装饰有着鲜明的现代色彩，诗人何小竹这样描述它：

> 白夜最初是著名建筑师刘家琨友情设计的。是那种简约的风格，有点德国包豪斯的意味。两面墙壁上有直顶天花板的书架。它原来是要兼卖一点书的，但后来基本上成为喝酒的人的免费读物。桌布是银灰的，屋子中间的两根柱头也是银灰的。墙上的照片和绘画，也是趋向于冷的调子。面向街面，是一整块的玻璃幕墙，坐在

酒吧里，看得见外面的行人。而外面的行人，也看得见坐酒吧里的人。（何小竹《小翟的白夜酒吧》，陈维《成都生活：Happy，在时尚与传统间流动》）

这种少有的冷色调的设计，使得白夜显出它的与众不同。而店名与店招以及店内墙上的照片和绘画则显出白夜的艺术气质。据翟永明言，酒吧取名白夜，既与她喜欢的俄罗斯作家陀思妥耶夫斯基的著名小说《白夜》有关，也与她喜爱的电影《白夜逃亡》有关。因此，酒吧的店招是一位著名的摄影师为《白夜逃亡》的男主角巴希利科夫所摄的肖像：一位赤裸着上半身，双臂上举，眼神迷茫的男子。白夜的另类气质吸引了不少的文艺青年、文化人和艺术家。尽管酒吧最初的设计者刘家琨说白夜的消费定位是白领丽人，但最终还是成为文艺家的聚集地。尤其是当白夜不定期地举行展览和签名售书活动后，它更加名副其实地成为一个文化沙龙。当初的设计者刘家琨这样解释白夜当初的定位与后来的发展：

不管是否要刻意掩盖诗歌人生，是否刻意以远离心爱事物的方式来谋生，并把它当作一种保持心灵完整的策略，人的基本感觉总会在不知不觉间渗漏出来，社会也选取最有特色的点予以认同。与当初那种试图入世从流，"大隐隐于市"的意图相反，因为翟永明提供了一个交朋会友的公共场所，各自为政的艺术家们也就得到了一个随意可达并保证总是能见到熟人的去处，而时不时举办的小型展览或签名售书，吸引的也绝不仅仅是同仁圈子。在玉林这个艺术家和单身女郎（这两种人相互吸引）密度较高的居住区，"白夜"酒吧成了一个艺术气息弥漫，艺术人士往来的著名场所，交往的圈子和社会影响比单纯写诗更加扩大了。（刘家琨《翟永明和她的白夜酒吧》，《作家》2000年1月）

刘家琨把白夜酒吧最终发展为一个艺术人士聚集的场所，解释为翟永明诗人气质在白夜酒吧经营中的自然流露，以及社会对之的认可。然而，在翟永明这方面，白夜酒吧的这种发展是她有意为之，甚至是她的目标。她在一篇题为《白夜十问——从"凌志汽车"和"橄榄树"的视角看白夜》的文章中，曾有这样一段话："白夜创办之初，我曾经希望能把它开成一个像法国巴黎的'花神咖啡馆'一样的酒吧。让白夜成为一个诗人、艺术家聚集之地，让这儿成为一个沙龙式的艺术中心，成为朋友们的精神家园。"（翟永明《白夜谭》）她认为自己的这个目标并没有实现。但是，在其诗人朋友和其他艺术人士看来，白夜无疑已经是一个著名的文化沙龙。诗人何小竹曾这样形象地描述白夜的圈子：

> 一个留洋回来的哥们就说过，在白夜恍惚有巴黎左岸的效果。这种效果一方面有前面说的硬件的原因，但"软件"原因也不容忽视。所谓"软件"就是常去那里的酒客，他们形成的一种人文氛围。诗人在那里爱闹，洋酒是一瓶一瓶地要，啤酒是一打一打地上。高兴了还要唱歌。高兴和不高兴，只要是喝到不辨东西的时候，也要打打架。那些画家呢，一看就看出他们是画家，要么留很长的头发，要么一根头发都没有。服装也穿得不像普通人。他们倒是不怎么闹，静静地，一小口一小口地喝着手里的一瓶啤酒或者饮料，表情倾向于深刻。也许，正是这种人文景观，白夜的生意几年来不是很好，也不是很坏。常客都比较圈子化，不是那个圈子的人，贸然坐进里面去，也不自在。（何小竹《小翟的白夜酒吧》，陈维《成都生活：Happy，在时尚与传统间流动》）

何小竹的生日和白夜开业的时间同一天，因此白夜开业后他的每个生日都在白夜度过。他还和翟永明一起策划过白夜的许多活动。毫无疑问，他是属于白夜的圈子的。因此，他对白夜的场景描述应该符合事实。

因为翟永明的缘故,白夜成了艺术人士聚集的场所。同样因为翟永明的缘故,白夜也成为成都诗人经常聚会的场所之一。翟永明曾说:"我们这圈子里的诗人聚会,通常是在香积厨吃晚饭(香积厨是诗人李亚伟开的餐馆,距离白夜不到一公里,是'非非''莽汉'诗人的阵地——笔者注),然后在九点左右,向白夜转移(我在成都的时候;我不在,则转到一家叫五月玫瑰的酒吧),到了白夜之后,通常是拼上一张长桌,这张长桌就像流水席一样,不断地加长。有时加到墙角处,不能再加就开始拐弯。因为在这个过程中,不断有人打电话,呼朋唤友,不断有人加入。"(翟永明《白夜谭》)有时,这些诗人们也会作诗以助酒兴。翟永明保存有2001年8月4日几位诗人朋友在白夜的联句。那天,翟永明与来自北京的诗人胡续冬,以及朋友钟鸣、唐丹鸿在白夜玩,诗人海上又带来了来自台湾的诗人杨平和一位雕塑家,酒过几巡,杨平提议联句以助酒兴,众人应和。于是,便有了下面的诗句:

在八月的白夜下(杨平)
时间自钟面上溜走(海上)
千春如白夜(钟鸣)
我的坏再次哀求你的好(唐丹鸿)
我在碎冰之中品尝她们的热量(胡续冬)
天知道为什么?他们不是为我们准备的(翟永明)
我为她们准备了一切/除了我自己(胡续冬)
但你是一个词,穿过你我可以到天堂(钟鸣)
天堂被我高高撑起(胡续冬)
你的淡入淡出/不关我的事情(翟永明)

在裸夜的四川狂奔(胡续冬)

如果你撑不住了 / 你干了（唐丹鸿）

会让天堂垮到我们身上（海上）

我左边的小翟伸向我右边的丹鸿（杨平）

她们在我身上握手言欢（胡续冬）

白夜之梦，万物通往洞的深处（唐丹鸿）（翟永明《白夜谭》）

  这次聚会中的诗人和艺术家，不但有来自成都的，还有来自北京以及台湾的。事实上，白夜已成为外地到成都的文化人的必到之处。翟永明的朋友作家洁尘曾这样评价翟永明和她的白夜："很多文化人到成都，都有一个念头：去'白夜'酒吧坐坐，见一见赫赫有名的翟永明。我们成都这帮人都说，市政府应该颁一个推广奖给翟永明，这些年，'白夜'酒吧因为她的缘故，已然是成都的一个标志性场所了，吸引了来自四面八方的文化人士。不管翟永明自己怎么否认，她的确已经成为一个具有符号意义的人了。"（洁尘《翟永明——艳阳之魅》，《南方人物周刊》2005年第21期）

  白夜酒吧之所以能够成为在国内有一定影响的文化沙龙，并不仅仅因为它的主人是翟永明，还和翟永明在白夜酒吧举行的一系列文化活动有关。白夜酒吧最初被称为"书吧"，因为它兼卖图书，到过白夜的文化人士曾称赞过白夜选书的精良。在此基础之上，翟永明还成立了读书沙龙，在白夜营业的时间，免费为会员提供阅读，并定期举办读书会。后来因为翟永明没有时间主持读书会，读书沙龙渐渐地冷了下去。朋友们不断抱怨因为书架的存在，白夜太不像个酒吧，加之不断有丢书的事情发生，客人说在白夜偷书最容易，翟永明遂撤去了酒吧中的书架。

  除了读书会之外，白夜酒吧还举办过签名售书活动，产生了不小的影响。1998年6月，在翟永明的提议下，诗人钟鸣和雕塑家朱成合作，在白夜举办了《旁观者》签名售书和朱成作品室外展。当天，成都的作家和艺术家都到场参加了这个活动。钟鸣的《旁观者》不到一个小时就售出了一多半。朱成的雕塑作品则在白夜门外的一大片空地上进行展览，造型奇特的雕塑随意摆放，路人从中走过、驻留或围观。展览馆和社区环境的界限被消弭，观众也成为作品的一部分。这样的雕塑作品展和签售活动同时进行，是一件有趣的、带有先锋意识的艺术活动，也体现了白夜的艺术倾向。著名作家马原也在白夜举行过签售活动。此外，白夜还促成了《1999中国诗年选》的出版，该书的签名售书活动也在白夜举行，诗选中的所有成都诗人都到场签售。

2001年2月，翟永明与合作伙伴戴红一起发起举办了"白夜影会"，每周放映一次纪录片或者DV短片。"白夜影会"也带有一定的先锋性质，首映日放映的是唐丹鸿的纪录片《夜莺不是唯一的歌喉》，之后还陆续放映过国外电影大师塔可夫斯基、帕索里尼、阿莫多瓦等人的作品，以及独立制片人的专辑，其中最成功、规模最大的一次是2001年10月举行的"橡皮·白夜酒吧影音周"活动。这次活动展映的作品是公开向全国征集的民间原创影像和声音作品。"白夜影会"的发起和举办与翟永明本人的影像情结有关，她于2000年购置了索尼2000摄像机一台，并有过各种拍摄计划，曾拍摄过纪录片《乌青是怎样拍〈找钱〉的》，不过被她弃置在抽屉里。

白夜还举行过形式各样的诗歌朗诵会。集诗人、乐评家、演出策划人于一身的颜峻，在白夜举行的诗歌朗诵会就非常有特色。翟永明这样描述："颜峻的朗诵是一种不像诗朗诵的朗诵方式。说不像诗朗诵，是因为他的朗诵带有极大的表演性。一会儿攥紧、一会儿扔开话筒的方式；朗诵时吐气和吸气的方式。词语不是抑扬顿挫地从嘴里滑溜出来，而是石子式的一个个蹦出来打人的方式（我事实上只听清了'裸奔，癫狂，勃起，晕了'等字眼。）总的来说，都不像我们常见的或表演型或麻木型的诗朗诵，而像一个他自己说的诗歌'DJ潘多拉'，一个从调音台背后走到前台的歌唱者。"（翟永明《白夜谭》）2006年，"莽汉"诗人李亚伟的诗集《豪猪的诗篇》出版并获得了"华语文学传媒大奖",白夜为他策划了"《豪猪诗·江南错》诗影像活动"。活动上有李亚伟的诗篇、艺术家邱黯雄的影像作品,还有参与者对李亚伟诗篇的朗诵,也不同于一般的诗歌朗诵会。

2005年,白夜还参与策划了成都诗歌节。由成都双年展投资人投资的这次诗歌节活动最终因故被取消,而改以"白夜诗会"的形式在白夜举行。酒吧的墙壁、冰箱、柱头、玻璃上都贴满了诗歌节海报、请柬,所有海报上的"诗歌节"三字均用红笔打叉,提示人们这是一个被取消的诗歌节。但是诗会的现场却是热烈和自由的。诗人何小竹用成都话朗诵自己的诗,李亚伟则请一位川剧女演员用高腔念白的方式朗诵他的诗歌,张小静即兴吟唱了自己的诗,艾略特·温伯格和弗瑞斯特·甘德等外国诗人也分别用外文朗诵了自己的诗歌。

由翟永明提议、策划和举办的这些活动,使白夜不仅成为诗人、艺术家们的聚会场所,还成为他们交流、展示作品,探索新的艺术形式的重要场所。作为酒吧的经营者,翟永明在实现自己的这些愿望的同时,也经历了现实的另一面。1999年夏天,翟永明写下了这样一首诗:

> 白色烧烤架正在烤
> 一件糟透了的事情
> 从白夜走出来的每一个人
> 都拷贝着蝙蝠纹身
>
> 那是一种酒
> 据称为海盗所爱
> 海盗和他们的蝙蝠
> 都在白色中消散

> 白色装置这个时代
> 吸干每一个人的黯淡
> 吸干天空的雾和人心的雾
> 又偷偷去吸一些眼睛的灿烂
>
> 白色一边装置我们
> 一边孤独美丽
> 一边把剩下的苦闷
> 使劲装进自己的身体
>
> 现在骨头和肉　水和酒
> 都已变得苍白
> 现在就开始闪烁语言
> 那白色现在就该去
> 纠缠那些锁在身体里的
> 密密麻麻的
> 越来越快乐的花（翟永明《白夜谭》）

写这首诗的这个夏天，翟永明请她的设计师朋友余加，为白夜精心设计了三个架子，以图把白夜前面的露天部分围起来，形成一个露天酒吧。架子的上面是用白色铁丝焊出的一个类似烧烤架的装置，下面的腿架连接到地面，里面装有小灯，到夜晚时分，会有灯光从架子里漫射出来。为了与之相呼应，翟永明将白夜顶上的装置全部撤掉，装上了余加设计的三个黄色吊灯。但是在安装这个美丽而富有艺术感的白色装置的当天，"城管"就勒令将其拆去。翟永明的艺术情结终于"也成为这个试图以文化品牌示人的城市的'规划'的牺牲品"（翟永明《白夜谭》）。在白夜开业以后，类似的事情并不鲜见。翟永明曾有这样一段话：

> 自从在成都开了"白夜"酒吧，我就对本地的城建城管部门风声鹤唳。因为无论哪一位市长上任，他们都会根据自己的个人爱好对城市进行一番规划。（有人说建筑总是和权力接近的，那么能够彰显政绩的城市建设就更是如此了）有时候领导不喜欢成都占道经营，于是成都街头巷尾坐下来就可以饕餮的"鬼饮食""冷啖杯""麻辣烫"也就消失了。晚上零点之后还在外面鬼混的人民群众，有钱的只好去餐厅"夜宵"，没钱的就回去洗洗睡了。有时候领导不喜欢成都街头古怪灵精，地方味浓的招牌，于是风声鹤唳，又传出要全市统一划齐地制作相同尺寸的店招。我的"白夜"搭档戴红是一个奉公守法的典型，一日，收到一告示，让本街所有铺面延伸到滴水檐的灯箱必得撤除，统一退进。她迫不及待地撤之，翌晨醒来发现除"白夜"之外，一切照旧，无人理睬，不几日，此灯箱又变为合理。又一日，她风闻（经办事处证实）全城营业口岸凡外延至阳台的门脸，都得一律限期拆掉。她又开始惶惶不可终日地关怀阳台。忽一日，她喜笑颜开而来；原来不但不拆，我们那几平方米的落地玻璃门歪打正着地正合孤意。抬头望去，玉林小区满街都是透明落地玻璃店面，令刚患了玻璃恐怖症的我，在大大小小一模一样的店面驻足不前。看来这次领导对玻璃的审美观与"白夜"暗合，免了给我和戴红的致命一击。（翟永明《白夜谭》）

翟永明的朋友、白夜最初的设计者刘家琨认为，开办酒吧带来的所有这些的烦恼使翟永明有了比较深刻的变化："现实感的获得——亦即明白想做的事和不得不做的事之间的区别。学会判别不容置疑，直接就是的价值，体谅忙人生活中不可承受之重和闲人生活中不可承受之轻，抛开以艺术才能论高下的评判标准，以平常心宽容地对待平凡事物，发现凡夫俗子的优点……所有这些，合成一股练达和清醒的气度，开始显现出来，紧张而峥嵘的拳头松开来变成柔和的手，接受更多的东西，也被更多的东西所接受。"（刘家琨《翟永明和她的白夜酒吧》，《作家》2000年1月）

2008年8月5日，新白夜在窄巷子32号开业。这是一个带有院子的中式建筑，院中有一堵老墙和两棵枇杷树。翟永明终于可以不受原来老白夜的狭小空间的制约，在这个较大的场地内无拘无束地举办各种跨领域的活动了。开业当天，李陀、刘禾、周瓒、欧阳江河、贾樟柯等文化界著名人士参加了开业酒会和朗诵会。这里又聚集起了成都最优秀的艺术家和作家，以及一些文学青年和各个领域的优秀知识分子。翟永明说："成都的世俗文化太强大，以至于挤走了那些高雅、纯粹的精神文化。我自己非常希望通过在'白夜'酒吧做的这些诗歌朗诵会、影像活动、艺术展和摄影展等，展现当今成都文化的前卫姿态，因为，成都当代诗歌和当代艺术在全国具有非常重要的位置。我也希望本地人和外地人都能了解这一点，而不仅是圈内人才知道。"（翟永明《窄巷子32号》，《上海采风》2013年第9期）通过文化沙龙式的酒吧经营，翟永明不仅为诗人朋友们提供了一个精神家园，她本人还有了对当代诗歌和艺术的使命感和责任感。这恐怕是连她自己也没有料到的吧！

第六章　近郊名迹

一　都江堰

都江堰，位于四川省成都市灌县（今都江堰市）灌口镇，是全世界迄今为止建造年代最为久远、至今依然在使用的、以无坝引水为特征的水利工程。关于它的建造，史书中有这样的记载：

> 周灭后，秦孝文王以李冰为蜀守……冰乃壅江作堋，穿郫江、检江，别支流双过郡下，以行舟船。岷山多梓、柏、大竹，颓随水流，坐致材木，功省用饶；又溉灌三郡，开稻田。于是蜀沃野千里，号为"陆海"。旱则引水浸润，雨则杜塞水门，故记曰：水旱从人，不知饥馑，时无荒年，天下谓之"天府"也。（东晋常璩《华阳国志·蜀志》）

由李冰父子于公元前256年左右修建的都江堰引水工程，时称湔堰，汉代称都安大堰，被誉为"天府之源"。

成都平原整体地势为西北高、东南低，大江大河虽大体上自北向南流，但众多支流皆因地势循西北至东南之流向。这样就形成了成都平原西北易干旱，东南易水患的局面。古时，历代统治者治蜀的首要任务就是治水。西蜀历史上就有大禹治水的传说，这一传说并非杜撰，《尚书·禹贡》对此是有记载的。春秋时，望帝重用荆人鳖灵，委以治水大任。鳖灵"决玉垒山以除水害",因而获得了望帝的禅让,成为新的蜀王,号开明。

大禹、开明治水均以开凿排洪水道、消除水害为主。而李冰父子修建的都江堰不仅避害,而且兴利,在岷江两岸并列引水。西岸引水灌田的主干渠道,史称羊摩河,其名沿袭至今为羊马河;东岸引水干道则为两条,因延伸至成都,故称"成都二江"。二江具有通航、漂木、农田灌溉、城市供水等诸多功能,成为中国水利事业中兴利除害的完美典范。关于李冰的功绩,历代都有评述,宋陆游的《离堆伏龙祠观孙太谷画英惠王像》(英惠王指李冰——笔者注)一诗,将个人遭际和时代乱象与李冰的政绩相比较,颇让人感怀。诗曰:

> 岷山导江书《禹贡》,江流蹴山山为动。呜呼秦守信豪杰,千年遗迹人犹诵!决江一支溉数州,至今禾黍连云种。孙翁下笔开生面,岌嶪高冠摩屋栋。徙木遗风虽峭刻,取材尚足当世用。寥寥后世岂乏人,尺寸未施谗已众。要官无责空赋禄,轩盖传呼真一哄。奇勋伟绩旷世无,仁人志士临风恸。我游故祠九顿首,夜遇神君了非梦。披云激电从天来,赤手骑鲸不施鞚。(成都市文联、成都市诗词学会编《历代诗人咏成都》)

李冰修建都江堰这一"奇勋伟绩"无人能比,都江堰这一宏大的水利工程似乎也只有长城才能与之一比。余秋雨就曾将都江堰与长城相类比,他说:

> 如果说,长城占据了辽阔的空间,那么,它却实实在在地占据了邈远的时间。长城的社会功用早已废弛,而它至今还在为无数民众输送汩汩清流。有了它,旱涝无常的四川平原成了天府之国,每当我们民族有了重大灾难,天府之国总是沉着地提供庇护和濡养。

因此，可以毫不夸张地说，它永久性地灌溉了中华民族。

有了它，才有诸葛亮、刘备的雄才大略，才有李白、杜甫、陆游的川行华章。说得近一点，有了它，抗日战争中的中国才有一个比较安定的后方。（余秋雨《文化苦旅》）

在评析余秋雨的这篇著名散文时，许多评论者都指出了作者的睿智。其主要表现就是将都江堰与长城类比，并指出都江堰的独特之处。其实，有这样观点的并非只有余秋雨。早在1960年11月，赵朴初在其《登离堆观都江堰分江处遂游青城山有作呈郭沫若院长》一诗中就曾表达过类似的观点，他说："伟哉李父子，功勋孰可盖？是宜与长城，并耀秦皇代。长城久失用，徒留古迹在。不如都江堰，万世资灌溉。"（成都市文联、成都市诗词学会编《历代诗人咏成都》）

余、赵二人不约而同地指出了都江堰至今仍然在灌溉田地的事实，这也是都江堰被誉为"天府之源"的最重要原因。自都江堰修建后，成都平原不但消除了水害，而且水旱从人，沃野千里。这种状况一直延续至今，清人刘忠祖有一首《巡堰谣》，十分生动地描绘了都江堰给四川人民带来的富足和安宁：

赵公山，一匹练；斗鸡台，千条线；沃野绣错分禹甸，低下为田高作堰。一半向都江，一半来北条。北条之水七邑劳，分道湔沱各扬镳。溉田滋庯二百里，苍茫直会焦沙尾。李守文翁今谁祀？依稀不复想原始。锦绣春光如画图，秋来刈稻黄云里。菊花黄，酿新醅；梅花白，献寿杯。田间妇女归去来，笑数里门婚嫁喜筵开。（成都市文联、成都市诗词学会编《历代诗人咏成都》）

徐心余在《蜀游闻见录》中也有类似的描述，其文曰："成都府十六州县，平地无山，田亩价值较贵，水旱无忧。农民种植稻谷，不必设车戽水,自有堰水源源而来,究其水之来源,则为灌县之都江,相传都江为九邑水源,其实不止九邑也。"

此外,李冰开凿的"成都二江",即今之锦江与府河,还有"漂木"的运输功能。人们在岷山上砍伐"梓柏大竹",不用辛苦搬运,只需将其拖至岷江使其顺水漂流而下,就可以在郫城和成都"坐致材木"。时至今日,成都使用的木料大多还是通过这两条河漂运而来的。1956年秋,黄裳到灌县游览时,对岷江中漂流的木材印象十分深刻。这一日下午,黄裳等人到了灌县城关,漫步进城,在城门角看到了水闸,首先映入他的眼帘的就是"绿波白浪中间漂浮着许多大木料"。到了南桥,他对水中漂过木料的情景看得更加清晰了:

> 桥身两侧都是极大的鹅卵石子,用竹篓扎起,巩固了堤身也加固了桥身。有两行巨大的竹排,从江水来处把急流束起来了。从原始森林里采伐的大木料,就一根根从这中间流下来,随着江水,穿过桥身,冲到成都去。在木排上站着十几个手执长篙的汉子,用篙随时纠正着木料的流向。一排排的电线上都悬着小电灯,在这里,人们是日夜轮班工作的。(黄裳《过灌县上青城》,曾智中、尤德彦编《文化人视野中的老成都》)

作为举世闻名的水利工程,都江堰实现了避害与兴利的完美结合。它代表了李冰等古代先贤的智慧和匠心。整个水利工程包括三个部分:鱼嘴分水堤、飞沙堰溢洪道和宝瓶口进水口。宝瓶口进水口是都江堰工程的关键,它是李冰用"以火烧石"的方法在玉垒山上凿出的一个状似瓶口的山口。因为这个山口的凿出,岷江水得以流向东边,西边江水的流量随之减少,这样便同时解决了东边地区的干旱和西边江水的泛滥问题。鱼嘴分水堤是为了充分实现宝瓶口进水口的作用而修筑的。它的前端形似鱼嘴,将岷江水一分为二,一支流向宝瓶口,另一支顺江而下,从而保障了岷江水流向宝瓶口的水量。为了进一步稳定和控制宝瓶口的水量，李冰又用竹笼装卵石的方法，在鱼嘴分水堤的尾部，接近宝瓶口入口处，堆筑了合适高度的飞沙堰溢洪道。通过以上三个部分的巧妙设计和修筑，成都平原实现了"水旱从人，沃野千里"的局面，成为"天府之国"。

李冰治水方法的核心是疏导。对于他这种疏导的系统工程，后人将其概括为："深淘滩，低作堰。六字旨，千秋鉴。挖河沙，堆堤岸。砌鱼嘴，安羊圈。立湃阙，留漏罐。笼编密，石装健。分四六，平潦旱。水画符，铁桩见。岁勤修，预防患。尊旧制，毋擅变。"（文焕《治水三字经》）老舍将这治水的诀窍概括为一个字——"软"。他说：

> 在二王庙的墙上，刻着古来治水的格言，如深淘滩，低作堰等。细细玩味这些格言，再看着都江堰上那些实际的设施，便可以看出来，治水的诀窍只有一个字——"软"。水本力猛，遇阻则激而决溃，所以应低作堰，使之轻轻漫过，不至出险，水本急流而下，波涛汹涌，故中设鱼嘴，使分为二，以减其力；分而又分，江乃成渠，力量分散，就有益而无损了。作堰的东西只是用竹编的篮子，盛上大石卵。竹有弹性，而石卵是活动的，都可以用"四两破千斤"的劲儿对付那惊涛骇浪。用分化与软化对付无情的急流，水便老实起来，乖乖的为人们灌田了。（老舍《青蓉略记》，曾智中、尤德彦编《文化人视野中的老成都》）

自东汉始，历代都设有堰官，派驻军队和民夫负责维护和培修都江堰。到宋代时，还形成了实施至今的岁修制度。冬天，用杩槎截断外江，进行疏淘、修理；春节后反过来，修理和疏淘内江。宋乾道九年（1173年），陆游任蜀州通判时曾作一首《十二月十一日视筑堤》，描写用杩槎截断外江的壮观情形，诗曰：

江水来自松岭中，五月六月声摩空。巨鱼穿龟牙须雄，欲取闹市为龙宫。横堤百丈卧霁虹，始谁筑此东平公。今年乐哉适岁丰，吏不相倚勇赴功。西山大竹织万笼，船舸载石来无穷。横陈屹立相叠重，置力尤在冰庙东。我登高原相其冲，一盾可受万箭攻。蜿蜒其长高隆隆，截如长城限羌戎。安得椽笔记始终，插江石岩坚可砻。（成都市文联、成都市诗词学会编《历代诗人咏成都》）

清人徐心余也有关于每年冬春时节作堰淘滩的记载，曰："每年冬水枯时，田间无须用水，由成都水利同知，苴灌封筑，每隔若干，筑一桩如马叉（通'杩槎'——笔者注）式。明年夏初启堰，酌量水势，该拔击马叉若干，开拔时，由水利同知拈香行礼毕，即起轿回省，当轿抵省门时，水亦随流而至矣。"（徐心余《蜀游闻见录》）

作偃淘滩是一个大工程，需要大量的人力。因此，每年的冬春两季，地方执政者都会大力征工。对于这样造福于百姓的工程征工，近人有《都江堰民工歌》曰：

都江堰，都江堰，征工作堰人无怨。一日用民千日利，一岁功成百岁饭。蜀之水，流汪洋，奔腾万里不可当。谁若引灌为国利，子子孙孙福无疆。

都江堰，都江堰，蜀人努力天行健。切身工作一身当，为民衣食符民愿。岷之水，导外江，至今锁龙犹有桩。障得狂澜千万尺，造成福利安家邦。（成都市文联、成都市诗词学会编《历代诗人咏成都》）

都江堰不仅以巧夺天工的水利工程而闻名，它的山水与古迹也颇值得一观。当初余秋雨在去都江堰之前，以为它不过是一个水利工程罢了，应该不会有什么旅游价值。因此，他只是抱着在去看青城山的路上顺便看一下的心情，游览都江堰的。结果，他被都江堰水的魅力给震撼了：

> 即便是站在海边礁石上，也没有像这里这样强烈地领受到水的魅力。海水是雍容大度的聚会，聚会得太多太深，茫茫一片，让人忘记它是切切实实的水，可掬可捧的水。这里的水却不同，要说多也不算太多，但股股叠叠都精神焕发，合在一起比赛着飞奔的力量，踊跃着喧嚣的生命。这种比赛又极有规矩，奔着奔着，遇到江心的分水堤，刷地一下裁割为二，直窜出去，两股水分别撞到了一道坚坝，立即乖乖地转身改向，再在另一道坚坝上撞一下，于是又根据筑坝者的指令来一番调整……也许水流对自己的驯顺有点恼怒了，突然撒起野来，猛地翻卷咆哮，但越是这样越是显现出一种更壮丽的驯顺。已经咆哮到让人心魄俱夺，也没有一滴水溅错了方位。阴气森森间，延续着一场千年的收伏战。水在这里吃够了苦头也出足了风头，就像一大拨翻越各种障碍的马拉松健儿，把最强悍的生命付之于规整，付之于企盼，付之于众目睽睽。看云看雾看日出各有胜地，要看水，万不可忘了都江堰。（余秋雨《文化苦旅》）

对于都江堰水的美，肖复兴也有十分独到的感悟，他说："看都江堰的水，看的是强悍奔腾的水如何层层叠叠化为生命的涓涓细流。飞奔如兽、桀骜不驯的江水，经过都江堰，立刻将仰天长啸变为喃喃细吟，将波涛如山变为珍珠四溢，将凶猛如火变为柔情万缕……出宝瓶口流入内江，立刻呈现一派水光潋滟的情景，让人叹为观止，看到水的柔劲、可塑和万难不屈、常流不懈的生命活动。那是一种将绚烂归于平淡，将刚劲寓于柔顺，将一时融于永恒的生命。"（肖复兴《蓉城十八拍》）

都江堰除了水之外，离堆公园、二王庙、安澜索桥也值得一观。离堆公园位于都江堰宝瓶口侧，始建于1925年，原名都江公园，后因园内有李冰凿玉垒山宝瓶口的离堆，故易名为离堆公园。离堆公园所在地，宋代名"花洲"，清末为"桑园"，民国初年园内设有"蚕桑局"。1925 年，驻军旅长邓国璋将之改为都江公园。1926 年，易名为离堆公园，沿用至今。1941 年 3 月 6 日冯玉祥游离堆公园，作诗四首，题《离堆公园》。诗曰：

  李冰父子凿离堆，这才分开岷江水。江水势分少泛滥，灌溉田地功甚伟。

  现在此地成公园，人人都可来游玩。园内有座大王庙，大王征服大自然。

  庙中模型甚是多，可惜未能照此作。计划再好有何用？李冰见此牙笑落。

  李冰不过一太守，治水跟着大禹走。不作大官作大事，芳名千古永不朽。（成都市文联、成都市诗词学会编《历代诗人咏成都》）

  在这四首诗中，冯玉祥对李冰父子的功绩不吝赞扬，而对离堆公园的景物，除了大王庙外，却不置一词，这难免会让那些想知晓彼时离堆公园具体风貌的人们，稍感遗憾。1956 年，黄裳到都江堰游览，对离堆公园的景物有这样的描写："有一丛丛的楠木密林，还有几间文物陈列室，里面陈放着一些汉砖。"虽然只有寥寥数语，却也让读者触摸到了那个年代离堆公园的模样。历史学者谢国桢在 1963 年游览此地后，也提到了离堆公园中的楠木。他说："过了长桥，就到了离堆公园。园内修竹幽篁，楠木成林。穿过了长林，就到了老王庙。"（谢国桢《锦城游记》，曾智中、尤德彦编《文化人视野中的老成都》）谢国桢文中提到的老王庙和冯玉祥诗中提到的大王庙是一回事儿，指的都是今人所谓的伏龙观。矗立在离堆上的伏龙观,原是东晋时在成都称帝的李雄为范长生所建的"范贤馆"。北宋初年,因民间传说李冰、二郎在此"降伏孽龙而治水患",遂将之改为"伏龙观"。据说,古时候岷江里有孽龙作怪,七个猎人兄弟应邀擒龙,最后只剩下排行第二、长着三只眼的那位活着。他在一位老婆婆的帮助下,最终擒住了孽龙。在百姓的建议下,二郎没有杀龙报仇,而是将它锁在了宝瓶口上方的深潭中。这样既可以防止它继续作怪,又能让它在春天涌水灌田。旧时,离堆上挂着铁链,直垂潭底,传说是用来锁龙的。乡人怕铁链锈断,每三年都会换一条新的。

背倚玉垒山,面临岷江,与索桥相对的二王庙,是专门纪念蜀郡守李冰与二郎的庙宇。每年阴历六月二十四日,是二王庙庙会,传说是李冰的生日。这一天游二王庙的人特别多。余秋雨说:"李冰这样的人,是应该找个安静的地方好好纪念一下的,造个二王庙,也合民众心意。"在民众的心里,为世人造福的李冰早已升格为神。因此,余秋雨发出这样的感慨:"实实在在为民造福的人升格为神,神的世界也就会变得通情达理、平适可亲。中国宗教颇多世俗气息,因此,世俗人情也会染上宗教式的光斑。一来二去,都江堰倒成了连接两界的桥墩。"(余秋雨《文化苦旅》)

岷江上和都江堰一样能够代表先人的伟大和智慧的,还有安澜索桥。安澜索桥始建于何时,已无从查考。南宋诗人范成大在《吴船录》中对其有这样的描写:

> 每桥长百二十丈,分为五架,桥之广十二绳排连之,上布竹笆,攒立大木数十于江沙中,辇石固其根,每数十木作一架,挂桥于半空,大风过之,掀举幡然,大略如渔人晒网,染家晾彩帛之状,又须舍舆疾步,从容则震掉不可立,同行皆失色。(朱雯编选《中国文人日记抄》)

那时的安澜桥十分险要，要想通过并非一件易事，行人须十分大胆和果断才行。我们可以借由诗人范成大的文字想象当时索桥的模样和过桥人的神态。清时，有感于通过索桥之艰难，为了方便行人，何先德夫妇劝募集资重建索桥。重建后的索桥比原来要安全平稳得多，被誉为"安澜桥"，因是何先德夫妇修建，又名"夫妻桥"。

20世纪40年代，老舍游览都江堰市，对安澜索桥的巧夺天工颇为赞叹，他说："竹索桥最有趣。两排木柱，柱上有四五道竹索子，形成一条窄胡同儿。下面再用竹索把木板编在一处，便成了一座悬空的，随风摇动的，大桥。"老舍还在桥上走了走，"虽然桥身有点动摇，虽然木板没有编紧，还看得到下面的急流，——看久了当然发晕——可是绝无危险，并不十分难走"（老舍《青蓉略记》，曾智中、尤德彦编《文化人视野中的老成都》）。可20世纪60年代谢国桢游览的这一天，因为风势过大，索桥摇摆过甚，谢先生只在索桥上走了一半就折回了。看来，要过索桥还真的是需要一些胆量的。不过现在的索桥已是1974年向下游移了一百米的索桥了，木桩已改为混凝土支架，钢缆代替了竹索，过这座桥已经不会再有心惊肉跳的感觉。

二 青城山

青城山位于成都都江堰市（原灌县）西南三十五里，古名天仓山。相传轩辕黄帝遍历五岳，封青城山为"五岳丈人"，故又名为丈人山。唐开元十八年（730年）始更名为青城山。在此之前的很长一段时间里，青城山名为清城山，相传是因古代神话说"清都、紫薇、天帝所居"，故名"清城"。不过，"清城"一名或许也与地名有关。汉代时，青城山位于蜀郡江原县境内。到了隋代，汉代的江原县一分为三，一部分为新津县，一部分为晋原县，一部分为清城县。而青城山位于清城县内，因此清城山一名或许也与其所在县名有关。

唐代时佛教发展迅速，佛教和道教在青城山上发生地盘之争，山下的飞赴寺僧人强夺了山上的常道观，官司打到皇帝那儿。唐玄宗信道，亲勒诏书："蜀州清城，先有常道观，其观所置，原在山中。闻有飞赴寺僧，夺以为寺。……检校勿令相侵，观还道家，寺依山外旧所，使道佛两所，各有区分。"（龙显昭、黄海德主编《巴蜀道教碑文集成》）因为诏书将"清城"写成了"青城"，所以改称青城山。《旧唐书》载："旧青字加水，开元十八年去水为青。"青城山周围二百五十里山林四季常青，三十六峰环拱如城，"青城"二字与之情状颇为契合，因此自唐开元年后，无论口传书载都称其为青城山。老舍对"青城"二字的理解与此略有不同，但也有几分道理。他说："山的东面倾斜，所以长满了树木，这占了一个'青'字。山的西面，全是峭壁千丈，如城垣，这占一个'城'字。山不厚，由'青'的这一头转到'城'的那一面，只须走几里路便够了。"（老舍《青蓉略记》，曾智中、尤德彦编《文化人视野中的老成都》）

青城山是中国久负盛名的道教名山，被道教列为"第五洞天"，全名为"洞天第五宝仙九室之天"。东汉顺帝汉安二年（143年），道教创始人"天师"张陵来到青城山，选中青城山的深幽涵碧，结茅传道，青城山遂成为道教的发祥地。唐末，著名道士杜光庭来青城山，天师道传统乃与上清道结合。《道藏》载："杜光庭游成都，喜青城山白云溪，气象盘礴，遂结茅居之，溪盖薛昌真人飞升之地也。"杜光庭之所以选青城山隐逸，是因为道教对于斋醮仪式的场所地点有很高的要求。青城山地形地貌、风景环境俱佳，非常适宜于进行斋醮法事。杜光庭曾道："青城山高三千六百丈，周回五千里。有甘露芝草，天池醴泉。……"（杜光庭《青城山记》，《全唐文》）看来，青城山天然就应该是道教名山。明代，青城山道教所传属于全真教龙门派。全真道与原来的天师正一道不同的是，它主张修道者要出家投师，住庵当道士，不娶妻室，不吃荤腥，创立了一套养身习静的修炼方法。

　　作为道教名山，青城山建有许多道教宫观。晋、唐时期所建最多，达七十多座，其中还有皇族修建的。唐睿宗李旦的女儿玉真公主和金仙公主，于太极元年（712年）度为道士，游历天下名山后，在青城山的白云溪畔修建了金华宫修道隐居，二十多年后去世。在众多的道观中，主要有分布在山麓的建福宫、山腰的天师洞、山顶的上清宫和白云溪畔的祖师殿。这些道观中有各代的诗文刻石及其他古迹。天师洞中有相传为张天师手植的古银杏树，还有唐玄宗手诏碑。上清宫内有鸳鸯井和麻姑池。鸳鸯井因二井一方一圆，泉源暗通，一浊一清，一深一浅，故名。清人高溥有《题鸳鸯井》诗，曰："盈盈双井小廊西，锡号鸳鸯费品题。地面相离刚咫尺，泉源岐出异高低。水原清净无澜起，理有雌雄莫浪迷。寄语棲真诸羽客，盈虚消息即玄机。"（转引自罗树凡等编著《灌县风物》）麻姑池相传为仙女麻姑浴丹处，形如半月，水澄清，深数尺，四季不竭不溢。原本普通的池井等古迹，因为有一些独特之处，再加上一些历史传说，从而有了神秘色彩和引人之处。假使除去它的神秘色彩，这些古迹并没有什么引人入胜之处。老舍就说："古迹，十之八九，是会使人失望。以上清宫和天师洞两大道院来说吧，它们都有些古迹，而一无足观。上清宫里有鸳鸯井，也不过是一井而有二口，一方一圆，一干一湿；看它不看，毫无关系。还有麻姑池，不过是一小方池浊水而已。天师洞里也有这类东西，比如洗心池吧，不过是很小的一个水池；降魔石呢，原是由山崖裂开的一块石头，而硬说是被张天师用剑劈开的。"基于自己的旅行经验，老舍得出这样的观点："风景好的地方，虽无古迹，也值得来，风景不好的地方，纵有古迹，大可以不去。"（老舍《青蓉略记》，曾智中、尤德彦编《文化人视野中的老成都》）

　　青城山当然是一个既有古迹风景又好的地方，古往今来，吸引了众多的游客和名流。前蜀皇帝王衍曾游青城山，《新五代史·前蜀世家》有记："（王衍）尝与太后、太妃游青城山，宫人衣服，皆画云霞，飘然望之若仙。衍自作《甘州曲》，述其仙状，上下山谷，衍常自歌，而使宫人和之。"除了前文提及的唐玉真公主和金仙公主之外，宋代"西蜀隐君子"张愈，隋朝嘉州太守张昱与其兄赵冕，皆隐于青城山。当代国画大师张大千也曾居住青城山。1938年抗日战争期间，张大千携家人从北平逃难至大后方四川，同年秋，携家人和弟子上了青城山，借住于上清宫。张大千有《上清借居》一诗，曰：

> 自诩名山足此生，携家犹得住青城。小儿捕蝶知宜画，中妇调琴与辨声。食栗不谋腰足健，酿梨长令肺肝清。揭来百事都堪慰，待挽天河洗甲兵。（成都市文联、成都市诗词学会编《历代诗人咏成都》）

在上清宫期间，张大千的生活十分平静，且富有情趣。白天与友人和道士逛山观景，夜晚在灯下吟诗作画。在炮火连天的岁月中，尚有这样一个避世之所，真乃一大幸事。青城山的美景极大地激发了张大千的创作热情，他曾以青城山为题材创作多幅画作。1944年，张大千再携家人上青城山，将他从甘肃带回来的十多只心爱的红爪玉嘴鸦放入了青城山的密林之中，以添"鸟鸣山更幽"的境界与情趣。张大千还率家人、弟子在上清宫附近种植了梅树数株，以添青城山的花香。

抗战期间，大批文化名流入川，青城山也留下了他们的踪迹。1943年，徐悲鸿携家人上青城山，寄宿"古常道观"天师洞。在"别一洞天"西客堂，徐悲鸿创作了屈原《九歌》的插图。一个多月后，徐悲鸿创作七幅画，留赠七位道士，离开了青城山。此间，当代著名历史学者顾颉刚、书画家黄稚荃、文学家老舍也曾游历青城山，借住天师洞等道观。黄稚荃有诗《戊寅夏宿青城山天师洞》，曰："百灵争拥古烟霞，信宿真忘世与家。大树深宵鸣鹳鹤，虚窗幽梦远龙蛇。三清携手今谁者？九服还丹愿总赊。新月入帘寒意重，山泉静夜响筝琶。"顾颉刚也写诗一首，题为《初到青城》，诗曰："投宿名山证旧闻，参天松柏识斜曛。我从绝

顶一长啸，唤起千岩万壑云。"（成都市文联、成都市诗词学会编《历代诗人咏成都》）

20世纪50年代，黄裳游青城山借宿天师洞、上清宫，他所感受到的并非如张大千、黄稚荃、顾颉刚等人描绘的那般诗意，而是阴森和清寂。他说：

> ……谈到八时左右，就被招待到楼上的客房里休息。这是一间阴暗、深邃的楼屋，门、板壁、窗棂……全是木制的。那两扇门就足有半尺厚。不但说明了古朴，也显示了这里木料的丰足。在暗淡的油灯下面，格外感到一种阴森的情调。坐在油灯下面记日记，听着窗外萧萧的雨声，所谓山居的清寂，算是领略尽了。同时发现，过去从古代作品中认识的那种闲适、淡远的山水诗的情趣，都是隔了很远的一层的。像这样的地方，我怕不能住到一天以上。而道士们居然一住就是数十寒暑，仅此一点也实在大可佩服。（黄裳《过灌县上青城》，曾智中、尤德彦编《文化人视野中的老成都》）

黄裳的记者身份和20世纪50年代火热的社会语境，使他对这种远离尘世的居所有了一点"阴森"的感觉，以至于发出这样的感慨："像这种地方，我怕不能住到一天以上。"出身于城市贫民家庭的老舍，在《青蓉略记》一文中没有提及自己在青城道观居住十多天的具体情景，他只是说："天师洞上清宫是山中两大寺院，都招待游客，食宿概有定价，且甚公道。"（曾智中、尤德彦编《文化人视野中的老成都》）青城山上的道观不仅是道士修行之所，也是游人住宿之处。因为是道士经营，它的慈善性质决定了价格的便宜。1997年，一位叫李晓的游客携女儿上青城山，夜宿白云寺。来自繁华都市的她，感慨于寺中低廉的物价。她说：

游过山的人都知道，由于运输困难，山顶的物价比山下要高得多，可在这里却不同，米饭、馒头和炒菜的价格与山下差不多，但数量却实实在在。山下住宿，一人最少20元，这里却是最高价了，还有15元、10元的房间。有皈依证的居士只收3元一人。看看寺里的小卖部，牙膏、肥皂、卫生纸、卫生巾、小吃等等，旅游所需的物品一应俱全，标价竟同成都市的商场差不多。这些东西在半山处的一些客栈里早已是身价翻倍了！我还看到柜台里摆的几双适合步行的休闲鞋，标价才15元一双。（李晓《游青城山随感》，《旅游》1997年第12期）

青城山吸引众多的游客和名流，古迹只是一方面，更重要的还在于自然景物的美。老舍这样评价青城山："不过，不管庙宇如何，假若山林无可观，就没有多大意思，因为庙以庄严整齐为主，成不了什么很好的景致。青城之值得一游，正在乎山的本身也好；即使它无一古迹，无一大寺，它还是值得一看的名山。"（老舍《青蓉略记》，见曾智中、尤德彦编《文化人视野中老成都》）唐代大诗人杜甫在《丈人山》一诗中，以"幽"来形容青城之美，诗曰："自为青城客，不唾青城地。为爱丈人山，丹梯近幽意。丈人祠西佳气浓，缘云拟住最高峰。扫除白发黄精在，君看他时冰雪容。"（成都市文联、成都市诗词学会编《历代诗人咏成都》）将"幽"明确定为青城山的主要特点的还是近人吴稚晖，他说："三峡在川东，青城在川西，剑阁在川北，峨眉在川南，为天下四大（奇）观。……故青城在亦雄亦奇亦秀外，而其幽遂曲深，似剑阁、三峡、峨眉皆无逊色。故以天下幽标明青城特点，亦非多事。"（转引自梁秉堃《青城山散记》）自此，青城便以"幽"而闻名天下。边应纪在其《青城天下幽》一书中，更是将青城上的"幽"形容到了极致："它有幽青的林园，幽意的丹梯，幽香的山花，幽情的啼鸟，幽暗的岩穴，幽默的塑像，幽趣的传说，幽美的轶事，还有引人幽思的清泉，让人幽叙的亭联,可以幽通的梯道,可以幽居的宫观……"

老舍将青城的"青"与"幽"相联系,认为两者不可分离,"幽"是"青"的结果,也是青城山美之所在:

> 山不厚,由"青"的这一头转到"城"的那一面,只须走几里路便够了。山也不算高。山脚至顶不过十里路。既不厚,又不高,按说就必平平无奇了。但是不然。它"青",青得出奇,它不像深山老峪中那种老松凝碧的深绿,也不像北方山上的那种东一块西一块的绿,它的青色是包住了全山,没有露着山骨的地方;而且,这个笼罩全山的青色是竹叶,楠叶的嫩绿,是一种要滴落的,有些光泽的,要浮动的,淡绿。这个青色使人心中轻快,可是不敢高声呼唤,仿佛怕把那似滴未滴,欲动未动的青翠惊坏了似的。这个青色是使人吸到心中去的,而不是只看一眼,夸赞一声便完事的。当这个青色在你周围,你便觉出一种恬静,一种说不出,也无须说出的舒适。假若你非去形容一下不可呢,你自然的只会找到一个字——幽。所以,吴稚晖先生说:"青城天下幽"。幽得太厉害了,便让人生畏;青城山却正好不太高,不太深,而恰恰不大不小的使人既不畏其旷,也不嫌它窄;它令人能体会到"悠然见南山"的那个"悠然"。(老舍《青蓉略记》)

老舍的描绘恐怕是大多数游人的感受,只是大多数人写不出这么美、这么精到的文字。当代编剧梁秉堃在游青城山时,也对青城山之绿感受深刻,他说:"使我感受最深的是那铺天盖地又无穷无尽的绿色。可以毫不夸张地说,一切一切都被那丰富多彩的绿色笼罩着,其中包括黄绿、灰绿、葱心绿、碧绿、翠绿、墨绿……和一些无法命名的绿色,游人仿佛是淹没在一片深不见底的绿色海洋当中。不,应该说,这绿色纯净的溪水,流进了游人们的心里,净化、升华着人们的灵

魂。"梁秉堃被这绿色所打动,如痴如醉。他也认为没有绿便没有青城山的"幽":

> 如果没有这目光所及之处皆在的翠绿之色,青城山还会有幽清吗?如果那些寺庙亭阁不藏于繁枝密叶之间,青城山还会有幽遂吗?如果掷笔檀(疑为"槽",笔者注)的明曲径不如绿色的海上一叶轻舟,青城山还会有幽静吗?如果无处不在的山石、岩洞、泉水,不与无处不在的树木交相辉映,青城山还会有幽雅吗?如果多情的"灵芝鸟"不是出没并鸣啭于山林里,青城山还会有幽秘吗?也许把"幽"字与"翠"字并列为青城山的特色,才是千百年来正确无误的审美评价吧?(梁秉堃《青城山散记》,《海内与海外》2012年4月)

相较于老舍的方家之笔,梁秉堃的这段文字更加直抒胸臆,情绪也更漫溢一些。

作为一座名山,青城山当然也不缺少美丽的传说。古蜀望帝将帝位禅让给了治水有功的鳖灵,自己则"升西山隐焉",西山即青城山。相传望帝在青城山死后化为杜鹃,每年暮春时节都会在山林中哀婉地鸣叫。有人说这是望帝美好的心灵和作为感动了杜鹃,杜鹃日夜悲鸣直至啼出血来;也有人说杜鹃的哀鸣代表的是为蜀国人民殚精竭虑的望帝不忍远离他的人民;还有人说杜鹃的哀鸣是古蜀人民对望帝的留恋和哀思。《华阳国志·蜀志》则记曰:"杜宇称帝,号曰望帝。……其相开明,决玉垒山以除水害。帝遂委以政事,法尧、舜禅授之义,遂禅位于开明,帝升西山隐焉。时适二月,子鹃鸟鸣,故蜀人悲子鹃鸟鸣也。"青城山的有些传说还与道教有关系,比如"掷笔槽"。它指的是天师洞后山古龙桥对面山上的一条深二十余丈、宽五六丈的裂槽。相传张天师降魔时,喝令魔王不得再为害百姓,朱笔化山,笔迹成沟,留下的奇观。

青城山最吸引人的传说要数老人村了。相传这里的人们都非常健康长寿，清王培荀有记曰：

> 青城山在灌县西南八十里，乃岷山第一峰，有三十六峰，至大面山为山之巅。山后即老人村，道极险远，溪中多枸杞，盘根如龙蛇，饮其水故寿。《夷坚志》载，关寿卿曾游其处。日暮，鸟啼猿啸，月出微明，花香扑鼻。视之，满山皆牡丹。止宿老翁家，馈一物如小儿，众不敢食，不知为松根人参也。明日导往旁舍，争相延款，曰兹地无租税，经年无人迹。留三日始出。所见百余人，少者亦庞眉白发，此与渔人入桃园相似。近日渐通人迹，染浮华，而寿亦减矣。太古淳朴之风，思虑少，饮食淡，为后人凿破浑沌，高士所以入山惟恐不深也。朱凌云诗云："树里云村拥翠鬟，独从世外驻童颜。养鸡翁荷鸠筇出，抱犊人披鹤发还。入画自应逾洛社，采芝何必羡商山。须知此处乾坤别，花木常荣古洞间。"（王培荀《听雨楼随笔》）

有关青城山老人村的传说，史书中多有记载。《集仙传》云："司马季祖，楚人也。北游五、六年，西入蜀，居青城山老人村。"《舆地纪胜》也有记载，曰："大面山之北有老人村，人家其中，与外世隔绝。子孙继世，如秦人之桃园。"苏轼《和桃源诗序》有云："蜀青城山老人村，有五世孙者。道极险远，生不识盐醯，而溪中多枸杞，根如龙蛇，饮其水，故寿。近岁道稍通，渐能致五味，而寿益衰……"由此可见，古时青城山确存在有老人山。张大千居青城山时，为这个美丽的传说所吸引，曾让山民带路去寻找老人村，最终迷路未果。后来，张大千还以青城地貌为依据，创作了一幅《老人村》的画作。直到晚年，他依然对青城山念念不忘。

张大千寻访老人村是在1944年的夏天，而在差不多相同的时间，钱穆不但造访了老人村,还在那里住了十余日。与张大千不同,对于老人村,钱穆并没有竭力探寻,仅仅靠偶然的机缘,他便进入了他人寻而不得的老人村。1943年,钱穆受邀任教于华西协和大学,居于华西坝。次年暑假,移居灌县灵岩山寺。在寺期间,巧遇一位西南联大的学生。这个学生家住老人村,极力邀他前去。由于听闻老人村之名已久,钱穆便欣然同往。他看到的老人村的实际情状与史书中的描述竟相差无几:"村沿一溪,溪之上源盛产枸杞,果熟多落水中。据云,村人因饮此溪水,故均得长寿。村中数百家,寿逾百岁者,常数十人。"但此村并非与外界没有联系,它乃成都通往西康雅安的要道,且"有一小市,常有人私携枪械过市,暂宿一两宵,遂赴西康贩卖,获大量鸦片返,复过此市,不法巨利,往返如织"。因此,村中人生活优裕,加之村中山水风景极宽极幽,村民便不喜外出。这位学生乃是老人村里外出求学的第一人。在交通不便的彼时,老人村虽是要道,但位于山区,过往的都是"不法巨利"之人,村人又不外出,因而世人只闻其名,而不知其实际位置。在老人村居留的十余日,最让钱穆难忘的是老人村的村俗:

> 余在老人村,借宿村边一小学内。暑假无人,独余一人居之。余偕某生尽日畅游,大为欣悦。越四五日,游览略尽,欲返灌县,生言不可。因村俗,一家设席款待,同席者必挨次设席。余初来即由某生一亲戚家招宴,因不知余即欲离去,遂于各家轮番招宴中,递有新人加入,迄今尚未逐一轮到。若遽言离去,则违背村俗,某生将负不敬之罪。恳余再留,嘱招宴者不再添请新人,俟同席者逐一轮到作一次主人,乃可离去。于是遂又留数日。临去之清晨,乃在某生家进早餐。某生之父言,先生来,即由某戚家设宴,吾儿未将村俗相告,遂致多留了先生几天,独我家未曾正式设宴,不胜歉疚之至。今此晨餐乃特为先生饯行。此餐采田中玉蜀黍作

窝窝头，全摘新生未成熟之颗粒。故此窝窝头乃特别鲜嫩可口。尚忆余在北平时，颇爱此品，但从未吃过如此美味者。这一餐可算是主人家的大花费，惟有感其情厚，他无可言。（钱穆《八十忆双亲　师友杂忆》）

从老人村归来后，钱穆问及周围的人，他们大都知道老人村，但到过老人村的除钱穆之外，竟然没有。他不禁感叹："余之游老人村，实如武陵渔人之游桃花源，虽千载相隔，而情景无异也。"

1950年代，灌县余定夫数次翻山越岭前往青城老人村考察，并写下《重访老人村》诗二首。可惜余定夫几年后便去世了。在相当长的时间里，世人并不清楚青城老人村的确切位置。后来据余定夫留下的考查资料和都江堰文史专家证实，青城老人村就是青城后山现属阿坝藏族羌族自治州汶川县的水磨镇（何民《张大千神牵"青城老人村"》，见《中国地名》2016年第2期）。根据钱穆描述的老人村的位置、情状，他所访问的应当就是这个"老人村"。如今的老人村已是著名的游览胜地，不再是那个几乎与世隔绝的世外桃源了。

参考文献

[美]路得·那爱德摄影:《回眸历史——20 世纪初一个美国人镜头中的成都》,中国旅游出版社 2013 年版。

阿来:《草木的理想国:成都物候记》,江苏人民出版社 2012 年版。

巴金:《巴金全集》,人民文学出版社 1993 年版。

白朗编:《成都掌故》,成都时代出版社 2012 年版。

班固著,赵一生点校:《汉书》,中华书局 1962 年版。

包汝楫:《南中纪闻》,中华书局 1985 年版。

白峡:《游"菱窠"忆李劼人家宴》,《四川烹饪》1997 年 3 期。

常璩撰,刘琳校注:《华阳国志校注》(修订版),巴蜀书社 1984 年版。

曹学佺:《蜀中广记》,台湾商务印书馆 1986 年版。

曹丽娟、凌宪主编:《成都老街的前事今生》,四川人民出版社 2010 年版。

常明、杨芳灿等纂修:《四川通志》,巴蜀书社 1984 年版。

岱峻:《风过华西坝:战时教会五大学纪》,江苏文艺出版社 2013 年版。

车辐:《川菜杂谈》,生活·读书·新知三联书店 2004 年版。

陈流求、陈小彭、陈美延:《也同欢乐也同愁——忆父亲陈寅恪与母亲唐筼》生活·读书·新知三联书店 2010 年版。

《成都》课题组:《成都》,当代中国出版社 2007 年版。

成都市满蒙人民学习委员会编印:《成都满蒙族志》,1993 年版。

成都市群众艺术馆编:《成都掌故》第 2 辑,四川大学出版社 2007 年版。

成都市石室中学编:《成都市石室中学》,人民教育出版社 1999 年。

成都市文化馆编:《成都故事百家谈》(2),四川人民出版社 2011 年版。

成都市文化局:《锦城成都》,上海教育出版社 1981 年版。

成都市文联、成都市诗词学会编：《历代诗人咏成都》（上、下），四川文艺出版社1999年版。

丁放、曲景毅选注：《高岑体诗选》，河北大学出版社2009年版。

邓穆卿：《成都旧闻》，成都时代出版社2005年版。

董诰等编：《全唐文》，中华书局1983年版。

董竹君：《我的一个世纪》，生活·读书·新知三联书店1997年版。

杜甫著，仇兆鳌注：《杜诗详注》，中华书局1979年版。

费著：《笺纸谱》，中华书局1985年版。

冯汉骥：《冯汉骥考古学论文集》，文物出版社1985年版。

冯朝建、蒲秀政主编：《图说老成都》，成都时代出版社2007年版。

冯梦龙：《情史》，岳麓书社1986年版。

冯至：《冯至全集》（第6卷），河北教育出版社1999年版。

冯至诚编：《市民记忆中的老成都》，四川文艺出版社1999年版。

傅崇矩编：《成都通览》，成都时代出版社2006年版。

郭沫若：《敝帚集与游学家书》，中国社会科学出版社2012年版。

郭沫若：《郭沫若全集》（第11卷），人民文学出版社1982年版。

高虹：《看望李劼人》，《四川文学》2007年8期。

葛洪著，周天游校注：《西京杂记》，三秦出版社2006年版。

韩素音：《韩素音自传——残树》，中国华侨出版公司1991年版。

韩素音：《韩素音自传——寂夏》，中国华侨出版公司1991年版。

康明生口述，姚锡伦整理：《李劼人坐三轮车进皇城》，《龙门阵》2010年2期。

何崇文等：《巴蜀文苑英华》，四川人民出版社1984年版。

何满子：《五杂侃》，成都出版社1994年版。

何宇度：《益部谈资》，中华书局1985年版。

黄裳：《音尘集》，辽宁教育出版社1996年版。

洁尘：《翟永明 艳阳之魅》，《南方人物周刊》2005年21期。

蓝勇：《西南历史文化地理》，西南师范大学出版社1997年版。

雷文景：《大师们的成都岁月》，商务印书馆2013年版。

李昉等：《太平御览》，中华书局1960年版。

李劼人：《李劼人全集》(第7卷)，四川人民出版社2011年版。

李劼人：《李劼人全集》(第10卷)，四川人民出版社2011年版。

李贽：《藏书》，中华书局1959年版。

李贽：《焚书·续焚书》，中华书局1985年版。

李双：《成都风马牛》，四川美术出版社2010年版。

李劼人：《李劼人选集》(五卷本)，四川人民出版社1980年版。

李晓：《游青城山随感》，《旅游》1997年12期。

李音等：《纵横四海的成都人》，商务印书馆2013年版。

梁秉堃：《青城山散记》，《海内与海外》2012年4月。

龙显昭、黄德海主编：《巴蜀道教碑文集成》，四川大学出版社1997年版。

林文询：《成都人》，四川文艺出版社2006年版。

刘家琨：《翟永明和她的白夜酒吧》，《作家》2000年1月。

流沙河：《老成都——芙蓉秋梦》，江苏美术出版社2004年版。

吕重九、张肇达编：《世纪华西——纪念华西医科大学建校九十周年》，四川人民出版社2000年版。

卢泽明、白朗、席永君主编：《锦官城遗事》，成都时代出版社2005年版。

罗中枢编：《四川大学：历史·精神·使命》，四川大学出版社2009年版。

林思进：《清寂堂集》，巴蜀书社1989年版。

赖武：《巴金与成都正通顺街》，《青年作家》2006年7期。

马叙伦：《马叙伦自述》，中国大百科全书出版社2012年版。

慕容雪村：《成都，今夜请将我遗忘》，中国和平出版社2011年版。

聂作平：《成都滋味》，商务印书馆2013年版。

彭定求等编：《全唐诗》，中华书局1960年版。

彭国梁主编：《百人闲说：茶之趣》，珠海出版社2003年版。

彭芸荪：《望江楼志》，四川人民出版社1980年版。

蒲秀政主编：《走近老成都》，四川人民出版社2002年版。

钱穆：《八十忆双亲 师友杂忆》，生活·读书·新知三联书店2005年版。

冉云飞：《从历史的偏旁进入成都》，四川文艺出版社1999年版。

少君：《阅读成都——在城市间行走》，成都时代出版社2005年版。

四川文史研究馆:《成都城坊古迹考》(修订版),成都时代出版社 2006 年版。

司马迁著,易行、孙嘉镇校订:《史记》,线装书局 2006 年版。

孙毓棠:《汉代的农民》,《孙毓棠学术论文集》,中华书局 2005 年版。

孙琪华:《扬雄宅的沧桑史》,《文史杂志》2002 年 3 期。

舒新城:《蜀游心影》,开明书店 1929 年版。

唐振常:《半拙斋古今谈》,山西教育出版社 1998 年版。

辛文房:《唐才子传》,古典文学出版社 1957 年版。

徐敦忠:《文翁石室的办学特色及其对后世的影响》,《教育研究》1995 年 9 期。

夏秀火:《名师引领与石室中学的早期变迁研究(1904—1949)》,华东师范大学 2011 年硕士论文。

吴世济、费密:《太和县御寇始末 荒书》,浙江人民出版社 1983 年版。

王文才选注:《杨慎诗选》,四川人民出版社 1981 年版。

唐振常:《川行杂忆》,《上海文学》1981 年 2 期。

田飞、李果:《寻城记·成都》,四川文艺出版社 2007 年版。

王笛著译:《茶馆 成都的公共生活和微观世界 1900—1950》,社会科学文献出版社 2010 年版。

王笛:《街头文化:成都公共空间、下层民众与地方政治,1870—1930》,中国人民大学出版社 2006 年版。

王培荀著,魏尧西点校:《听雨楼随笔》,巴蜀书社 1987 年版。

王青:《扬雄评传》,南京大学出版社 2000 年版。

王文才:《成都城坊考》,巴蜀书社 1986 年版。

王跃、马骥、雷文景:《成都百年百人》,四川人民出版社 2008 年版。

汪曾祺:《汪曾祺全集》(第 4—5 卷),北京师范大学出版社 1998 年版。

王泽华、王鹤:《民国时期的老成都》,四川文艺出版社 1999 年版

隗瀛涛主编:《四川近代史稿》,四川人民出版社 1990 年版。

文闻子主编:《四川风物志》,四川人民出版社 1985 年版。

吴学昭整理:《吴宓日记》,生活·读书·新知三联书店 1998 年版。

席永军、文强:《成都风尘记》,四川美术出版社 2010 年版。

肖复兴:《蓉城十八拍》,贵州人民出版社 2012 年版。

肖平：《地下成都》，成都时代出版社 2003 年版。

肖平：《人文成都》，成都时代出版社 2003 年版。

肖平：《地上成都》，成都时代出版社 2003 年版。

肖平：《成都物语》，成都时代出版社 2005 年版。

肖平：《成都的故事》，成都时代出版社 2006 年版。

肖承波等：《宽窄巷子的保护改造》，《四川建筑科学研究》2011 年 1 期。

谢韬：《1943：一盆红红的火：谢韬日记选编》，中国社会科学出版社 2011 年版。

辛文房：《唐才子传》，古典文学出版社 1957 年版。

徐心余：《蜀游闻见录》，四川人民出版社 1985 年版。

杨燮等：《成都竹枝词》，四川人民出版社 1982 年版。

余秋雨：《文化苦旅》，东方出版中心 2001 年版。

袁庭栋：《成都街巷志》（上、下），四川教育出版社 2010 年版。

乐史撰：《太平寰宇记》，台湾商务印书馆 1936 年版。

余小林：《访李劼人故里》，《星星诗刊》2011 年 8 期。

野川：《子云亭（外一首）》，见《星星诗刊》（上半月刊）2012 年 6 期。

曾智中、尤德彦编：《文化人视野中的老成都》，四川文艺出版社 1999 年版。

翟永明：《白夜谭》，花城出版社 2009 年版。

章夫：《窄门：宽巷子·窄巷子 古蜀成都的两根脐带》，四川文艺出版社 2008 年版。

章夫、傅尔济吉特氏·哈伦娜格：《少城：一座三千年城池的人文胎记》，四川文艺出版社 2008 年版。

张篷舟笺：《薛涛诗笺》，四川文学出版社 1981 年版。

张绍诚：《锦里街名话旧》，巴蜀书社 2005 年版。

张绍诚：《求真务实　正本清源说子云》，《西华大学学报》（哲学社会科学版）2005 年 2 期。

张廷玉：《明史》，中华书局 1974 年版。

张先德：《成都：近五十年的私人记忆》，四川文艺出版社 1999 年版。

张洁：《宽窄巷子随想》，《中国税务》2011 年 5 期。

赵丽宏：《锦城觅诗魂》，贵州人民出版社 2012 年版。

曾枣庄、刘琳主编:《全宋文》(第14册),巴蜀书社1991年版。

曾智中、尤德彦编:《李劼人说成都》,四川文艺出版社2001年版。

周询:《芙蓉话旧录》,四川人民出版社1987年版。

朱雯编选:《中国文人日记抄》,天马书店1934年版。

朱光潜:《朱光潜全集》(第9卷),安徽教育出版社1987年版。

朱自清:《朱自清经典大全集》,中国华侨出版社2010年版。

祝穆撰:《方舆胜览》,中华书局2003年版。

钟欣泰、朱泽荪等编:《石室校志》(内部发行),四川省成都石室中学编印1989年。

《成都县志》,嘉庆二十一年(1816年)手刻本。

《重修成都县志》,同治十二(1873年)手刻本。

《大清圣祖仁(康熙)皇帝实录六》,台北:华文书局,1964年版。